EIN FAST TADELLOSER GRAF
DIE COSSIN-SAGA
BUCH ZWEI

KRISTINA HERZOG

Impressum

Copyright © der deutschsprachigen Ausgabe 2024
By Kristina Herzog, Berlin
All rights reserved
Alle Inhalte sind urheberrechtlich geschützt. Kein Teil dieses Buchs darf ohne schriftliche Genehmigung der Autorin vervielfältigt, veröffentlicht, bearbeitet oder übersetzt werden. Ausnahme sind kurze Zitate in Buchbesprechungen.
Dieses Buch ist fiktional. Insbesondere Namen, Charaktere und Handlungen entspringen ausschließlich der Fantasie der Autorin. Alle Ähnlichkeiten zu lebenden oder toten Personen sind rein zufällig und unbeabsichtigt.
Umschlaggestaltung und -motiv: Ivy Grove Illustrations
Lektorat: Verlorene-Werke, Daniela Höhne
Korrektorat: Veronika Moosbuchner
ISBN 978-3-910798-04-5 (eBook)
ISBN 978-3-759236-82-1 (Print)

www.kristinaherzog.de
Anmeldung zu Kristinas Newsletter:
www.kristinaherzog.de/newsletter

Herstellung und Druck über tolino media GmbH & Co. KG, Albrechtstr. 14, 80636 München. Printed in Germany.
Fragen zu Produktsicherheit an: gpsr@tolino.media.

Kristina Herzog
Ein fast tadelloser Graf

Das Buch

Preußen, 1817: Charlotte von Cossin ist - zum Missfallen ihrer Familie - fest entschlossen, nicht zu heiraten, sondern ihr Leben der Wissenschaft zu widmen. Doch dann trifft ihr neuer Hauslehrer Philipp von Lotz auf Gut Cossin ein – und ihr Entschluss wird auf eine harte Probe gestellt. Obwohl er deutlich älter ist als sie, entwickelt sich schnell eine Freundschaft zwischen ihnen und Philipp eröffnet ihr die Möglichkeit, endlich einen Fuß in die ersehnte Welt der Gelehrten zu setzen. Plötzlich treffen auch noch ergreifende Briefe eines heimlichen Verehrers ein und bringen Charlotte ganz durcheinander. Wer steckt dahinter? Und wird es dem klugen, aber schüchternen Philipp gelingen, ihr Herz zu erobern und ihren Entschluss ins Wanken zu bringen?

Die Autorin

Kristina Herzog studierte Jura und Mediation in Berlin und Heidelberg. Neben Kurzgeschichten in Anthologien und Zeitschriften hat sie Kriminalromane und einen Politthriller veröffentlicht. Schon immer galt ihr besonderes Interesse jedoch der Geschichte und den persönlichen Schicksalen der Menschen aus historischer Perspektive. Nach drei Bänden der Sternberg-Saga und »Ein fast perfekter Herzog«, dem ersten Band der Cossin-Saga, ist „Ein fast tadelloser Graf" Kristina Herzogs fünfter historischer Roman und der zweite Band der romantischen Cossin-Saga.

Kristina Herzog

**EIN FAST
TADELLOSER
GRAF**

Die Cossin-Saga
ROMAN

*Für alle, die es lieben, im Regen zu tanzen,
Seifenblasen hinterherzujagen
und sich in andere Welten zu träumen.*

KAPITEL EINS

*C*harlotte von Cossin wäre am liebsten aufgestanden und hätte sich verabschiedet.

Sie seufzte, aber nur leise, und lockerte unauffällig die verspannten Schultern. Geschlagene neunzehneinhalb Minuten saß sie bereits hier und lauschte den phlegmatischen Interessensbekundungen des ihr gegenübersitzenden Jünglings.

»Ich persönlich liebe ja die Wildschweinjagd«, ließ er sie wissen. Sie nickte höflich, enthielt sich aber einer Antwort. Was hätte sie dazu auch sagen sollen?

Ferdinand von Nauenstetten war ein netter Kerl, aber die Gespräche mit ihm konnten mit viel gutem Willen allenfalls als schwerfällig bezeichnet werden. Sie konnte ihm ansehen, wie er fieberhaft nach einem Thema suchte, mit dem er sie beeindrucken konnte.

Dabei hatte sie so viel Wichtigeres zu tun! Die Abhandlung über Rosenquarz wartete. Es drängte Charlotte, alles darüber herauszufinden und sie hatte fest damit gerechnet, sie heute abschließen zu können. Sie brauchte dringend etwas Fertiges, um endlich von der Wissenschaftswelt wahrgenommen zu werden. Mit dieser Arbeit würde sie beweisen können, dass sie dazugehörte und man sie als Geologin ernst nehmen musste.

Stattdessen saß sie hier im Salon und hoffte, dass ihr Besucher bald genug von ihrer Gesellschaft haben und gehen würde. Mit gesenktem Kopf spielte sie an den ausladenden Ärmeln ihres luftigen Sommerkleides herum, während Ferdinand über die Vorteile der Jagd auf Wildschweine gegenüber der auf Vögel philosophierte. Charlotte seufzte laut, um ihren Unmut darüber zu signalisieren. Sie war für Derartiges nicht geeignet. Ihr fehlte die Weichheit und Hingebungsfähigkeit einer typischen Frau. Es war ihr ein Rätsel, warum das den Herren nicht gleich auffiel und sie dafür erst mehrere enervierend lange Besuche bei ihr benötigten, bis sie endlich das Weite suchten.

Sofort räusperte sich Maman hörbar. Charlotte wandte den Kopf und sah sich nach ihr um. Ihre Mutter hob leicht die Augenbrauen. Das genügte, um ihrer Tochter deutlich zu machen, dass es kein Entkommen gab. Charlotte drehte sich wieder ihrem Gast zu und sah ihn mit einem breiten Lächeln an. Wenn sie hier schon nicht wegkam, wollte sie wenigstens das Gespräch auf interessantere Dinge lenken. »Haben Sie auf dem Grund Ihres Vaters schon einmal Grabungen durchgeführt?« Die Frage war ihr eben in den Kopf gekommen. Ferdinands Reaktion ließ sie ihre Unbedachtheit unverzüglich bereuen. Maman würde nicht erfreut sein, wenn sie das hier sah.

Er zuckte zurück, als hätte er in einen unreifen Apfel gebissen und blinzelte nervös. »Äh, wie bitte?«, fragte er mit unsicherer Stimme.

»Grabungen, … um die Bodenschichten zu untersuchen oder nach besonderen Steinen und Fossilien zu suchen«, erklärte Charlotte.

Er schüttelte hastig den Kopf. »Nein! Warum auch?« In seiner Hilflosigkeit tat er ihr fast schon leid.

»Ach, es war nur ein Gedanke«, winkte sie ab.

»Haben Sie so etwas schon einmal getan?« In seinem Gesicht und seiner Haltung war seine Verwirrung beinahe greifbar.

Charlotte strahlte auf. »O ja, des Öfteren.«

Er nickte, aber in seinen Augen stand Befremden. Sie spürte die Notwendigkeit, ihm nähere Erläuterungen zu geben. »Ich hege ein ausgeprägtes Interesse für die Geologie«, erklärte sie.

Er zuckte zurück, als hätte ihn etwas gebissen. Dann rang er sich ein gequältes Lächeln ab und erhob sich langsam, den Blick nicht von ihr lösend, als könne sie jeden Moment aufspringen und sich wie eine Schlange auf ihn stürzen.

»Ich fürchte, ich habe Sie schon viel zu lange aufgehalten, Fräulein von Cossin. Ich wünsche Ihnen einen schönen Tag«, sagte er förmlich und hektisch zugleich. Danach drehte er sich gehetzt um und stürmte aus dem Salon. Er hatte nicht einmal ihren Abschiedsgruß abgewartet.

Charlotte lehnte sich erschöpft auf dem Sofa zurück, auf dem sie vorschriftsmäßig aufrecht gesessen hatte, und seufzte erleichtert auf. Sie hätte die Geologie schon viel früher ansprechen sollen, dadurch wäre ihr viel erspart geblieben. Es war ihr unerklärlich, was die Herren ermutigte, sie heimzusuchen. Früher hatte sich niemand für sie interessiert. Nur ihre älteste Schwester Friederike hatte einige Verehrer gehabt, bevor sie den Herzog von Ritteysen geehelicht hatte. Seitdem jedoch gaben sich mögliche Aspiranten um ihre Gunst die Klinke in die Hand. Sie konnte sich das selbst nicht erklären, schließlich war sie keineswegs erpicht darauf, zu heiraten und hatte dementsprechend niemanden dazu ermutigt, ihr den Hof zu machen. Sie hatte keinerlei Interesse an jedweder amourösen Verwicklung.

Zudem war keine große Mitgift bei einer Eheschließung zu erwarten. Erst seit Kurzem war Gut Cossin schuldenfrei. Die Zucht, die Friederike begonnen hatte, obwohl sie seit ihrer Heirat mit Leopold vor einigen Monaten gar nicht mehr hier wohnte, lief zwar vielversprechend an. Allerdings war es unwahrscheinlich, dass in Bälde mit großen Reichtümern zu rechnen war.

Sie hatte sich vor einiger Zeit geschworen, unverheiratet zu bleiben und ihr Leben der Wissenschaft zu widmen. Genauer gesagt: der Geologie. Seit sie denken konnte, war sie fasziniert von der Geschichte der Erde und ihrer Entstehung, Fossilien und vor allem jeglicher Art von Gestein. Wenn es nach ihr gegangen wäre, hätte sie all die männlichen Besucher gar nicht erst empfangen, sondern sie stante pede fortgeschickt. Deren Begehr würde ohnehin erfolglos sein und diese endlosen oberflächlichen Unterhaltungen ermüdeten Charlotte allzu sehr.

Allerdings spielte Maman da nicht mit. Sie hatte ganz andere Vorstellungen von Charlottes Zukunft und ihr verboten, jedem Besucher direkt mitzuteilen, dass sie eine Eheschließung nicht in Betracht zog. Es sei unhöflich, die Herren derartig vor den Kopf zu stoßen, meinte sie. Charlotte wäre das egal gewesen, sie hatte die Mannsbilder ja nicht hergebeten. Darüber hinaus langweilten sie Charlotte mit ihrem banalen Geschwätz fürchterlich. Sie gab sich Mühe, höflich und zuvorkommend zu bleiben. Dennoch strebte sie regelmäßig an, das Gespräch auf erquicklichere Themen wie die Wissenschaft und im Idealfall direkt auf die Geologie zu lenken. Für gewöhnlich erntete sie daraufhin nur irritierte Blicke und stirnrunzelnde Unterbrechungen des Geprahles über Landgüter, Beziehungen, erfolgreiche Jagden und Pferdebesitz.

Jetzt, da sich die Tür hinter Ferdinand von Nauenstetten endlich geschlossen hatte, spürte sie Erleichterung. Charlotte atmete befreit auf. Maman saß am Nähtisch. Sie hatte Charlotte die ganze Zeit im Auge behalten. Missbilligend schüttelte Maman den Kopf.

»Du solltest dir mehr Mühe geben, mein Kind. Wie willst du denn einen Mann an dich binden, wenn du so abweisend bist und alle mit deinem Gerede über die Wissenschaft verschreckst?«

»Aber ich will gar keinen Mann. Ich frage mich ohnehin, warum all diese Herren hier auftauchen.«

»Du bist bildhübsch und blitzgescheit. Manchmal vielleicht ein bisschen zu sehr. Nicht jeder kann etwas mit diesem neumodischen Forschungskram anfangen, das darfst du nicht vergessen, Charlotte.«

Mutter hatte ihr Stickzeug beiseitegelegt und war zu ihr hinübergekommen. Bevor sie sich neben sie auf das kleine Chintz-Sofa mit den aufwendig geschnitzten Beinen setzen konnte, war Charlotte aufgesprungen. Dieses Gerede über ihr Aussehen war ihr unangenehm. Sie empfand sich selbst in keiner Hinsicht als außergewöhnlich, ausgenommen ihr wissenschaftliches Interesse vielleicht. Vielmehr schien sie den Menschen häufig lästig in ihrer Begeisterung für Wissen und Bildung, mit dem sie überall aneckte. Es war ihr bewusst, dass sie sich in dieser Hinsicht deutlich von anderen jungen Damen unterschied.

Auf Bällen und anderen gesellschaftlichen Anlässen wurde ihr diese Tatsache besonders peinigend bewusst. Während die Mehrzahl der weiblichen Ballgäste ihres Alters sich darin erging, die unverheirateten Männer anzuschmachten und sich mit ihnen innerhalb der von der Etikette erlaubten Grenzen zu amüsieren, hatte Charlotte viel mehr Spaß daran, sich mit den Herren über spannendere Themen auszutauschen. Sie redeten über Dinge wie Politik und das Schicksal Napoleons. Besonders gerne aber sprach sie mit ihnen über die neuesten wissenschaftlichen Erkenntnisse. Charlotte vermutete, dass die Besucher deswegen herkamen. Es erschien ihnen spannend und exotisch, wie Charlotte auftrat und war weniger einem romantischen Interesse geschuldet. Wahrscheinlich malten sie sich aus, dass ein Leben mit Charlotte an ihrer Seite unterhaltsamer wäre. Allerdings war sie niemand, der sich als Schoßhündchen eignete, das zur Unterhaltung aller vor- und anschließend weggeführt wurde, damit es bei den wichtigen Gesprächen nicht störte. Dennoch wurde sie von den anderen jungen Damen gemieden und nicht beachtet. Nie gehörte sie irgendwo dazu, wenn man die Köpfe zusammensteckte und kicherte. Sie war eher die Person, über deren Verhalten gelacht wurde. Das war kein schönes Gefühl und hatte dazu geführt, dass sie Leuten, die nicht zur Familie gehörten, grundsätzlich misstraute. Vor allem den Männern, die scheinbar um ihre Gunst buhlten, sich aber hinter ihrem Rücken danach mit großer Wahrscheinlichkeit mit ihren Schwestern über sie lustig machten.

Aber wenn alle Stricke rissen, hatte sie ja ihre eigenen Schwestern. Zumindest Luise, die nur ein knappes Jahr jünger war als Charlotte, stand ständig bereit, um ihr aus einer schwierigen sozialen Situation zu helfen. Emmeline und Henriette waren mit ihren knapp siebzehn Jahren zu jung und kamen für eine so diffizile Aufgabe nicht in Betracht. Friederike war, vor allem seit sie verheiratet war und neben der Zucht ebenfalls ihren Pflichten als Herzogin nachzukommen hatte, zu beschäftigt.

»Es gibt nichts Spannenderes als die Wissenschaft«, bemühte sich Charlotte, Maman zu überzeugen.

Ihre Mutter rollte in gespielter Verzweiflung die Augen. »Das sagst du«, entgegnete sie gedehnt. Ihr auch nach den vielen Jahren in Preußen weiterhin hörbarer französischer Akzent verlieh ihren Worten einen melodiösen Klang. Allerdings war Charlotte bewusst, dass Maman das keineswegs so spielerisch meinte, wie es sich anhörte.

»Ich kann nichts dafür, dass ich mich für andere Dinge interessiere als andere Frauen. Es ist mir jedoch durchaus bewusst, dass mich das nicht sehr liebenswert macht.« Sie fühlte sich zunehmend verzweifelt. Wie oft schon hatten sie diese Diskussion geführt, ohne dass Maman nur einen Zoll mehr Verständnis für Charlotte aufgebracht hatte.

»Männer mögen das, was sie kennen. Und Frauen, die mehr wissen als sie, sind ihnen unheimlich. Es ist an uns, Vorlieben und Wesenszüge, die diesem männlichen Bedürfnis nach Kontrolle und Überlegenheit entgegenstehen, zu unterdrücken. So sehr du dir das auch wünschst, Charlotte, wirst du das nicht ändern können.«

Maman lächelte plötzlich und strich ihr übers Haar. »Gräme dich nicht, meine Liebe, manche Dinge muss man so akzeptieren, wie sie eben sind.«

Charlotte verzog den Mund zu einem Lächeln, obwohl ihr im Grunde ihres Herzens gar nicht danach war.

Maman machte sich etwas vor, wenn sie glaubte, dass irgendein Kandidat sie haben wollte, hatte er sie erst einmal richtig kennengelernt. Bemerkten die jungen Männer ihr wahres Selbst, waren sie schneller verschwunden als die Pferde zur Fütterungszeit an ihre Raufen. Sie war einfach zu direkt und hatte ungewöhnliche Vorlieben für eine Frau. Wahrscheinlich würde sich Charlotte, wäre sie ein Mann, selbst nicht erwählen. Aber gerade aus diesem Grund hatte sie sich entschieden, ihr Herz ausschließlich der Wissenschaft zu schenken.

»Es ist mir bewusst, dass die Gesellschaft verlangt, sich zu verstellen und anzupassen. Aber was für ein Armutszeugnis ist es, dass ich als Frau alle meine Begabungen und Talente verstecken muss, um sozial nicht ausgegrenzt zu werden und am Ende allein dazustehen?«

Maman zuckte mit resigniertem Gesichtsausdruck mit den Schultern. Sie strich sich über den makellosen Rock und überlegte einen Augenblick, bevor sie ihr antwortete: »Es ist eine Sache, dieses Manko zu erkennen. Aber wahre Klugheit zeigt sich, wenn man in der Lage ist, sich den Anforderungen anzupassen, um ein angenehmes Leben zu führen.«

Charlotte grinste. »Du vergisst, dass ich das dank Tante Tilly nicht mehr nötig habe.«

Maman rollte mit den Augen und stöhnte dramatisch. »Du weißt, was ich über dieses Arrangement denke.« Sie beugte sich vor, um ihren Worten mehr Nachdruck zu verleihen. »Denk bloß nicht, dass du durch diesen Handel unabhängiger bist. Du machst dich nur statt von einem Mann von Tilly abhängig. Und darüber hinaus sind ihre Bedingungen fast unerreichbar.«

»Ein Grund mehr, alles daranzusetzen, sie zu erzielen.« Sie zwinkerte Maman zu. Sie war fest entschlossen, dafür zu kämpfen, dass sie sich weiter mit ihrem Steckenpferd, der Gesteinskunde befassen konnte. Sie wollte nicht auf die Bedürfnisse und Anforderungen eines vermeintlichen Ehemannes Rücksicht nehmen müssen. Tante Tilly war bereit, ihr diesen Traum zu ermöglichen, denn Charlotte war seit Jahren ihr erklärter Liebling. Die reiche Schwester ihrer Mutter hatte ihr versprochen, dass sie für ihren Lebensunterhalt aufkommen würde, sollte sie in der Lage sein, sich in der Welt der Wissenschaft zu behaupten. Natürlich hatte ihre Tante diesen Handel an konkrete Bedingungen geknüpft: Zum einen musste sie es schaffen, als Rednerin zu Geologie-Symposien eingeladen zu werden. Darüber hinaus bestand Tante Tilly darauf, dass Charlottes Ruf untadelig bliebe. Sie dürfe nicht wegen irgendwelcher fragwürdigen Verbindungen oder eines möglichen Fehltritts ins Gerede kommen, wollte sie das Erbe der Tante antreten. Im Grunde wäre es am besten, wenn sie sich von Männern generell fernhielte. Charlotte war bereit, all das zu erfüllen. Sie würde ihr Leben der Wissenschaft widmen.

Tante Tilly, die regelmäßiger Gast auf Gut Cossin war, wenn sie sich von ihren Verpflichtungen in Dijon, ihrer französischen Heimat, frei machen konnte, hatte keine eigenen Kinder. Nur ihr äußerst verzogenes Schoßhündchen Dauphin, das verhätschelt wurde wie ein Prinz. Außerdem waren ihre Zofe Lysandra und andere Bedienstete ihre ständigen Begleiter. Alle hier rollten mit den Augen, wenn ein erneuter Besuch der Tante angekündigt wurde. Die Tante neigte zu übermäßigen Ermahnungen und Einmischungen in Dinge, die sie nichts angingen. Nur Charlotte freute sich. Allerdings war sie neben Mutter wahrscheinlich die Einzige.

Vor ein paar Tagen war ein Brief eingetroffen, in dem Tante Tilly eine erneute Visite angekündigt hatte. Vater und ihre Geschwister zitterten schon jetzt davor, inwieweit dieser Besuch ihren geruhsamen Tagesablauf hier auf Gut Cossin in Unruhe bringen würde.

Charlotte hatte die Nachricht dagegen in Hochstimmung versetzt. Dadurch würden die anstrengenden Herrenbesuche für eine Weile ein Ende haben. Denn nicht einmal Maman konnte verlangen, dass sich Charlotte durch diese Stunden quälte, wenn Tante Tilly alles mit Argusaugen im Blick behielt. Zwar hatte Charlotte in Tante Tilly stets eine zugewandte Zuhörerin für all ihre neuen Erkenntnisse, aber gewisse Aspekte ihres Lebens teilte sie lieber nicht mit ihr. Zumal diese Herrenvisiten Tante Tillys Bedingungen zuwiderliefen.

Inzwischen lag es fast zwei Jahre zurück, dass ihr die Tante den Vorschlag unterbreitet hatte, für ihren Lebensunterhalt aufzukommen. Das war aber nur das Sahnetüpfelchen auf der Torte von Charlottes Zuneigung.

»Wenn du nur endlich einen deiner zahlreichen Verehrer erhören wolltest. Dann müssten dein Vater und ich uns nicht mehr darum sorgen, dass du jeden mit deiner Willensstärke und deinem Hang zum rebellischen Denken vor den Kopf stößt«, seufzte Maman.

»Ach, Maman, du weißt, dass ich Tante Tillys großzügiges Angebot nicht abschlagen werde. Es wäre hilfreich, wenn ihr ebenfalls an meinen Erfolg glauben würdet.«

»Du meinst, wegen eures kleinen Kuhhandels? Wenn du wüsstest, was Tilly mir schon alles versprochen hat, als wir klein waren. Ihr Trick ist, dass sie die Bedingungen, die sie an ihre Versprechen knüpft, so hoch ansetzt, dass man sie niemals erfüllen kann.«

»Ich werde es schaffen!«

»Nun, so sehr ich es dir wünsche: Du warst noch nie auf

einem Symposium. Ich glaube kaum, dass sie einer Frau erlauben werden, dort zu sprechen.«

»Wenn ich auf meinem Gebiet für mein Fachwissen anerkannt sein werde, können sie es mir kaum verwehren. Ich muss nur endlich dazu kommen, meine Abhandlung über den Rosenquarz fertigzustellen und zu veröffentlichen, anstatt dümmlich grinsend hier im Salon zu sitzen. Du wirst sehen, so kommen sie gar nicht darum herum, mich einzuladen.«

Maman zog eine Augenbraue empor. »Du weißt, dass Friederike jeden von euch um Hilfe gebeten hat? Der Vielzahl an neuen Pferden sind August und Benno allein nicht gewachsen.«

Charlotte verzog das Gesicht. »Das können doch die Jungs machen. Ich muss noch einige Versuche mit dem Stein machen, bevor ich …«

»Das läuft nicht weg. Wenn du nicht im Stall arbeiten möchtest, gibt es auf dem Heuboden oder der Weide mit Sicherheit ausreichend Arbeit.«

»Na schön!« Charlotte verzog den Mund. »Ich gehe mich umziehen.« Sie verkniff sich den Hinweis darauf, dass sich Henriette und Emmeline, die sechzehnjährigen Zwillinge, mit Sicherheit wieder kichernd aus dem Stall gestohlen hatten und in den ausladenden Garten gerannt waren. Die beiden versteckten sich dort irgendwo in einer stillen Ecke hinter einem Johannisbeerstrauch oder einem der Obstbäume und schwatzten über irgendwelche Belanglosigkeiten. Die zwei Schwestern konnten der verordneten Stallarbeit ebenso wenig abgewinnen wie Charlotte. Außer Fabian, dem Jüngsten, war ihre älteste Schwester das einzige ihrer Geschwister, das verrückt nach Pferden war. Zwar lebte Friederike mittlerweile auf Schloss Ritteysen, kam aber jeden Tag herübergeritten, um nach ihren Lieblingen zu sehen, die Zucht voranzutreiben und im Stall zu arbeiten. Und ihr Gatte Leopold schien nichts dagegen zu haben. Die beiden strahlten in Gesellschaft des anderen noch immer so, als hätten sie gerade in ein Honigbrötchen gebissen. Vor allem Leopold hatte sich seit ihrer Eheschließung deutlich verändert. Er war viel entschlossener, zupackender und weniger wankelmütig, als er es vor ihrer Hochzeit gewesen war. Offenbar taten die beiden sich gegenseitig sehr gut. Auch Friederike war viel gelassener und weniger ruppig, seit sie mit ihm verheiratet war.

Charlotte hatte andere Leidenschaften, aber nicht annähernd so viel Zeit, ihnen nachzugehen, wie sie es sich wünschte. Sie wollte unbedingt auf ein Symposium eingeladen werden und dort sprechen. Denn das würde bedeuten, dass nicht nur eine von Tante Tillys Bedingungen erfüllt wäre, sondern sie endlich von der Wissenschaftswelt als ein wichtiger Teil davon anerkannt würde. Einen Lichtblick gab es, von dem sie sich Unterstützung erhoffte: Vater hatte kürzlich einen neuen Hauslehrer engagiert, der heute eintreffen sollte. Charlotte war schon eine Weile nicht mehr in dem Alter, in dem Mädchen unterrichtet wurden. Aber allein die Vorstellung, nur gelangweilt im Salon herumzusitzen und Besucher zu empfangen oder auf dem Flügel zu klimpern und detaillierte und enervierende Stickarbeiten anzufertigen, einzig unterbrochen von der lästigen Stallarbeit, machte sie depressiv. Vater wusste von ihrer Vorliebe für Bildung. Nachdem sie ihn eine Weile umgarnt hatte, erteilte er ihr augenzwinkernd die Erlaubnis, am Unterricht teilzunehmen.

»Und Luise natürlich ebenso«, hatte er in seinem Anflug von Großzügigkeit hinzugefügt.

Charlotte hatte einen schnellen Blick hinüber zu ihrer Schwester geworfen. Luises Stirn lag in Falten und sie war drauf und dran, zu widersprechen. Charlotte gab ihr einen schnellen Wink, darauf zu verzichten. Im Gegensatz zu Charlotte war Luise nicht sonderlich erpicht auf mehr Bildung. Für eine Frau konnte man das Maß ihres Wissens mit Sicherheit als überdurchschnittlich einstufen. Denn auf Charlottes Drängen hin hatte keine von ihnen mit dem Besuch der Unterrichtsstunden aufgehört, als sie sechzehn waren. Das Alter hatten ihre Eltern als Grenze festgelegt. Die inzwischen einundzwanzigjährige Luise wäre zufrieden gewesen, sich nicht weiterhin mit Lateinvokabeln, Landkarten und mathematischen Gleichungen abplagen zu müssen. Da aber Charlotte darauf bestand, weiterzumachen und sie die Ältere der beiden war, blieb der armen Luise nichts anderes übrig, als ebenfalls am Unterricht teilzunehmen.

Hoffentlich besaß der neue Hauslehrer genug eigenes Wissen, damit er ihr noch etwas beibringen konnte. Alles, was sie über ihn wusste, war, dass es sich um einen gewissen Herrn von Lotz handelte und Vater ihn irgendwie ausfindig gemacht hatte. Aber das genügte schon, um ihre Hoffnung fürs Erste zu entfachen.

Als Charlotte sich, nachdem sie sich umgezogen hatte, dem Stall näherte, hörte sie schon lautes Singen und Lachen auf dem Hof. Unwillkürlich musste sie lächeln. Vater war eine Frohnatur und er schaffte es häufig, unangenehme Arbeiten mit Fröhlichkeit zu ummanteln, sodass sie deutlich weniger schlimm wirkten. Sie war sich sicher, dass er es gewesen war, der den Gesang angestimmt hatte. Ihr Stallmeister

August konnte es gar nicht leiden, wenn die Stimmung im Stall brodelte. Er fürchtete, dass jemand in seinem Übermut etwas übersah oder eines der Tiere in Mitleidenschaft gezogen wurde, aber das war bisher nie passiert.

Charlotte konnte die helle Stimme ihres jüngsten Bruders Fabian hören, der mit seinen dreizehn Jahren noch nicht im Stimmbruch war. Auch Luises Lachen war deutlich zu erkennen. Sie war die Schwester, die ihr altersmäßig am nächsten stand. Sie hörte, wie Rochus, ihr fünfzehnjähriger Bruder, nieste. Der Arme litt regelmäßig, wenn er bei den Pferden im Stall war. Irgendetwas reizte seine Atemwege und ließ seine Augen zuschwellen. Aber es half nichts: Hier auf dem Hof wurde jede Hand gebraucht. Henriette und Emmeline hatten zurück in den Stall gefunden. Sie arbeiteten wie stets ganz in der Nähe der anderen. Obwohl sie Zwillinge waren, sahen sie einander nicht sonderlich ähnlich. Henriette war zwar ein paar Minuten älter als ihre Schwester, wirkte jedoch aufgrund ihrer geringeren Körpergröße mit ihrer dunkelblonden Wallemähne und den blauen Augen deutlich zerbrechlicher als die brünette Emmeline, deren Augen fast schwarz anmuteten. Die beiden hielten zusammen wie Pech und Schwefel. Selten sah man eine von ihnen ohne die andere.

»*Hejo, spann den Wagen an*«, tönte es vielstimmig aus dem Stall.

Charlotte trat in das schummrige Gebäude und stimmte, ohne zu zögern, mit ein. Sofort drehten sich ihr sämtliche Pferde- und Menschenköpfe zu.

Vater kam mit einem zufriedenen Ausdruck auf dem Gesicht auf sie zu und hielt ihr laut »*Holt die goldnen Garben, holt die goldnen Garben*« schmetternd seine Mistgabel hin, während er Rochus bedeutete, die Schubkarre näher heranzufahren. Ihr Bruder kam der Aufforderung niesend nach. Trotz seiner leichten Unpässlichkeit ließ er sich nicht davon abhalten, hingebungsvoll mitzusingen.

Charlotte spürte, wie nach und nach die Anspannung der letzten halben Stunde, die die ermattende Unterhaltung mit Ferdinand von Nauenstetten mit sich gebracht hatte, von ihr abfiel. So war das eben mit einer großen Familie: Selbst wenn man gar nicht in der Stimmung war, wurde man meist mitgerissen – sowohl von guter als auch von schlechter Laune.

Sie begann, den Mist in die Schubkarre zu schaufeln.

»Na, wie hat dir dein neuer Verehrer gefallen?«, ertönte Luises Stimme dicht hinter ihr.

Charlotte schüttelte abwehrend den Kopf. »Es war kräftezehrend. Wieder einer, der nicht einmal das Wort *Geologie* kennt.«

Luise verdrehte die Augen. »Ich hoffe, du hast ihn deinen Unmut nicht zu sehr spüren lassen.«

»Dieses sinnlose Herumgerede ist so unglaublich belastend! So viele verlorene Stunden, die um ein Vielfaches besser hätten genutzt werden können.«

»Aber dafür kann der Arme doch nichts. Wenn sich erst einmal herumgesprochen hat, dass du nicht an einer Verbindung interessiert bist, wird der Strom an Bewerbern schon nachlassen.« Luise neigte mitfühlend den Kopf, während sie das Kinn auf den Griff ihrer Mistgabel stützte. Nun aber wandte sie sich um und rief ihrer ältesten Schwester über die Schulter zu: »Du schuldest mir einmal Ausmisten!«

»Hat sie schon wieder einen abblitzen lassen? Er sah ganz niedlich aus mit seiner Stupsnase und den himmelblauen Augen.« Friederikes Stimme tönte aus dem rückwärtigen Teil des Stalls zu ihnen herüber.

»Er konnte nichts mit ihren Steinen anfangen«, erklärte Luise laut rufend und wandte sich sodann grinsend wieder Charlotte zu.

Die überlegte gerade, ob sie ihre Schwestern wutentbrannt in den Mist stoßen oder es schaffen würde, deren fiese Spitzen einfach zu ignorieren.

»Seit sie hier nicht mehr wohnt, ist sie leichtgläubig geworden. Sie lässt sich viel einfacher über den Tisch ziehen.« Luise grinste.

Charlotte schüttelte stöhnend den Kopf. Es war nicht einfach mit so vielen Geschwistern. Und trotzdem liebte sie das Zusammensein mit ihnen. Meistens zumindest.

Philipp von Lotz zügelte nervös sein Pferd. Dort vorn lag schon der Hof der Cossins und er fragte sich, seit er heute früh losgeritten war, warum er sich bereit erklärt hatte, hierherzukommen. Er sollte einen Haufen Kinder unterrichten. War er mit seinen sechsunddreißig Jahren einer derartigen Strapaze überhaupt gewachsen? War er nicht zu alt für solche Aufregungen? Im Grunde seines Herzens mochte er den Umgang mit Fremden nicht sonderlich. Er war ein Eigenbrötler, der sich in die kompliziertesten wissenschaftlichen Abhandlungen vertiefen, aber kein lockeres Gespräch über das Wetter führen konnte.

Sein Vater machte sich darüber lustig, seit er ein Junge gewesen war. Ihn hatte das nie sonderlich gestört. Jetzt aber, da sich Vater eine neue, wesentlich jüngere Frau genommen hatte, taten diese Sticheleien plötzlich viel mehr weh. Schlimmer noch: Er fühlte sich zu Hause in seiner Bibliothek, die zeitlebens sein Heiligtum gewesen war, nicht mehr wohl. Es konnte ständig passieren, dass Else mit einem Summen auf den lächelnden Lippen und einer Hand auf dem schon üppig gerundeten Bauch hereinschneite und versuchte, ihn in ein Gespräch zu verwickeln. Diese Unterhaltungen hatten nur den Zweck, Philipp dumm dastehen zu lassen. Im Nachhinein machte sich Else dann mit Vater zusammen über ihn lustig.

Als Vater ihm verkündet hatte, wieder heiraten zu wollen und ihm Else vorstellte, hatte Philipp das Gefühl gehabt, seine Welt würde auf einen Schlag auf den Kopf gestellt. Solange er denken konnte, war er allein mit Vater gewesen. An seine Mutter, die viel zu früh verstorben war, hatte er nur vage Erinnerungen. Es war ihm noch nicht einmal bewusst gewesen, dass Vater auf der Suche nach einer neuen Frau gewesen war. Das Mädchen war jünger als er selbst. Sie könnte Philipps Schwester sein. War sie aber nicht. Stattdessen setzte sie sich neckisch auf Vaters Schoß, wenn sie nach dem Essen in den Salon gingen, sodass Philipp irritiert und ein wenig angewidert den Kopf wegdrehen musste. Eine derartige Zurschaustellung von Gefühlen war er nicht gewöhnt. Er selbst konnte sich nicht erinnern, jemals als kleiner Junge auf Vaters Schoß gesessen zu haben, geschweige denn, dass ihn Vater in den Arm genommen hätte. Vater hatte Nähe von jeher gemieden. Bei Else schien er seine Abneigung allerdings überwunden zu haben, denn er ließ es zu, dass sie sich auf ihn setzte wie auf ein Schaukelpferd. Er schmunzelte, tätschelte ihr den Hintern und umarmte sie ungeniert.

Philipp war entschlossen, es Vater zu beweisen. Zum einen, dass er sehr wohl in der Lage war, irgendwo anders zurechtzukommen und zum anderen, dass er als Wissenschaftler überall gern gesehen war. Vater hatte sich stets darüber lustig gemacht, wie gern Philipp sich in wissenschaftliche Abhandlungen vertiefte und regelmäßig kleine Exkursionen unternahm, um seine Rückschlüsse und Annahmen mit Hilfe der Natur zu beweisen. Zwar war Philipp es leid, ständig um Vaters Anerkennung zu kämpfen, dennoch bedeutete es ihm viel, Vater deutlich zu machen, dass mehr in ihm steckte, als dieser vermutete.

Philipp sah hinüber zu Gustav, seinem Kammerdiener, der ihn begleitete. Dieser hatte ebenfalls sein Tier angehalten und es auf eine Höhe mit Philipps gebracht.

»Wir sollten bald da sein.« Gustav nickte ihm aufmunternd zu. Wahrscheinlich konnte man Philipp sein Unbehagen an der Nasenspitze ansehen.

Philipp runzelte die Stirn und trieb sein Pferd mit einem Schnalzen und etwas Schenkeldruck erneut an.

Schon bald nach ihrer Hochzeit hatte sich Elses Bauch langsam gerundet; Philipp dachte mit Schaudern an die überaus peinliche Situation zurück, als Vater und sie ihm verkündet hatten, dass er ein kleines Geschwisterchen bekäme. Er war ein Mann in den Dreißigern, Herrgott! Es wäre an ihm selbst gewesen, eine eigene Familie zu gründen, aber dafür war er viel zu schüchtern. Er konnte sich beim besten Willen nicht vorstellen, das heimische Elternhaus zu verlassen und einer Dame den Hof zu machen. Was, wenn sie ihn zurückwiese? Das würde er nicht ertragen. Er wusste, dass er kauzig und unbeholfen auf andere Leute wirkte, auch wenn das lediglich seiner fehlenden Übung auf dem gesellschaftlichen Parkett geschuldet war. Philipp hatte bewusst darauf verzichtet, sich eine Frau zu suchen oder ausschweifende Reisen zu unternehmen, weil er seinen

Vater in seiner beständigen Trauer nicht alleinlassen wollte. Diesem gelang es einfach nicht, über den Tod von Philipps Mutter hinwegzukommen, obwohl seitdem schon viele Jahre ins Land gezogen waren. Wäre Philipp auch noch gegangen, hätte sich Vaters Schwermut mit Sicherheit verschlimmert. Also hatte sich Philipp, statt sich auf dem gesellschaftlichen Parkett zu tummeln, in die wissenschaftliche Arbeit gestürzt. Er brauchte etwas, das ihn geistig forderte. Seit einiger Zeit forschte er besonders auf dem Gebiet der Gesteinskunde. Seine Ausarbeitungen hatten es zu einiger Beachtung in wissenschaftlichen Kreisen gebracht. Man wollte, dass er über seine Erkenntnisse sprach und hatte ihm sogar eine Lehrtätigkeit an der neu gegründeten Universität in Berlin angeboten. Doch aus Rücksicht auf Vater und seine wachsende Scheu, vor vielen Leuten zu sprechen, hatte er all diese Angebote ausgeschlagen. Über die Jahre war es ihm immer schwerer gefallen, sich bei sozialen Begebenheiten zu zeigen. Stets wurde er von dem Gefühl begleitet, nicht richtig dazuzugehören und auch deshalb hatte er sich bei keinem Empfang oder Ball mehr blicken lassen. Im Grunde seines Herzens hatte er nichts gegen andere Menschen. Es war nur nicht einfach, jemanden zu finden, der seine Wissenschaftsbegeisterung und Zurückhaltung zu händeln wusste. Das hatte ihm Vater wieder und wieder bestätigt. Egal, was Philipp anstellte, er hatte es ihm nie recht machen können. Ständig hatte Vater etwas an ihm auszusetzen gehabt. Und Philipp hatte sich zurückgezogen, um der unablässigen Nörgelei zu entkommen. Dennoch litt er darunter, offenbar eine Enttäuschung für seinen eigenen Vater zu sein.

Nun aber war die Lage ein wenig anders als vor Elses Übernahme sämtlicher Rückzugsorte.

Philipp war bei aller Schüchternheit kein Trottel. Er merkte, wenn er das dritte Rad am Wagen war. Auch wenn Else vielleicht beabsichtige, ihn aus dem Haus zu mäkeln, damit ihr zu erwartendes Kind die Rolle des Erben übernehmen könnte, machte sich Philipp in dieser Hinsicht keine Sorgen. Selbst wenn er im Ausland weilte, würde er immer noch den Grafentitel und die Besitzungen erben. In den Regeln des Hauses Lotz war festgeschrieben, dass ausschließlich der älteste männliche Nachkomme der Erbe des Vermögens sei. Dies diente dem Zweck, die Hinterlassenschaft nicht zu zersplittern. Möglich war allerdings, dass Else davon nichts wusste und sich ihm gegenüber deswegen so unangenehm benahm. Oder sie versuchte, ihre eigenen Unsicherheiten dadurch zu überspielen, dass sie den knapp zehn Jahre älteren Philipp verspottete. Wer wusste das schon? Wahrscheinlich war sich noch nicht einmal Else selbst darüber im Klaren, warum sie ihn so piesackte. Deswegen hatte er beschlossen, das elterliche Herrenhaus zu verlassen. Noch länger war er nicht bereit, derartig mit sich umspringen zu lassen. Einen anderen Weg, das zu beenden, sah er nicht. Er konnte Vater schlecht bitten, Else wegzuschicken oder ihr den Mund zu verbieten, da er doch selbst so viel Spaß daran hatte. Ein paar Tage später hatte Philipp dem Herzog von Ritteysen bei einer Teegesellschaft, die seine junge Frau zugunsten der neuen Schule gab, anklingen lassen, dass er eventuell beabsichtigte, für eine Weile zu unterrichten. Daraufhin hatte dieser ihm mit fast peinlicher Begeisterung seinen Schwiegervater empfohlen, der gerade auf der Suche nach einem neuen Lehrer für seine Kinder war. Es war Philipps erstes gesellschaftliches Ereignis gewesen, dem er nach all den Jahren beiwohnte und gleich hatte es solche Folgen.

Und nun war Philipp auf dem Weg zum Hof Cossin. Vater hatte ihm in überraschender Großzügigkeit angeboten, eine der Kutschen zu nehmen, damit er samt seinen Büchern und dem restlichen Gepäck bequem reisen konnte. Philipp hatte abgelehnt. Er wollte nicht allzu viel in sein neues Leben mitnehmen und wenn Bedarf bestehen würde, könnte er jederzeit jemanden schicken, damit dieser das Fehlende holen würde. Nur auf seinen Kammerdiener Gustav wollte er nicht verzichten. Trotz des Standesunterschieds war dieser sein engster Vertrauter. So waren die beiden heute Früh losgeritten, jeder mit prall gefüllten Satteltaschen und Philipp mit zunehmenden Zweifeln im Herzen. Warum nur war er auf die Idee gekommen, unterrichten zu wollen? Das hatte er finanziell gar nicht nötig. Immerhin war er der Erbe des Grafen von Lotz, dessen Vermögen man gemeinhin als eines der größten von Brandenburg bezeichnen konnte. Außerdem hatte er durch seine wissenschaftlichen Veröffentlichungen ein ansehnliches eigenes Auskommen. Philipp hätte einfach auf Reisen gehen können. Aber das war ihm zu inhaltsleer vorgekommen. Insgeheim hoffte er darauf, dass das Unterrichten ihn aus akademischer Sicht stärker fordern würde als das Reisen. Natürlich war es unterhaltsam, Neues zu sehen, aber er hasste es, sich zu langweilen. Vielleicht würde er mit etwas Glück sogar in einem der jungen Leute durch seine Lehrstunden die Begeisterung für die Wissenschaft schüren können. Philipps größte Sorge war, ob er in der Lage sein würde, die Schüler dazu zu bringen, ihn ernst zu nehmen und auf ihn zu hören.

»Dort hinten ist das Anwesen, Erlaucht«, sagte Gustav plötzlich atemlos. Er ritt im Trab neben ihm und nickte in die Richtung, in der sich in der Ferne ein Hof erstreckte.

Philipp zügelte sein Pferd und blieb mitten auf dem Weg stehen, der zwischen den Feldern verlief. Gustav tat es ihm nach. Nach einer Weile sagte Philipp knapp: »Hören Sie jetzt auf, mich *Erlaucht* zu nennen, Gustav. Ein solches Brimborium erscheint mir hier unpassend. Es ist nicht nötig, meinen Grafentitel zu betonen, auch wenn wahrscheinlich jeder davon weiß. Ich habe auch Herrn von Cossin gebeten, auf diese Anrede zu verzichten.«

Gustav blinzelte ihn unsicher an. »Wie Sie wünschen. Ich werde mich bemühen. Aber ... darf ich fragen, warum das so wichtig ist, Erlaucht?«

Philipp zuckte mit den Schultern. »Wenn ich *Erlaucht* höre, habe ich das Gefühl, mein Vater wäre in der Nähe. Außerdem muss ich nicht ununterbrochen darauf hinweisen, dass ich im Rang über der Familie stehe. In meinen Augen zeugt es von einer gewissen Arroganz, es ständig zu betonen. Ist das nachvollziehbar?« Er blickte unsicher zu Gustav hinüber.

»Natürlich, Erlaucht.« Gustav nickte und hielt sich die Hand vor die Lippen, als hätte Philipp ihn bei etwas Bösem ertappt.

Philipp nickte abwesend und starrte auf das in einiger Entfernung liegende Gut. Ob es ein Fehler gewesen war, hierherzukommen? Sein Stand war höher als jener der Cossins und trotzdem würde er als eine Art Angestellter in ihrem Haushalt leben, um diesem ewigen Herumpoussieren seines Vaters zu entkommen. Außerdem wollte er endlich auch von Vater ernst genommen und anerkannt werden. All die wissenschaftlichen Erfolge waren zwar sehr schmeichelnd und angenehm, aber sie ersetzten nicht die fehlende Wertschätzung seines Vaters. Es war Zeit, sich aus dem komfortablen Netz des Bekannten zu befreien und ins Licht zu treten.

»Ist es Ihnen lieber, wir kehrten um? Noch wäre das problemlos möglich, Er..., ich meine, mein Herr«, unterbrach Gustavs Stimme seine Grübeleien.

Philipp richtete sich auf und streckte den Rücken durch. Er schüttelte den Kopf. »Nein. Ich habe ein Versprechen gegeben und werde es selbstverständlich einhalten. Lassen Sie uns weiterreiten, Gustav.«

Gustav neigte den Kopf: »Sehr wohl, mein Herr.«

Der Kammerdiener schien sich langsam an die neue Anrede zu gewöhnen. Fraglich war nur, wie lange Philipp brauchen würde, sich mit der unbekannten Rolle als Hauslehrer vertraut zu machen.

Die Mamsell empfing sie persönlich, kaum dass sie im gepflegten Innenhof absaßen. Die rundliche kleine Frau mit den roten Äderchen auf den Wangen musterte ihn unverhohlen, als er sich als neuer Hauslehrer zu erkennen gab. Er schien ihre Inspektion allerdings bestanden zu haben, denn sie nickte ihm mit strengem Blick zu, als sie sagte: »Die Familie erwartet Sie. Wenn Sie mir bitte folgen wollen?«

Philipp blickte sich zu Gustav um, der voll beladen hinter ihm stand. Sie bekämen nicht einmal die Möglichkeit, sich frisch zu machen, bevor er seinen neuen Schützlingen gegenübertrat?

Sein Kammerdiener zog eine Augenbraue empor und fragte: »Könnten Sie uns zuerst zeigen, wo wir unterkommen? Und wären Sie bitte so nett und wiesen das Mädchen an, uns eine Kanne warmes Wasser zu bringen?«

Der Kopf der Frau fuhr herum und sie verengte die Augen zu Schlitzen. Offenbar empfand sie Gustavs Bitte als unpassend. »Darum kümmern wir uns später. Ich sagte bereits, dass die Familie auf die Ankunft von Herrn von Lotz gewartet hat. Alle sind im Salon versammelt. Sie können das Gepäck ganz nach oben bringen. Martha wird Ihnen zeigen, welche Zimmer für Sie bestimmt sind und wo Sie sich Ihr heißes Wasser holen können.« Das war eine Abfuhr, die saß.

Wie gerne hätte Philipp seinem Kameraden einen tröstenden Blick zugeworfen, doch die Mamsell nickte ihm noch einmal zu und ging den Flur hinab voran. Er musste sich beeilen, ihr zu folgen. Hastig fuhr er sich mit den Fingern durch die Haare und zupfte an seiner staubigen Jacke. Es wäre ihm lieber gewesen, der Familie beim ersten Zusammentreffen nicht so staubig gegenüberzutreten zu müssen. Allerdings wurde das hier offenbar nicht so wichtig genommen wie bei ihm zu Hause. Dort wäre es undenkbar, einen Besucher, an dem der Dreck der Straße haftete, in den Salon zu führen. Else war Sauberkeit immens wichtig. Sie hielt die Bediensteten ständig an, besser Staub zu wischen und die Böden gründlicher zu schrubben.

Schon beim Näherkommen hörte Philipp viele Stimmen. Unwillkürlich wurden seine Schritte langsamer. So einen Trubel war er in seinem bisher recht beschaulichen Leben nicht gewohnt. Lautes vielkehliges Lachen schallte in den Flur.

Die Mamsell drehte sich schmunzelnd um und sagte: »Hier wird es nie langweilig.«

Er nickte ihr beklommen zu. Sein Magen zog sich unheilvoll zusammen. Nun ließ es sich nicht mehr leugnen: Philipp hatte einen großen Fehler begangen und sich massiv überschätzt. Die Schüler würden ihn mit Haut und Haar verschlingen, sich über ihn lustig machen und nicht auf ihn hören. Niemand hier würde sich für die Wissenschaft interessieren. Die Hoffnung, endlich irgendeine Form der Anerkennung für sein Wissen zu bekommen, die ihm in seinem Heim versagt wurde, schwand dahin. Er würde hier heillos untergehen. Mit Fahnen und Trompeten!

KAPITEL ZWEI

*P*hilipp hielt den Atem an, als er hörte, wie die Mamsell ihn meldete. Dieser Moment vor dem Eintreten in einen fremden Salon ließ ihn sich für gewöhnlich nahe einer Ohnmacht fühlen. Er war in diesem Moment ein Eindringling. Fehl am Platz und voller Angst, in seiner Unbeholfenheit einen Fehler zu begehen, über den sich den Rest der Zeit lustig gemacht würde, so wie er es in den letzten Jahren bei verschiedenen Gelegenheiten erlebt hatte. Früher war das kein Problem gewesen, doch die Jahre der Einsiedelei zugunsten von Vater hatten ihre Spuren hinterlassen. Es war, als hätte er den Umgang mit anderen Menschen verlernt, seit sein letztes Kindermädchen und sein Hauslehrer weitergezogen waren. Auch jetzt schlotterten seine Beine und er schluckte ein paarmal trocken, während er durch die Tür schritt und sämtliche Augenpaare auf sich ruhen spürte.

Er blinzelte nervös, als er den Blick einer jungen, ernst blickenden Frau auffing, die ihn aufmerksam ansah. Philipp neigte den Kopf zur Begrüßung und bemerkte im selben Moment, dass die Familie offensichtlich kinderreicher war, als angenommen. Er hatte beim Gespräch mit dem Gutsherrn vergessen, nach der Anzahl seiner künftigen Schützlinge zu fragen. Zu seiner Erleichterung handelte es sich offenbar um ältere Kinder. Zwei Jungs waren in den Flegeljahren, aber ihre älteren Schwestern saßen allesamt gesittet da und lächelten ihn freundlich an. Philipp atmete auf. Sein Blick ging zurück zu der jungen Frau, die ihm zuerst aufgefallen war. Sie hatte sehr langes dunkles Haar, das in einen lockeren Knoten gebunden war. Ein Lächeln umspielte ihre Lippen und ihre tiefbraunen Augen blickten ihn warm an.

Der Gutsherr sprang auf und kam Philipp mit ausgebreiteten Armen entgegen, als wollte er ihn an die Brust drücken. Zu Philipps Erleichterung ergriff er aber nur seine Hände und schüttelte sie strahlend.

Verdattert über ein solches Ausmaß an Herzlichkeit lächelte Philipp unsicher.

»Herr von Lotz, es ist so eine Freude, Sie endlich hier zu sehen. Sie glauben nicht, wie begeistert die Kinder waren, als ich ihnen von der Vereinbarung mit Ihnen erzählt habe.«

Philipp nickte. Da hatte Herr von Cossin den Nagel auf den Kopf getroffen. Philipp glaubte wirklich nicht, dass die Kinder sonderlich erfreut darüber waren, von einem neuen Lehrer zu hören, vor allem nicht die Mädchen. Sie würden in diesem Alter nur Klavierspielen, Stickereien und Bälle im Kopf haben und wenig Interesse am Lernen entwickeln.

Nun erhob sich die Gutsherrin und kam mit einem prüfenden Ausdruck auf dem Gesicht auf Philipp zu. Sein Mund wurde trocken. Sie würde Konversation von ihm erwarten und er wusste, dass er nicht gut darin war.

»Willkommen, Herr von Lotz! Wir freuen uns alle sehr,

dass Sie hier sind. Verzeihen Sie unsere Ungeduld. Keiner von uns konnte es erwarten, Sie kennenzulernen, daher haben wir Anweisung gegeben, Sie gleich hierherzuführen. Aber jetzt werden Sie sich wahrscheinlich etwas erfrischen wollen. Hatten Sie einen langen Ritt nach Grünwaldenow?«
In ihrem aufgetürmten Haar prangte eine weiße Rose und sie wirkte mit ihren langen Seidenhandschuhen und dem elfenbeinfarbenen Kleid ungewöhnlich elegant für einen brandenburgischen Pferdehof. Trotz ihres vornehmen Auftritts schien sie ihn herzlich aufzunehmen. Niemand erwähnte seinen Grafentitel und das war ihm nur recht. Herr und Frau Cossin wussten natürlich darum, aber Philipp hatte den Gutsherrn gebeten, ihn während seiner Tätigkeit bei ihnen nicht als Graf anzusprechen. Was sollten seine Schüler denken, wenn er ihnen als Erbe gegenübertrat, anstatt sich als ihr Lehrer zu definieren? Das passte nicht zu Philipps Selbstverständnis als Mann der Wissenschaft. Offenbar hatte Herr Cossin auch seine Frau instruiert.

Philipp nickte ihr höflich zu. »Nur etwas über einen halben Tagesritt. Es ist mir eine Ehre, hier sein zu dürfen«, sagte er und neigte den Kopf über ihre Hand, um einen Handkuss anzudeuten.

»Haben Sie etwas dagegen, wenn wir Ihnen rasch unsere Kinder vorstellen? So wissen Sie gleich, wen Sie vor sich haben, wenn Sie jemandem auf den Fluren begegnen. Danach geben wir Sie unverzüglich frei.« Sie lächelte.

»Selbstverständlich. Ich bin schon sehr gespannt.« Das war gar nicht gelogen, denn er rätselte schon seit sie losgeritten waren, wie seine Schüler wohl sein mochten. Vielleicht zählten die älteren Mädchen gar nicht dazu.

»Hier haben wir Rochus und Fabian. Die beiden sind zwei Schlitzohren. Ich warne Sie! Aber Sie werden schon mit ihnen umzugehen wissen«, mischte der Gutsherr grinsend wieder mit und deutete auf die beiden Jungs.

»Sie sind fünfzehn und dreizehn«, ergänzte seine Frau.

»Diese beiden hier sind unsere Zwillinge. Die Größere ist Emmeline und hier haben wir unsere Henriette. Sie büxen gern aus, wenn es an die harte Arbeit geht.« Herr von Cossin zwinkerte ihm verschwörerisch zu. »Also bleiben Sie wachsam, Herr von Lotz.«

»Aber Papa!«, riefen die Zwillinge empört wie aus einem Munde.

Ihr Vater grinste und deutete auf eine hübsche junge Frau mit welligem braunen Haar und dunklen Augen. »Hier haben wir unsere bezaubernde Luise. Sie sollte Ihnen am wenigsten Ärger bereiten. Aber Charlotte wird Ihnen aller Voraussicht nach das Leben schwer machen.« Sein Lächeln wurde breiter, als er auf die letzte Schwester deutete.

Philipp sah das Mädchen an. Es war dieselbe junge Frau, die ihn bei seinem Eintreten zunächst so ernsthaft gemustert hatte. Mit ihrem geraden Blick und dem sachlichen Gesichtsausdruck, mit dem sie ihn ansah, wirkte sie nicht wie eine typische Unruhestifterin. Sie erhob sich und kam auf ihn zu. Verblüfft sah Philipp ihr entgegen. Sie streckte die Hand aus und ein Lächeln umspielte ihre Züge. Ihr Händedruck war überraschend fest für eine Frau, aber ihre Haut war weich und warm. Ein angenehmer Duft nach Flieder stieg ihm in die Nase. Dezent, aber sanft blumig. Früher, als Kind, war Philipp gerne durch die ausladenden Parkanlagen von Schloss Altranft gestrichen, hatte an den Blüten gerochen und sie ausgesaugt. Er erinnerte sich an den süßlichen Geschmack, der das Gefühl von Unbeschwertheit und beginnendem Sommer mit sich brachte.

»Ich freue mich, Ihre Bekanntschaft zu machen«, unterbrach sie seine Gedanken. Ihre Stimme klang tiefer, als er erwartet hatte. Gefällig und nicht so schrill wie die der meisten anderen Frauen. Vor allem Elses Stimme, die ihm in den letzten Monaten das Leben schwer gemacht hatte, erschien ihm dagegen seltsam grell.

»Ebenso.« Er lächelte sie an, wandte sich wieder ihrem Vater zu und sagte, leicht den Kopf in ihre Richtung neigend: »Ich kann mir nicht vorstellen, dass das Fräulein dazu neigt, Unannehmlichkeiten zu bereiten.«

»Sie wird, das verspreche ich Ihnen.« Der Gutsherr feixte mit rundem, gerötetem Gesicht. »Aber denken Sie immer daran: Es steht alles im Dienste der Wissenschaft.«

»Max, das genügt«, erinnerte ihn seine Frau sanft. »Hören Sie nicht auf ihn, sondern lernen Sie alle selbst kennen. Sie sind gar nicht so schlimm, wie mein Mann tut.«

Philipp nickte lächelnd, sah wieder die junge Frau an, die weiterhin vor ihm stand und nach Auskunft ihres Vaters am unbequemsten zu werden versprach.

Ihre braunen Augen musterten ihn unverhohlen und neugierig. Ihre Hände hielt sie gefaltet vor dem Körper. Sie verdeckten einen Buchrücken, dessen Titel er nicht entziffern konnte. Zu seiner Verwunderung hatte sie im Gegensatz zu ihren Schwestern nicht gegen die wenig rühmliche Beschreibung aufbegehrt. Vielmehr wirkte es auf ihn, als wäre sie einverstanden damit. Nun, wenn sie den Unterricht zu stören beabsichtigte oder ihn in anderer Form versuchte, zu diskreditieren, würde er sie kurzerhand von den Stunden ausschließen. Wozu sollte sie überhaupt noch unterrichtet werden? Sie war bestimmt schon über zwanzig

Jahre alt. Da wäre es eher an der Zeit, sich zu verheiraten, anstatt die Schulbank zu drücken.

Kaum hatte der neue Hauslehrer den Salon verlassen, ging das Geschnatter schon los. Charlotte hörte nur mit halbem Ohr hin, denn sie war in Gedanken. Dieser Herr von Lotz wirkte anders als ihre bisherigen Hauslehrer, deren mangelnde Bildung und Motivation man schon von Weitem hatte erahnen können. Charlotte hatte bei fast jedem von ihnen zu ihrem Bedauern schon früh bemerkt, dass sie ihr in vielen Dingen nicht das Wasser reichen konnten. Schlimmer noch, sie hatten meist gar kein Interesse daran gehabt. Den meisten war es anscheinend nur darum gegangen, eine angenehme Unterkunft und Bezahlung zu erhalten, ohne allzu viel dafür tun zu müssen. Bei Herrn von Lotz vermeinte sie, einen ähnlichen Bildungshunger zu erkennen, wie er in ihr selbst brannte. Allerdings war das nur eine vage Vermutung, sie hatte mit ihm kaum ein Wort gewechselt.

Sie war gleichzeitig skeptisch und hoffnungsvoll gewesen, als Vater erzählt hatte, dass er den idealen Nachfolger für Otto Klewitt, ihren ehemaligen Hauslehrer, gefunden hatte. Ihr erster Eindruck des Neuen war zu ihrer eigenen Überraschung allerdings positiv. Natürlich war er deutlich älter als seine Vorgänger. Mindestens dreißig oder vielleicht älter, aber der Ernst, der in seinem Blick funkelte, ließ darauf hoffen, dass er nicht ein ähnlich oberflächlicher Geselle war wie die anderen. Sie fühlte sich in seiner Nähe wohl, soweit sie das bisher beurteilen konnte. Natürlich nicht als jemand, in den sie sich verlieben könnte, denn das kam für sie ja ohnehin nicht infrage, vor allem nicht nach nur einer kurzen Begegnung. Ein Mann, so gebildet er sein mochte, würde nur den Zielen im Weg stehen, denen sie ihr Leben gewidmet hatte. Die Anerkennung als Wissenschaftlerin hatte für sie absolute Priorität. Und nichts und niemand würde sie davon abbringen können, diesen Weg zu beschreiten. Auch wenn Maman die Hoffnung, dass sie ihre Meinung ändern würde, nach wie vor nicht aufgegeben hatte.

Wenn er zum Abendessen wieder herunterkommen würde, würde sie ihn fragen, inwieweit er sich mit Geologie auskannte. Wenn er dieses Wort nicht kannte, könnte er nach ihrem Dafürhalten gleich wieder gehen. Die Kenntnis des Begriffs war für Charlotte der Gradmesser geworden, mit dem sie die Bildung ihres Gegenübers auslotete. Das Aussehen, das Alter oder der finanzielle Hintergrund spielten für sie dagegen weniger eine Rolle. Wobei der neue Hauslehrer keinen schlechten Eindruck machte. Mit seinem ovalen Gesicht, der langen Nase und dem in dunkelblonden Wellen liegenden Haar wirkte er solide und ansprechend. Das war viel spannender, als diese jungen Gecken, die so viel Wert darauf legten, nach der neuesten Mode gekleidet zu sein. Wenn sie jeglichen Romanzen nicht abgeschworen hätte, wäre ein Mann wie der neue Hauslehrer eher nach ihrem Geschmack. Aber das war völlig unerheblich, denn sie war eine Frau der Bildung. Nun ja, zumindest hoffte sie, auf dem Weg dorthin zu sein. Wenn es ihr gelingen sollte, auf ein Symposium als Rednerin eingeladen zu werden, wäre sie am Ziel ihrer Wünsche, denn dann würde ihre Vereinbarung mit Tante Tilly greifen. Und Maman würde hoffentlich endlich Ruhe geben mit ihren Versuchen, einen geeigneten Bräutigam für Charlotte zu finden.

∼

Philipp war angespannt. Er hatte sein Zimmer bezogen, sich gewaschen und ein wenig gestärkt. Und nun lief er nahezu ohne Unterbrechung auf und ab. Er hatte keinerlei Erfahrung als Lehrer und hätte niemals damit gerechnet, fast erwachsene junge Damen zu seinen Schülerinnen zu zählen. Das Schlimme war, dass eine hübscher aussah als die anderen. Er kannte gutaussehende Frauen. Sie liebten es besonders, sich über ihn und sein linkisches Verhalten lustig zu machen. Er blieb stehen und fuhr sich mit seinem Leinentaschentuch über die verschwitzte Stirn. Dennoch wollte er beweisen, dass er sehr wohl in der Lage war, mit anderen Menschen umzugehen und über die selbstgesteckten Grenzen zu springen. Trotz des Kindes, das Else erwartete, war er der Erbe des Grafentitels und des Anwesens und würde allein durch diesen Umstand ständig mit Leuten zu tun haben. Da konnte etwas Herausforderung und Übung nicht schaden, jetzt, da Vater nicht mehr allein war und endlich wieder glücklich schien.

»Brauchen Sie etwas, Erlaucht?« Gustav sah ins Zimmer. Er war im Dienstbotentrakt untergebracht, hatte aber alle Habseligkeiten Philipps sorgfältig verstaut.

»Was tue ich bloß hier, Gustav?« Philipp biss sich auf die Unterlippe. Was hätte er darum gegeben, jetzt in Ruhe zu Hause in der Bibliothek sitzen zu können! Er könnte in seinen Büchern schmökern und die wichtigsten Fakten seines jeweiligen Forschungsprojekts sorgfältig in seine Notizbücher übertragen. Dort fühlte er sich sicher. Hatte sich sicher gefühlt, verbesserte er sich selbst im Stillen. Nun war Else da und brachte in jeden Winkel des Schlosses Unruhe.

»Mit Verlaub, mein Herr, wenn ich eine Anmerkung machen darf?« Gustav räusperte sich, während er konspirativ die Tür hinter sich zuzog.

»Sprechen Sie um Himmels willen!«

»Soweit ich vom Personal gehört habe, sollten Sie mit Ihrem Ausmaß an Bildung keinerlei Probleme haben, die Kinderschar der Cossins zu unterrichten.«

»Meine Sorge betrifft weniger meinen Bildungsgrad, als eher die Frage, ob ich in der Lage sein werde, mir Respekt zu verschaffen. Man hat mir die älteste Tochter als schwierig vorgestellt.« Wieder tupfte er sich über Stirn und Schläfen.

»Ich habe gehört, sie hätte ein großes Interesse an der Wissenschaft. Vor allem an Geo… Geo…« Gustav rang nach dem richtigen Wort.

»Geografie? Geometrie?«, versuchte Philipp ihm auf die Sprünge zu helfen.

Gustav schüttelte den Kopf. »Nein, hm, ich weiß es nicht mehr. Aber es wäre sicher besser, Sie beruhigten sich ein wenig, bevor Sie hinuntergehen.«

»Das ist leichter gesagt als getan.«

»Das Mädchen meinte, dass Fräulein Charlotte an irgendeiner Wissenschaftsveranstaltung teilnehmen möchte«, bemerkte Gustav, während er mit der Hand Staubflusen von Philipps Jacke entfernte.

»Auch das noch!« Philipp stöhnte auf. Eine Frau, die glaubte, sich mit echten Wissenschaftlern messen zu können. Das konnte ja heiter werden! Der Kontakt zu Frauen war ungewohnt für ihn. Noch schlimmer allerdings war es, wenn sie glaubten, selbst zu Höherem berufen zu sein. Aber er würde das Fräulein ebenso unterrichten wie alle anderen Cossin-Kinder. Für ihre Erziehung war er nicht zuständig. Stattdessen würde er sich an die Dinge halten, die er sich vorgenommen hatte. Maximal sechs Monate hierbleiben und danach auf Reisen gehen. Er hatte sich entschlossen, sich bewusst dieser neuen Aufgabe zu stellen, um zu demonstrieren, dass er in der Lage war, über sich selbst hinauszuwachsen. Und genau das würde er nun tun. Danach konnte er sich hoffentlich wieder in seine Bibliothek zurückziehen und mit seinen Büchern allein sein, wenn Else ein eigenes Kind hätte, das sie ablenkte. Davon würde er sich nicht von den Flausen einer bildungshungrigen, jungen Dame mit Höhenflügen abbringen lassen.

Maman hatte den neuen Hauslehrer direkt neben Charlotte am Esstisch platziert.

»Er hat dieses seltsame Glimmen in den Augen. Genau wie du, wenn du über die Wissenschaft redest. Ich wette, du bist daher am ehesten in der Lage, ihn aus der Reserve zu locken. Rede mit ihm über Steine oder Pflanzen oder so etwas. Dir wird schon etwas einfallen.«

Charlotte runzelte die Stirn. »Das kann jeder andere hier genauso gut. Wer unterhält sich nicht gern über wissenschaftliche Durchbrüche oder die Wunder der Natur?«

»Ähm … jeder!«, ließ sich jetzt Rochus vernehmen.

Sie wandte sich ihrem Bruder zu. »Dir und Fabian wird es besonders guttun, wieder an die Kandare genommen zu werden und etwas zu lernen.«

Rochus zuckte mit den Schultern. »Und wenn schon.

Das lässt sich auf lange Sicht wohl ohnehin nicht vermeiden.«

Luise kicherte. »Gut gekontert, kleiner Bruder.«

»Dir könnte es ebenfalls nicht schaden, einmal ein etwas anspruchsvolleres Gespräch zu führen, mein Kind«, schaltete sich Mutter an Luise gewandt wieder ein.

»Ach, ich glaube, unser kleiner Bücherwurm ist genau der Richtige für hochgestochene Unterhaltung«, erwiderte Luise und grinste in Charlottes Richtung.

»Nun, warum nicht? Er wirkt nicht unsympathisch. Und gegen eine anregende Unterhaltung habe ich überhaupt nichts einzuwenden.«

»Uh, er gefällt dir also? Vielleicht ist jemand wie er genau der Richtige für dich.« Luises Augen blitzten.

Charlotte spürte Ärger in sich aufwallen. »Ach, so ein Unsinn! Du weißt genauso gut wie jeder andere hier, dass ich keineswegs beabsichtige, mich jemals zu binden. Mein Herz gehört der Wissenschaft. Wäre es anders, hätte ich längst einen anderen ...«

»Vielleicht war einfach nicht der Eine dabei, der dein Herz zum Klingen bringt«, mischte sich Maman lächelnd ein.

»Nicht jeder ist für eine Ehe geschaffen. Ich bin glücklich, wenn ich neue Erkenntnisse gewinne und mein Wissen erweitern kann. Das ist gar nicht möglich, wenn man an einen anderen Menschen gebunden ist oder gar Familie hat. Außerdem ist er viel zu alt für mich.«

»Nun, du sollst ihn ja nicht gleich heiraten. Ich habe nur darum gebeten, dass du ihn heute Abend ein wenig unterhältst.«

»Ich werde mein Bestes geben«, erklärte Charlotte. Sie hatte das Gefühl, dass all ihre Erklärungen nicht für voll genommen wurden. »Manche Menschen sind dafür gemacht, allein zu bleiben und sich einer größeren Sache zu widmen«, erklärte sie daher noch einmal. »Denkt nur an Nonnen.«

»Jetzt willst du also Nonne werden?«, fragte Emmeline irritiert.

»Nein, natürlich nicht.« Charlotte winkte ab. Es hatte keinen Zweck. Unentwegt hatte sie das Gefühl, von ihrer Umwelt nicht verstanden zu werden. Vor allem ihre Familie machte sich permanent über ihren Wissensdurst lustig.

Philipp betrat mit entschlossenen Schritten das Esszimmer. Er hatte sich entschieden, sich nicht mehr seinen Zweifeln hinzugeben, sondern kopfüber in die Aufgabe hineinzuspringen, zu der er sich verpflichtet hatte. Sein Tatendrang bekam allerdings einen kleinen Dämpfer, als er feststellte, dass er neben der als besonders schwierig angekündigten Tochter platziert worden war. Gustav hatte ihn inzwischen darüber informiert, dass es eine weitere Tochter gab, die verheiratet war.

Er nickte Charlotte von Cossin zu und wartete, bis sie Platz genommen hatte, bevor er sich setzte und Gustav zu verstehen gab, dass er gegen ein Glas Wein zum Essen nichts einzuwenden hatte. Selbstverständlich hatte er seinen Kammerdiener für das Servieren beim Essen für die ganze Familie freigestellt. Offenbar gab es auf dem Gut erschreckend wenig Personal, sodass jede Hilfe gern gesehen wurde. Es hieß sogar, dass jedes Familienmitglied bei der Stallarbeit und anderen Notwendigkeiten mitanpackte. Das war äußerst ungewöhnlich für eine Familie von Stand, aber wenn das Geld knapp war …

»Leben Sie schon lange hier?«, wandte er sich Charlotte zu.

Die kniff die Augen ein wenig zusammen, als wollte sie überprüfen, ob er bei Sinnen war. Das war er durchaus, er war nur nicht sehr geübt in oberflächlichem Geplänkel. Wie so häufig schien er einen ungünstigen Gesprächseinstieg gewählt zu haben, aber das war das Erste gewesen, das ihm eingefallen war.

»Seit gut zweiundzwanzig Jahren. Ich bin hier geboren worden.« Ihre Antwort war schmallippig. Und wenn es nach Philipp gegangen wäre, wäre das Gespräch zwischen ihnen damit beendet gewesen. Allerdings entsprach das nicht den gesellschaftlichen Gepflogenheiten. Zumindest am ersten Abend wollte er nicht, dass von seinem sozialen Unbehagen allzu viel sichtbar wurde. Die Familie sollte vielmehr zu der Überzeugung gelangen, die richtige Wahl mit ihm getroffen zu haben.

Er drehte sich um und erkannte, dass auf seiner anderen Seite eines der Zwillingsmädchen saß. Ihren Namen aber hatte er vergessen. Eine von ihnen hieß Emmeline, die andere Henriette, die eine war größer und die andere kleiner. Aber welche nun welche war, fiel ihm in der Aufregung partout nicht ein.

»Wie ist es so, auf einem Gestüt zu leben?«, fragte er sie daher möglichst unverfänglich. Sie starrte ihn an, ohne das Gesicht zu verziehen. »Anstrengend. Ständig muss ausgemistet werden oder etwas anderes. Ich wünschte mir, wie Friederike auf einem Schloss zu leben, so müsste ich all das nicht mehr machen. Leben Sie auf einem Schloss?«

»Äh … ja, das tue ich.«

»Sie müssen bestimmt nicht dauernd putzen und misten, oder?«

»Das nicht, nein, allerdings gibt es durchaus Herausforderungen, wenn man auf einem Schloss lebt.«

Das Mädchen winkte ab. Emmeline. Das war Emmeline. Sie war die Größere mit den dunklen Locken, die ihr offen über den Rücken fielen und nur von zwei kleinen Spangen an den Seiten gehalten wurden. Das hatte er sich gemerkt, weil er gedacht hatte, dass sich ein paar Edelsteine darin gut machen würden.

»Solange sie nicht unablässig helfen müssen, sondern Bedienstete für sich arbeiten lassen können, wird es schon nicht so schlimm sein. Haben Sie Bedienstete?«, fragte sie entschlossen. Ihre Stimme tönte laut durchs Esszimmer, in dem es gerade zu einer dieser unangenehmen Gesprächspausen gekommen war, in der auf einmal absolute Stille herrschte und alle dem einzigen Sprechenden lauschten.

»Emmeline!« Frau von Cossin schüttelte erschreckt den Kopf. Philipps Blick fiel auf Gustav, der mit geradem Rücken an der Wand stand und darauf wartete, dass jemand Nachschlag einforderte. Dankenswerterweise schien niemand eine Antwort von ihm zu erwarten. Das Mädchen hatte nach der Verwarnung ihrer Mutter schuldbewusst den Kopf gesenkt und starrte auf ihren Teller.

Philipp räusperte sich und beugte sich über sein eigenes Gedeck, damit niemand sah, dass er rot angelaufen war und ihm vor Unbehagen Schweißtropfen auf der Stirn standen.

Nach wenigen Minuten setzten die Gespräche wieder ein und er wandte sich erneut Charlotte zu. Zu seinem Bedauern ging es leider nicht an, dass er schweigend hier saß und sein Essen in sich hineinschaufelte, ohne zumindest den Versuch von Konversation zu machen.

»Man sagt, Sie hätten ein besonderes wissenschaftliches Interesse.« Seine Stimme spiegelte seine Verlegenheit wider, aber Charlotte sah ihn mit erstaunlich klarem Blick an und nickte langsam. »O ja, ich liebe die Wissenschaft.« Ein zartes Lächeln umspielte ihre Züge und ein feiner Duft stieg ihm in die Nase. Waren es Blumen? Rosen vielleicht? Nein, Flieder, das hatte er ja vorhin erkannt. Jedenfalls war der Geruch sehr angenehm.

»Das ist erfreulich. Gibt es ein Gebiet, dem ihre Aufmerksamkeit im Besonderen gilt?«

»Durchaus. Ich beschäftige mich viel mit ... Geologie.« Ihre Augen funkelten. Es war, als wollte sie ihn testen. Doch womit?

»Die Lehre von Erdkruste, Entwicklung der Erde und den Steinen. Wie schön! Sind Sie eher Anhängerin des Plutonismus oder des Neptunismus?«

Sie sah ihn verblüfft an. Er hielt ihrem Blick stand. Wenn sie ihn hatte testen wollen, war er offenbar nicht durchgefallen. Charlotte räusperte sich und sagte: »Ich persönlich halte vulkanische und magmatische Ursprünge für wahrscheinlicher. Sie kennen sich mit der Geologie aus?« Ihre eben noch so selbstsichere Stimme hatte einen deutlich wärmeren Klang.

»Auch ich untersuche sehr gerne hiesiges Gestein. Es kann so viel erzählen.«

»Ja, nicht wahr? Für gewöhnlich versteht niemand meine Leidenschaft. Aber so ein einfacher Stein birgt ganze Geschichten in sich. Die Vergangenheit, die Verbindungen, die Vielfalt. Es ist einfach wundervoll.« Sie strahlte. Das Lächeln ließ ihre Züge weich wirken. Es war warm und leidenschaftlich. Überhaupt wirkte sie gar nicht so schwierig, wie sie ihm avisiert worden war.

»Ich nehme an, Sie haben eine eigene Sammlung hiesigen Gesteins angelegt?«

Sie nickte eifrig. »Natürlich. Ich liebe es, unterwegs zu sein und interessante Steine zu sammeln. Anschließend erforsche ich sie im Rahmen der mir zur Verfügung stehenden Möglichkeiten.« Ihre Stimme klang lebhaft.

Philipp spürte, wie er von ihrer Leidenschaft mitgerissen wurde. Nie hatte er jemanden getroffen, der die gleiche Passion für die Wissenschaft empfand wie er. Er fühlte sich gleichzeitig gerührt und befreit. Eine so junge Frau von gerade einmal zweiundzwanzig Jahren hatte bereits ein solch tiefgreifendes Verständnis für den Zauber des Wissens.

Er bemerkte kaum, wie das Essen aufgetragen wurde oder was er aß, so angeregt unterhielt er sich mit ihr. Um sie herum wogten andere Gespräche, während er ihr von seiner eigenen Gesteinssammlung erzählte, die aber zu Hause in der Nähe von Freienwalde verblieben war.

»Eines Tages werde ich sie Ihnen zeigen«, hörte er sich gerade versprechen. Ihre Augen blitzten begeistert auf.

»Wirklich? Das wäre himmlisch!«

»Seltsam, ich war so nervös, als ich herkam. Jetzt aber habe ich den Eindruck, dass das Ganze ein durchaus erfreuliches Unterfangen werden könnte.« Er lächelte sie an. »Ich freue mich auf viele lehrreiche Stunden. Endlich gibt es jemanden, mit dem ich mich austauschen kann.« Ihr ernsthafter Blick wirkte aufgeweckt und munter.

All seine typische Unbeholfenheit war im Umgang mit ihr zu seinem Erstaunen wie weggeblasen. Er hatte fast das Gefühl, eine Seelenverwandte getroffen zu haben. Natürlich ausschließlich auf mentaler Ebene. Sie war viel zu jung im Vergleich zu ihm, um an etwas anderes zu denken. Ohnehin war er nicht für die Liebe gemacht. Aber er freute sich darauf, mit ihr in einen wissenschaftlichen Diskurs zu gehen. Vielleicht war die Entscheidung, Schloss Altranft zu verlassen und zu unterrichten, gar nicht so schlecht gewesen, wie es ihm vor wenigen Stunden erschienen war.

KAPITEL DREI

*E*s war erstaunlich, aber Charlotte freute sich auf den nächsten Tag. Sie hatte gestern Abend eine Weile im Bett über ihre Unterhaltung mit Herrn von Lotz nachgedacht und war überrascht gewesen, wie gut es sich anfühlte, einen Gesprächspartner im Haus zu haben, der die eigene Leidenschaft teilte. Er war der Erste, der nicht bei dem Wort *Geologie* zurückgezuckt war, sondern mit Begeisterung mit ihr über Edelsteine aus aller Herren Länder geredet hatte. Bei seiner Ankunft wirkte er noch so still, in sich gekehrt und sogar linkisch. Bei ihrer Unterhaltung jedoch war er regelrecht aufgetaut und lebhaft geworden. Sie hatten sogar gemeinsam gelacht. Charlotte hatte darüber völlig die Zeit vergessen und war überrascht gewesen, als Maman gesagt hatte, dass es nun angebracht wäre, sich ins Bett zu verabschieden.

Charlotte war gespannt, wie der Unterricht bei Herrn von Lotz ablaufen würde. Am besten, sie nahm nachher gleich einen ihrer Lieblingssteine mit und zeigte ihn ihm.

Außerdem war sie entschlossen, die Anweisung zu geben, jeglichen Besucher in den nächsten Tagen abzuweisen. Mit ein wenig Glück würde Maman davon gar nichts erfahren, denn Charlotte plante, es direkt der Mamsell mitzuteilen. Solange Tante Tilly nicht hier war, bestand ansonsten die Gefahr, dass man sie dafür aus dem Unterricht holte, was sie nicht riskieren wollte. Einige Tage Freiheit von uninspirierten Zwiegesprächen mit Verehrern wären mit Sicherheit erfrischend.

Kurz vor dem Einschlafen gestern Abend hatte sie, inspiriert von ihrem Gespräch, beschlossen, Herrn von Lotz zu fragen, ob er gewillt wäre, sie auf eine Exkursion in einen nahe gelegenen, alten Steinbruch zu begleiten. Charlotte ging gerne dorthin. Man konnte dort beständig neue Schätze finden, welche die Erde preisgab.

Am liebsten hätte sie sie mit entsprechenden Hilfsmitteln untersucht, aber so etwas besaß sie natürlich nicht. Diese Dinge waren teuer. Zu teuer für die Tochter eines einfachen Landadeligen.

Vielleicht konnte sie mit Tante Tilly darüber sprechen, wenn diese wiederkam. Sie hatte ihren Besuch in den nächsten Wochen angekündigt – offenbar hielt sie es für nötig, nach dem Rechten zu sehen. Charlotte hatte ihr brieflich berichtet, dass der lästige Strom an Verehrern nicht abreißen wollte, was sie in ihren Forschungsfortschritten deutlich zurückwarf. Tante Tilly hatte Charlotte in ihrem Antwortbrief gedrängt, über ihre eigenen Ansprüche nachzusinnen und zu überprüfen, ob nicht vielleicht doch einer von ihnen geeignet sei. Das war eigentümlich, wusste sie bekanntlich von Charlottes Entschluss, ihr Leben der Wissenschaft zu widmen. Genau aus diesem Grund hatte sie ihr ja das überaus großzügige Angebot gemacht, für ihren Lebensunterhalt aufzukommen, sollte es eines Tages nötig werden und Charlotte alle Bedingungen erfüllen.

Leichtfüßig lief Charlotte den Flur hinab. Es war schon eine Weile her, dass sie so gut gelaunt in den Tag gestartet war. Aber die Aussicht auf einen intelligenten Diskurs, einen eventuellen Ausflug und der bevorstehende Besuch von Tante Tilly erfüllten sie mit Freude.

Es hatte sich im Hause Cossin eingebürgert, erst die nötigsten Arbeiten zu verrichten und später gemeinsam etwas ausgedehnter zu frühstücken. Das lag zum einen daran, dass die Pferde Aufmerksamkeit verlangten, zum anderen, dass Mutter, die als Einzige von der Stallarbeit befreit war, gerne lange schlief. Bei Tante Tilly war es genauso, sodass Charlotte und ihre Geschwister davon ausgingen, dass dieses Verhalten ein Teil der französischen Lebensart war, die Mutter, trotz ihres Lebens in Preußen, beibehalten hatte. Aus diesem Grund wurde die erste Unterrichtsstunde vor dem Frühstück durchgeführt.

Charlotte hatte ihren schönsten Stein, einen großen Quarz, in einen Beutel gesteckt und trug ihn eng an den Körper gepresst mit sich. Sie wollte ihn Herrn von Lotz, der ebenfalls ein Steinkenner zu sein schien, zeigen.

Sie musste unwillkürlich lächeln, wenn sie an ihren neuen Lehrer dachte. Gestern Abend hatte er so begeistert gewirkt, als er von ihrem Interesse hörte. Trotzdem war ihm nicht unbedingt das Ausmaß ihrer Liebe zur Geologie bewusst. Wahrscheinlich dachte er, dass sie eine Salonkatze war, die sich nebenbei ein kleines bisschen mit Gestein beschäftigte. Aber so war es nicht. Charlotte war entschlossen, ihm das zu beweisen.

Sie mochte es, wenn sein ernstes Gesicht von einem Lächeln überzogen wurde. Die Lachfältchen um seine Augen vertieften sich dadurch und er leuchtete förmlich von innen. Seine etwas steife Haltung lockerte sich und er wirkte gleichsam gelöst wie heiter. Es gefiel ihr, die Ursache dafür zu sein.

Vielleicht würde sie ihm sogar von der Abhandlung erzählen, an der sie gerade saß. Der Rosenquarz war ein wunderschöner und gleichzeitig mysteriöser Stein und jedes Mal, wenn sie ein Exemplar davon in der Hand hielt, spürte sie die davon ausgehende Ruhe.

An der Tür zum Klassenraum traf sie auf Henriette. Mit ihren dichten blonden Locken und dem Schmollmündchen wirkte sie gleichzeitig unschuldig sowie gelangweilt.

»Freust du dich auch schon auf den Unterricht?«, rief Charlotte ihrer Schwester zu.

Die runzelte die Stirn und sah sie mit zusammengezogenen Brauen an. »Ich fürchte, du meinst das ernst, oder?«

»Selbstverständlich! Warum denn nicht?«

Henriette schüttelte den Kopf. »Hoffnungslos«, murmelte sie.

Sie waren die Ersten im Klassenraum. Bei Charlotte geschah das freiwillig. Bei Henriette war dieser Umstand lediglich der Tatsache geschuldet, dass sie Zimmerdienst hatte. Das bedeutete, dass sie vor Erscheinen des neuen Lehrers dafür zuständig war, alles abzustauben und die Tafeln abzuwischen. Reihum fiel jedem von ihnen diese Aufgabe zu. In den letzten Wochen, seit der Vorgänger von Herrn von Lotz gekündigt hatte und abgereist war, hatte niemand etwas hier drinnen gemacht. Lustlos griff Henriette nach dem Wedel und machte sich an die Arbeit, während Charlotte voller Elan den großen Quarz, den sie mitgebracht hatte, sorgsam aus der selbstgenähten Tasche holte und auf dem Tisch des Lehrers platzierte. Das hier war ihr schönstes Exemplar und sie war stolz darauf. Sie war gespannt, ob Herr von Lotz seinem Zauber erlag.

»Wenn du deinen Stein endlich weggelegt hast, kannst du mir gerne behilflich sein«, ertönte Henriettes Stimme.

Charlotte löste den Blick von ihrem Schatz und nickte, während sie nach dem Tuch angelte. Es lag über dem Türrahmen, damit es nicht auffiel, aber jederzeit bereit war.

Sie begann leise zu summen, während sie mit dem Lappen über das Pult fuhr. Die zunächst zusammenhanglosen Töne entwickelten sich zu dem sehnsuchtsvollen Volkslied »Die Gedanken sind frei« und es dauerte nicht lange, bis Henriette gut gelaunt einstimmte. Ihre anfängliche Verstimmung über den erneut einsetzenden Unterricht und den Klassenraumdienst war vergessen. Ihre fröhliche Seite brach sich Bahn, als sie die Lippen schürzte und zu Charlottes Begleitung pfiff. Auf diese Weise ging ihnen die unliebsame Aufgabe des Putzens leicht von der Hand.

Charlotte fuhr erschrocken zusammen, als sich plötzlich die Tür öffnete. Sie blickte in das überraschte Gesicht ihres neuen Hauslehrers. Nun hatte Henriette, die mit dem Rücken zur Tür gestanden hatte, den Ankömmling bemerkt und starrte ihn entsetzt an, als hätte er hier nichts zu suchen.

»Störe ich?«, fragte er und ein Lächeln umspielte seine Züge.

Henriette schüttelte hastig den Kopf und Charlotte erklärte: »Wir bringen das Zimmer vor Beginn des Unterrichts in Ordnung.«

»Wie aufmerksam.« Er neigte den Kopf. Seine Haltung

war aufrecht und sein hochgeschlossenes weißes Hemd und die rabenschwarze Jacke betonten seine schlanke Figur. Unter seinen Augen lagen leichte Schatten. Wahrscheinlich hatte er in der ersten Nacht in dem für ihn neuen Bett nicht gut geschlafen. So ging es ihr ebenfalls, wenn sie auf Reisen war. Nicht, dass das häufig vorgekommen war, dafür war nie genug Geld übrig gewesen, aber es war schon vorgekommen, dass sie Friederike nach Schloss Ritteysen begleitet und dort die Nacht verbracht hatte. Einmal hatte Tante Tilly sie als einzige der Geschwister zum Leidwesen ihrer neidischen Schwestern auf ihr Landgut nach Dijon eingeladen und sie hatte einen ganzen Winter dort verbracht. Dort hatte sie wundervolle Steine auf ihren Ausflügen gefunden, die der Stolz ihrer Sammlung waren.

Sie beobachtete, wie Herr von Lotz jetzt den Raum betrat und sein Blick auf sein Pult fiel, auf dem in all seiner Schönheit der Quarz prangte.

»Oh«, sagte er und ging darauf zu. Vorsichtig nahm er ihn auf und bewegte ihn andächtig hin und her, während er ihn eingehend betrachtete. Er wandte sich ihr zu. »Gehört er zu Ihrer Sammlung?«, fragte er. Seine Augen leuchteten.

Charlotte nickte stolz. »Ich dachte, Sie hätten vielleicht Freude daran, ihn zu sehen«, sagte sie scheu.

Er lächelte sie an. »Ein sehr ansehnliches Exemplar. Sie können froh sein, ihn zu Ihrer Sammlung zu zählen. Er ist fast durchscheinend und die Spitzen sind allesamt heil.«

Sie strahlte, als sie den Stein vorsichtig aus seinen Händen entgegennahm. Ihre Fingerspitzen berührten sich dabei und eine angenehme, leicht kribbelnde Wärme breitete sich in Charlottes Innerem aus. Ja, es war eine Freude, endlich jemanden im Haus zu haben, der Steine ebenso schätzte wie sie, dachte sie, als sie den Quarz vorsichtig zurück in ihr Zimmer brachte, damit er während des Unterrichts nicht versehentlich beschädigt werden würde.

Natürlich waren nicht alle seiner neuen Schüler pünktlich. Der Jüngste und Luise kamen zu spät. Während Fabian reuevoll wirkte, schien Luise keinerlei Gewissensbisse zu haben. Man konnte ihr deutlich ansehen, dass sie nicht freiwillig hier war. Philipp hatte mit dem Unterricht begonnen, als sie in aller Seelenruhe in den Raum spazierte, ihn sanft anlächelte und an ihrem leeren Pult Platz nahm. Da es das erste Mal war, beschloss Philipp, dieses Verhalten zu übergehen. Sollte es jedoch zur Regel werden, würde er ein ernstes Wörtchen mit ihr reden müssen. Zu seiner Überraschung fand er sich recht schnell in seine neue Rolle ein. Bildung war sein Steckenpferd und darum ging es hier. Er sah sich weniger als Erzieher seiner Schützlinge denn als Wissensvermittler. Ein Terrain, in dem er sich zu Hause fühlte. Er begann mit Mathematik und testete die Cossin-Sprösslinge. Er war nicht verwundert, dass Charlotte mit Abstand die besten Ergebnisse erzielte. Allerdings schien keines der Kinder unbegabt zu sein. Keines von ihnen saugte das Wissen allerdings so euphorisch auf wie Charlotte. Das gefiel ihm, denn das war eine gewisse Anerkennung seiner Mühen, ihnen die notwendigen Fakten zu vermitteln. Zum Ende der Stunde erschien es ihm, als wäre selbst Luise dem Unterricht gegenüber nicht mehr so abgeneigt wie zu Beginn der Stunde.

Beim anschließenden Frühstück ergab es sich, dass er erneut neben Charlotte zu sitzen kam. Es schien ganz selbstverständlich, denn immerhin hatten die beiden am meisten Gemeinsamkeiten und Gesprächsstoff. Er fragte sie über die Herkunft ihres Quarzes aus, erkundigte sich nach ihren Untersuchungen des Rosenquarzes und berichtete ihr von seiner eigenen Sammlung. Als er ihr erzählte, dass er sogar Steine aus Übersee besaß, riss sie staunend die Augen auf.

Bevor sie dazu kam, weitere Fragen danach zu stellen, räusperte sich Herr von Cossin und fragte ihn: »Ich hoffe, die Kinder machen Ihnen nicht allzu viel Ärger?« Man sah ihm an, dass er direkt aus dem Stall an den Tisch gekommen war. An seinen robusten Stiefeln klebten sogar noch Strohhalme.

Philipp erschien das ganz und gar nicht schlimm. Viel eher trug es zu der Gemütlichkeit bei, die hier aus jeder Ecke strahlte. Er fühlte sich willkommen und aufgenommen. Alles machte einen soliden und authentischen Eindruck. Das Netteste aber war die gute Laune, die zuallererst von Herrn von Cossin ausging, aber jeden, der um den Tisch saß, erfasste.

»Keineswegs«, erwiderte Philipp. Er hatte sich angeregt mit Charlotte über Pyroxene ausgetauscht und sah lächelnd auf. »Ich bin sicher, alle werden mit Feuereifer der anschließenden Französischlektion folgen.«

Rochus stöhnte leise auf. Seine Mutter warf ihm mit hochgezogener Braue einen warnenden Blick zu.

»Da werden wir Ihnen wahrscheinlich mehr beibringen können, als Sie uns«, gab Luise mit einem Nicken in Richtung ihrer Mutter zu Bedenken.

Philipp wurde heiß. Er spürte, wie er errötete. »Daran habe ich nicht gedacht«, gab er kleinlaut zu.

»Wir sind alle bilingual aufgewachsen«, erklärte ihm Charlotte. »Das konnten Sie nicht wissen.«

Er nickte, während er die Lippen zusammenkniff. Der Fauxpas war ihm unangenehm, aber Charlotte hatte recht: Er wusste es nicht, hätte es sich aber durchaus denken können bei einer hörbar französischstämmigen Mutter. »Natürlich«, sagte er leise. »Dann wird es eben Geografie.«

»Es ist bewundernswert, wie breit gefächert ihr Wissen ist.« Frau von Cossin lächelte ihn an.

Er neigte den Kopf und zwang sich ebenfalls zu einem Lächeln. Daraufhin wandte er sich zu Charlotte um. Ihr Blick war warm. Vielleicht war sein Fehler gar nicht so schlimm gewesen. Niemand machte sich über ihn lustig. Ganz anders als zu Hause bei Vater und Else. Hier aber schien sich niemand an seinem Fauxpas zu stören. Also kein Französischunterricht, sondern Geografie. Keine schlechte Wahl, denn so konnte er etwas Geologie einfließen lassen. Charlotte würde bestimmt entzückt sein. Bisher war er noch nicht dazu gekommen, sie wissen zu lassen, dass er selbst geologische Forschungen anstellte und auch diverse Abhandlungen darüber verfasst hatte. Aber das würde er bald tun. Spätestens, wenn er ihr ein paar schöne Stücke seiner eigenen Sammlung präsentierte.

Bevor sich alle wieder zu ihren Aufgaben verabschiedeten und Philipp mit seinen Schülern zurück in den Klassenraum wechseln konnte, kam eine junge Frau herein. Einige ihrer braunen Locken hatten sich aus dem Knoten gelöst und ihre Wangen waren erhitzt. Offenbar war sie gerade angekommen.

»Rike, wie schön dich zu sehen!«, rief der Gutsherr aus und stand auf. Er legte den Arm um die Schultern der Frau und sagte zu Philipp: »Darf ich vorstellen? Das hier ist unsere Älteste: Friederike von Ritteysen. Obwohl sie frisch verheiratet ist, kommt sie jeden Tag zu uns, um sich weiter um die Pferde zu kümmern.«

Philipp erhob sich und neigte höflich den Kopf. »Sehr erfreut, Ihre Bekanntschaft zu machen, Durchlaucht.«

Friederike nickte freundlich lächelnd zurück. »Schön, dass Sie gut angekommen sind. Ich hoffe, meine Geschwister sind folgsam?« Sie ließ grinsend den Blick schweifen.

»Bisher kann ich mich nicht beklagen.«

»Macht Charlotte Ihnen das Leben ähnlich schwer wie Ihren Vorgängern?«

Er warf Charlotte einen entschuldigenden Blick zu, als wäre er es gewesen, der sie anstelle ihrer Schwester inkommodiert hatte. Allerdings schien diese die Attacke der Älteren nicht zu beachten.

Sie schob ihren Stuhl zurück und erhob sich. »Kommen Sie, es ist Zeit, zurück zum Unterricht zu gehen.«

Im gleichen Moment, als sie in den Flur traten, Charlotte voran, er hinter ihr und dahinter die anderen Cossin-Geschwister, kam das Mädchen mit der Post. Sie knickste und reichte Charlotte einen Brief. Diese warf einen Blick darauf, errötete lächelnd und ließ ihn in ihrer Schürze verschwinden.

Neugierig sah er sie an. Ein heimlicher Verehrer? Aber so wirkte sie nicht. Trotzdem wollte sie offenbar nicht, dass jemand sich nach dem Schreiben erkundigte.

Schweigend liefen sie in kleinen Grüppchen über den Flur. Charlotte ging wie selbstverständlich neben ihm, ein zufriedenes Lächeln in den Mundwinkeln. Mehrmals setzte er an, um sie nach dem Brief zu fragen, der offenbar Grund für ihre fröhliche Stimmung war. Jedes Mal schreckte er im letzten Moment zurück. Wenn sie das Bedürfnis hätte, darüber zu sprechen, würde sie es tun. Sie standen sich keineswegs so nahe, dass es ihm zustand, sich nach persönlichen Dingen zu erkundigen. Sie waren keine Freunde, auch wenn er dem Gedanken nicht abgeneigt war, sondern Lehrer und Schülerin und wurden darüber hinaus von einem nicht unerheblichen Altersunterschied getrennt.

Trotzdem erfreute es ihn, sie fröhlich zu sehen. Genau aus diesem Grund hatte er Gustav nach Schloss Altranft geschickt, damit er ihm verschiedene geologische Fachbücher aus seinem eigenen Vorrat und einige besonders geliebte Exemplare seiner Steinsammlung herüberbrachte. Er würde ihr gleich nachher erzählen, dass er sich ebenfalls für Geologie interessierte und aus diesem Grunde selbst einige Stücke angeschafft hatte. Philipp wollte sie Charlotte zeigen. Es war rührend gewesen, wie sie ihm ihren Quarz präsentiert hatte und es hatte ihn nicht unbewegt gelassen, dass sie Philipp offenbar als kundig genug dafür erachtete. Sie schien ihn als ebenbürtigen Gesprächspartner anerkannt zu haben. Er fand gleichwohl Gefallen an ihrem Austausch. Es tat gut, sich mit jemand intellektuell Ebenbürtigem unterhalten zu können. Es war so viel angenehmer, einmal nicht für das Anderssein und die eigenen Interessen verlacht zu werden, sondern einen ernsthaften Diskurs zu erleben.

Sie hatten den Klassenraum erreicht und er stellte sich neben die Tür, um zunächst seine Schüler eintreten zu lassen. Es war ihr Heim und ihr Unterrichtszimmer, in dem sie sich befanden und daher erschien es ihm wie eine notwendige Geste des Respekts, ihnen den Vortritt zu lassen. Er war hier nur eine vorübergehende Erscheinung. Eine Randnotiz, wahrscheinlich bald wieder vergessen, wenn er seiner Wege ziehen und zurück ins väterliche Schloss gehen würde. Er hoffte darauf, dass sowohl Else als auch Vater von ihm und seinem Anderssein abgelenkt würden, wenn das Kind erst auf der Welt war. Hernach würde er wieder still für sich in der Bibliothek arbeiten können, ohne jederzeit damit rechnen zu müssen, gepiesackt zu werden.

Als alle sittsam an ihren Plätzen saßen, löste sich Philipp von seinen Gedanken und trat in den Raum. Er warf Charlotte einen Blick zu. Seltsamerweise ließ ihn nicht los, wie sie auf die Ankunft dieses Briefs reagiert hatte. Er schien sie nicht zu überraschen und sie war errötet, was bei ihm die Annahme bestärkte, dass sie einen heimlichen Verehrer besaß.

Diese Vorstellung gefiel ihm nicht.

Aus einigen Bemerkungen ihrer Brüder und der Zwillinge hatte er heraushören können, dass es ihr wohl an interessierten Bewerbern nicht mangelte. Dennoch hatte sie bisher alle abblitzen lassen, weil sie eine Ehe generell ablehnte. Im Hinblick auf ihre herausragenden intellektuellen Fähigkeiten erschien ihm das sinnvoll. Schließlich wäre bei einer Verheiratung wohl kaum mehr damit zu rechnen, dass sie einer geistvollen Tätigkeit nachgehen konnte.

Sie wirkte gerade ausgesprochen fröhlich und gelöst. Diese Beobachtung gab ihm zu seinem Erstaunen einen Stich. Bisher war sie so vertrauensvoll gewesen, hatte ihm sogar ihren größten Schatz gezeigt. Jetzt aber war offensichtlich, dass sie ein Geheimnis hütete und das gefiel ihm nicht.

Missmutig begann er mit dem Unterricht. Er fühlte sich ausgeschlossen, doch diese Ausgrenzung hatte einen anderen Charakter als die Sticheleien in seinem Elternhaus. Merkwürdigerweise störte es ihn mehr.

Der Rest des ersten Unterrichtstages verlief wenig aufsehenerregend. Natürlich hatte Philipp darauf verzichtet, Französisch zu unterrichten. Am Nachmittag war er erschöpft. Er beendete den Schultag frühzeitig und gab seinen Schützlingen stattdessen jeweils eine Aufgabe, die sie bis zum nächsten Tag erledigen sollten.

Mit schweren Schritten nahm er die Treppenstufen hoch zum Gästetrakt des Hauses. Er würde sich für einen winzigen Moment hinlegen und später vielleicht nach draußen gehen, um etwas Luft zu schnappen. Er hätte sich nicht träumen lassen, wie fordernd und anstrengend das Lehren war. Gut, dass er sämtliche Anfragen, auf diesen neumodischen wissenschaftlichen Veranstaltungen zu sprechen, bisher abgelehnt hatte. Es hätte ihn umgebracht. Viel lieber saß er einsam und in Ruhe über seinen Büchern, sammelte Wissen und stellte neue Zusammenhänge her, entdeckte Denklücken oder entwickelte neue Theorien über die Entstehungsgeschichte der Erde. Würde er gerne im Mittelpunkt stehen, hätte er an einer Bergakademie geforscht oder wäre von Symposium zu Symposium getingelt, um seine Erkenntnisse zu teilen.

Er hatte sein Zimmer erreicht, zog die Tür hinter sich zu und ließ sich mit einem Seufzer der Erleichterung mit geschlossenen Augen auf sein Bett sinken.

Eine halbe Stunde später erwachte er von einem Geräusch vor seiner Tür. Verschlafen setzte er sich auf und bemühte sich, seine zerknitterte Kleidung zu ordnen. Jetzt hätte er Gustav natürlich gut brauchen können. Müde wie er gewesen war, hatte er nicht einmal seine Schuhe ausgezogen.

Wieder hörte er etwas von draußen. Es klang wie ein erstickter Schluchzer, gefolgt von einem Rascheln.

Das würden doch keine Ratten sein? Sie waren eine Plage, wenn sie erst einmal in ein Haus eingezogen waren. Sie zerfraßen in ihrer Gier alles und Philipp hasste allein die Vorstellung, den Nagern so nahe zu sein. Allerdings befand er sich hier auf einem Gestüt mit nicht unerheblichen Stroh- und Heuvorräten. Ein Paradies für jede Ratte. Da – wieder war da dieses Geraschel zu hören, gefolgt von einem Glucksen.

Philipp straffte den Rücken und ging entschlossen und mit schnellen Schritten zur Tür, riss sie auf und starrte in die verweinten Augen von Charlotte von Cossin.

Verwundert trat er einen Schritt zurück und blickte auf das Bild, das sich ihm bot. Sie kauerte auf dem Boden gegenüber seiner Tür, die Augen verweint. Auf ihrem Schoß lag ein zerknülltes Blatt, in dem Philipp den Brief vermutete, den sie vorhin so glücklich empfangen hatte.

»Nanu«, sagte er und sah sie betrübt an. Mehr fiel ihm nicht ein. Dies hier war eine Situation, wie er sie nie erlebt hatte. Das Mädchen war offenbar erschüttert und benötigte Trost. Warum kümmerte sich nicht seine Mutter oder eine ihrer Schwestern darum? Nervös blickte er sich um. Charlotte schien sich erschreckt zu haben, ihn so plötzlich zu sehen, denn sie rappelte sich auf und bemühte sich, die verräterischen Spuren von ihrem Gesicht zu wischen. Ihr Blick war gesenkt.

»Verzeihung! Ich habe nicht daran gedacht, dass Sie hier oben sein könnten. Ich ging davon aus, dass Sie hinausgegangen seien, um sich die Beine zu vertreten. Normalerweise ist dieser Gang unbewohnt und ich ziehe mich hierhin zurück, wenn ich allein sein will.«

Er nickte ihr unsicher zu. »Sie haben Kummer.« Es war eher eine Feststellung denn eine Frage. Trotzdem nickte sie zögernd.

»Ich wollte Sie nicht stören, es tut mir leid.« Sie blinzelte ihn aus ihren verheulten Augen an, bevor sie wieder den Kopf senkte und sich anschickte, zu gehen.

»Hätten Sie vielleicht etwas dagegen, mich ein wenig herumzuführen? Ich wollte sowieso gerade einen kleinen Rundgang machen und kenne den Hof noch nicht«, beeilte er sich zu fragen. Sie schien so belastet und traurig. Er kannte solche Momente nur zu gut und wusste, wie schwer es war, wenn man in diesen Augenblicken allein mit seinen Gedanken war.

Ihre Lippen zuckten, als sie sich zu ihm umdrehte, einen Moment zögerte und schließlich nickte. »Natürlich. Wenn Sie es wünschen.«

»Vielen Dank! Das weiß ich sehr zu schätzen. Ich will mich nur einen Augenblick frisch machen. Treffen wir uns in zehn Minuten unten?« Im Grunde ging es ihm nur darum, ihr die Möglichkeit zu geben, sich wieder herzurichten und die Spuren des Weinens zu tilgen. Denn es würde ihr mit Sicherheit unangenehm sein, wenn jemand sie so sah. Jedenfalls ließ ihr Verhalten darauf schließen.

Sie nickte langsam. »In zehn Minuten«, bestätigte sie und lief den Flur hinunter, als wäre eine wilde Furie hinter ihr her.

Leise seufzend zog er die Tür wieder zu und lehnte sich von innen dagegen. Ob ihm die richtigen Worte einfallen würden, um ihr Trost zu spenden? Würde sie ihn überhaupt einweihen, was ihr einen solchen Kummer bereitet hatte? Er war ihr Lehrer und damit oblag ihm eine gewisse Fürsorgepflicht, obwohl er sich vorgenommen hatte, sich rein auf die Wissensvermittlung zu beschränken. Wenn ihr Geheimnis geeignet war, ihren Ruf oder den ihrer Familie zu gefährden, würde er gezwungen sein, ihre Eltern darüber zu unterrichten. Vielleicht war alles ganz harmlos. Er betete dafür, dass es ihm gelingen würde, einfühlsam und rücksichtsvoll zu erfragen, was sie belastete. Und dass er nicht dazu gezwungen wäre, Alarm wegen irgendeiner Ungebührlichkeit zu schlagen.

KAPITEL VIER

Er wartete am Ende der Eingangstreppe auf sie. Als sie mit schnellen Schritten herunterkam, konnte man ihr nicht mehr ansehen, wie aufgelöst sie gewesen war. Nur ihr Lächeln war zaghafter. Sie nickte ihm wortlos zu, als sie ihn erreicht hatte, und er folgte ihr hinaus. Die Sonne stand schon tiefer. Es war nicht mehr ganz so heiß und deutlich weniger drückend, als es den Tag über gewesen war.

»Was wollen Sie zuerst sehen? Die Stallungen, die Koppel, den Reitplatz oder den Garten?« Ihrer Stimme fehlte der lebhafte Klang, den sie hatte, wenn sie über Steine oder etwas anderes sprach, das sie erfreute.

»Fangen wir mit dem Garten an«, schlug er vor. Sie nickte und ging voran. Er schloss sich ihr an, sodass sie Seite an Seite die verwunschen anmutende Gartenanlage betraten. Sie erstreckte sich weitläufig hinter dem Haus und wirkte sehr natürlich. Der stellenweise hohe Rasen wurde von zahlreichen Obstbäumen beschattet. Duftende Blumen blühten üppig und trugen zu der romantischen Atmosphäre bei. Sie wurden von ausladenden, üppig tragenden Sträuchern begrenzt, sodass sich viele kleine Ecken ergaben, die nur schwer einsehbar waren. Rosen rankten und sogar ein kleiner Teich war im hinteren Bereich angelegt worden. Dieser Garten war wundervoll und verzauberte Philipp vom ersten Moment an. Am liebsten hätte er sein Lager dauerhaft hier aufgeschlagen, doch das war natürlich keine realistische Option.

»Wollen wir uns einen Augenblick hinsetzen?« Er deutete auf eine metallene Gartenbank, die mit zarten Ranken durchsetzt war. Er konnte sich beim Herumlaufen nicht darauf konzentrieren, feinfühlige Worte zu finden, die hier vonnöten waren.

Sie zuckte mit den Schultern und sagte: »Ganz wie Sie wünschen, Herr von Lotz.«

Er wartete, bis sie sich gesetzt hatte, bevor er ebenfalls Platz nahm. Beide blickten auf das Blütenmeer, das sich vor ihnen ausbreitete, während ein Birnbaum ihnen angenehmen Schatten spendete.

»Was bedrückt Sie, Charlotte?«, fragte er. Sie sah ihn bestürzt an. Fast wirkte sie, als hätte er sie bei etwas Verbotenem ertappt. »Vielleicht kann ich Ihnen helfen«, setzte er sanft hinzu.

Sie kniff die Lippen zusammen und senkte den Blick. Plötzlich entfuhr ihr ein Seufzer und sie begann unruhig mit der Schuhspitze auf und nieder zu tippen.

»Sie werden über mich lachen«, gab sie leise zu bedenken.

»Das werde ich mit Sicherheit nicht tun«, widersprach er ihr halblaut.

»Doch, das werden Sie. Und ich habe es verdient. Es war

hoffärtig von mir, anzunehmen, dass ich als Frau überhaupt eine Chance habe, eingeladen zu werden.«

Er schüttelte verwirrt den Kopf. »Wovon reden Sie?«

»Ich ... ich habe darum gebeten, mich zu dem demnächst anstehenden Symposium über heimische Silikatgesteine zu laden. Es ist nicht so, dass ich direkt als Rednerin gebeten werden wollte, sondern es erschien mir sinnvoll, überhaupt an einer derartigen Veranstaltung teilzunehmen.« Ihre Stimme wurde leiser.

»Aber warum sollten Sie das tun?«, fragte er in ehrlicher Verwunderung. »Sie sind doch eine Frau.«

»Und genau darin liegt das Problem. Man will keine Frauen bei ernsthaften wissenschaftlichen Veranstaltungen. Ich solle mich lieber auf meine naturgegebene Rolle besinnen. Das haben sie mir geschrieben.« Wieder liefen Tränen über ihre Wangen.

Erschrocken riss Philipp die Augen auf. »Bitte weinen Sie nicht, Charlotte!« Er tätschelte ihr ein wenig unbeholfen den Arm.

Sie schluchzte auf, wischte sich rigoros mit der Hand über die Wangen und sah ihn aufmerksam an. »Empfinden Sie es nicht als Unrecht, jemanden von etwas auszuschließen, nur weil er anders ist als die anderen Teilnehmer? Sind Sie der Meinung, dass ich den intellektuellen Anforderungen einer solchen Veranstaltung nicht gewachsen bin oder dass ich zu wenig Wissen habe, um den Vorträgen zu folgen?«

»Nein, keineswegs!«, beeilte er sich, ihr zu versichern. »Ich denke, dass Sie sehr wohl in der Lage sind, den Diskussionen und Erläuterungen zu folgen. Ich sehe es ebenfalls als Unrecht an, Sie aufgrund Ihres ... Ihres ...« Er kam ins Schleudern.

»Ja, das sehe ich ganz genauso«, kam ihm Charlotte zu Hilfe. »Vor allem bedeutet das, dass ich die Vorgaben nicht erfüllen kann, die Tante Tilly gemacht hat, um mir ein ausreichendes Auskommen zukommen zu lassen.«

»Tante Tilly?«, echote Philipp verwirrt.

Charlotte nickte. »Ja, sie hat mir versprochen, für meinen Unterhalt zu sorgen, damit ich nicht heiraten muss, sondern mich voll und ganz der Wissenschaft widmen kann.«

Philipp zuckte unwillkürlich zurück. »Oh, ich verstehe.«

Charlotte lächelte ihm müde zu. Aus ihren Zügen war sämtliche Zuversicht geschwunden. Erneut saßen sie schweigend nebeneinander und starrten in die Blumen.

Nach einigen Minuten räusperte sich Philipp und sagte: »Es ist mir nie in den Kopf gekommen, dass jemand Spaß daran haben könnte, Symposien zu besuchen. Ich habe noch nicht erwähnt, dass ich selbst ein wenig geologisch forsche. Aufgrund einiger diesbezüglicher Abhandlungen habe ich schon die eine oder andere Einladung zu Symposien erhalten, die ich alle abgelehnt habe. Interessanterweise auch für jenes, das Ihnen nun so viel Kummer bereitet. Es erschien mir nie erstrebenswert, dort hinzufahren, um mich mit anderen Wissenschaftsverrückten über verschiedene Theorien zu streiten. Aber wenn es Ihnen so wichtig ist, könnte ich zusagen und mitteilen, dass ich einen Gast mitbringe. So könnten Sie …« Er schaffte es nicht, den Satz zu beenden, denn Charlotte sprang auf und strahlte ihn an. Es fehlte nicht viel und sie wäre ihm um den Hals gefallen.

Stattdessen hüpfte sie auf und nieder, als wollte sie eine der Birnen pflücken, könnte sie aber nicht erreichen.

»Das würden Sie tun?« Sie war Feuer und Flamme. »Das

würde ich Ihnen nie vergessen! Wirklich! Ein Traum würde für mich wahr werden.«

»Nun, dann werde ich unverzüglich zurückschreiben und unser Kommen ankündigen. Hoffentlich sind Ihre Eltern einverstanden, dass der Unterricht dadurch für einige Tage ausfällt.«

»Darum werde ich mich kümmern. Ich rede mit ihnen. Vielen, vielen Dank! Sie glauben gar nicht, wie glücklich Sie mich gerade gemacht haben.« Mit beiden Händen griff sie nach seinen und schüttelte sie überschwänglich. Philipps Mund wurde trocken. Oje, hoffentlich würde alles so problemlos klappen, wie er es ihr eben dargestellt hatte. Denn er war selbst nie auf einer dieser Veranstaltungen gewesen. Ob man Frauen überhaupt den Zugang zu derartigen Anlässen gewährte? Wahrscheinlich machte er sich unnötig Sorgen. Warum sollte man das schließlich nicht tun? Auch Frauen konnten forschen. Aber der Wandel ihrer Gemütslage war überaus erfreulich zu beobachten. Er sah sie viel lieber fröhlich als so verzweifelt wie vorhin.

»Eines muss ich Ihnen noch sagen.« Charlotte lächelte schüchtern. »Ich habe Ihren Unterricht heute sehr genossen. Wir hatten schon lange keinen Lehrer mehr, der so umfassend gebildet ist wie Sie.«

Philipp spürte, wie Blut in seine Wangen schoss. »Vielen Dank«, murmelte er verlegen.

»Doch, wirklich«, insistierte Charlotte. »Meiner Meinung nach sind Sie der geborene Lehrer. Sie haben die Fähigkeit, all Ihr Wissen fesselnd zu vermitteln.« Der Blick aus ihren braunen Augen war drängend, als wollte sie es unbedingt schaffen, ihn von seinen eigenen unerkannten Fähigkeiten zu überzeugen. »Ich freue mich schon sehr auf die morgigen Stunden.«

Philipps Mund war auf einmal so trocken, dass er schlucken musste. So etwas Nettes hatte schon lange niemand zu ihm gesagt. Er warf ihr einen prüfenden Blick zu, ob sie sich nicht lustig über ihn machte, so wie er es schon häufig erlebt hatte, aber sie sah ihm aufrichtig in die Augen. Er spürte, wie sein Herz stärker zu klopfen begann. Schnell erhob er sich. »Ich denke, es ist an der Zeit, zurückzugehen.« Seine Stimme klang rau. Offenbar war er kein so schlechter Lehrer, wie es ihm sein Vater im Vorfeld prophezeit hatte. Die Schwermut hatte Vater zu vielen Äußerungen getrieben, die er inzwischen wahrscheinlich nicht mehr so empfand. Charlotte lief dicht neben ihm. Als sich ihre Hände unbeabsichtigt für einen kurzen Moment berührten, hatte Philipp das Gefühl, als führe ein Blitz durch seinen Körper. Erschrocken wich er ein Stück von ihr weg. So etwas hatte er ja noch nie erlebt.

Charlottes Herz schlug heftig, als sie durch den Flur in Richtung des Salons eilte. Sie musste umgehend mit Maman und Vater sprechen. Die unverhoffte Möglichkeit, ihre Träume wahr werden zu lassen, nahm ihr fast den Atem. Sie würde ihre Abhandlung über den Rosenquarz zu diesem Symposium mitnehmen. Vielleicht ergab sich eine Chance, sie jemand Wichtigem zu zeigen. Allein schon der Gedanke, sie überhaupt einer Person zeigen zu können, machte sie glücklich. Wenn sie ehrlich war, musste sie zugeben, dass sie der Ankunft des neuen Hauslehrers skeptisch gegenübergestanden hatte. Sie hatte angenommen, er würde so sein wie alle anderen vor ihm. Aber so war es nicht. Endlich fühlte sie sich verstanden. Mehr noch, er respektierte ihre

Leidenschaft für Geologie, obwohl sie kein Junge war. Und jetzt bot er ihr eine Gelegenheit, der sie seit Monaten entgegengefiebert hatte. Maman würde begeistert sein und Vater bestimmt ebenso.

Als sie den Fuß der Treppe erreicht hatte, hörte sie Hufgetrappel und die Räder einer Kutsche auf dem Hof. Laute Rufe waren zu vernehmen. Neugierig warf sie einen Blick zur weit offen stehenden Tür hinaus.

Eine große Kutsche, die sie gut kannte, fuhr ratternd über das unebene Pflaster des Hofs. Heute musste ihr Glückstag sein. Sie hatte nicht damit gerechnet, dass Tante Tilly so früh ankommen würde. Wie würde sie sich freuen, wenn sie von Charlottes erstem Symposiumbesuch hörte! Sie war die Einzige, die unaufhörlich, uneingeschränkt an Charlottes Potenzial geglaubt hatte.

Charlotte stürmte hinaus, während die Kutsche unter lauten »Ho«-Rufen des Kutschers langsam zum Stehen kam. Wie jedes Mal direkt vor dem Stall. Friederike und Vater würden nicht erfreut sein. Seit dem großen Brand, bei dem sämtliche Pferde mühsam gerettet und um die Kutsche hatten herumgeführt werden müssen, waren sie in dieser Hinsicht unerbittlich. Auch jetzt stürmte ihre älteste Schwester mit wütendem Gesichtsausdruck und wehenden Röcken aus dem Stall, kaum war das schwere Gefährt zum Stehen gekommen.

»Hier können Sie aber nicht bleiben«, wandte sie sich direkt an den Kutscher.

Der nickte unwillig und schickte sich an, die erschöpften Pferde wieder in Gang zu bringen. Im selben Moment öffnete sich der Türschlag und die Zofe der Tante klappte die Treppe aus. Die ungeduldige Tante Tilly wollte wie immer nicht warten, bis der Kutscher so weit war, ihnen herauszuhelfen. Hastig zog der Kutscher wieder an den Zügeln. Aus dem Innern der Kutsche war ohrenbetäubendes Kläffen zu hören. Dauphin mochte keine Reisen. Überhaupt liebte das Schoßhündchen ihrer Tante nur sehr wenige Dinge und der Aufenthalt auf Gut Cossin gehörte definitiv nicht dazu. Das pflegte er lauthals kundzutun und die Nerven aller damit aufs Höchste zu strapazieren. Heute jedoch war das Bellen lauter als sonst und – wenn Charlotte nicht alles täuschte – zweistimmig.

»Herr, steh uns bei«, murmelte sie und eilte mit ausgestreckten Händen auf die Tante zu, die gerade dabei war, umständlich, unter beide Arme je einen aufgeregt kläffenden Hund geklemmt, aus der Kutsche zu steigen.

»Scht, Empereur, lass das doch. Dauphin, Schätzchen, nun beruhige dich endlich«, tönte ihre Stimme laut über den Hof. Man konnte ihr anhören, dass die Fahrt nicht sonderlich entspannend verlaufen war. Kein Wunder bei den aufgeregten Fellknäueln. Dennoch eilte Charlotte freudig hinaus, um ihre Lieblingstante zu begrüßen.

Aus den Augenwinkeln konnte Charlotte erkennen, wie mehrere Mitglieder ihrer Familie, die offenbar sämtlich an den Salonfenstern klebten und auf das Geschehen hier unten starrten, zurückschreckten. Charlotte konnte es ihnen nachfühlen: Die Aussicht auf zwei nervöse, schlecht erzogene und vor allem laute Hunde war wenig verlockend, zumal Tante Tilly darauf bestand, sie ständig in ihrer Nähe zu haben. Dauphin besaß extra ein eigens für ihn angefertigtes Kissen, von dem aus er für gewöhnlich sein Umfeld scheel beobachtete und jeden anbellte, der es wagte, sich zu erheben oder zu bewegen.

»Tante Tilly, was für eine Freude dich zu sehen. Ich wusste nicht, dass du schon heute kommst.« Charlotte wollte der Tante eigentlich um den Hals fallen, aber ein scharfes Knurren ließ sie ihre Pläne kurzfristig ändern. Abrupt blieb sie stehen und sah die Neuanschaffung ihrer Lieblingstante an. Der kleine Hund hatte die Zähne gebleckt und starrte sie mit zusammengepressten Augen drohend an.

»Bleib stehen, wo du bist. Empereur kann es nicht leiden, wenn mir jemand zu nahe kommt. Scht, Schätzchen, es ist alles in Ordnung. Das ist nur Charlotte. Wir mögen sie«, bemühte sich Tante Tilly, den aufgebrachten Winzling zu beruhigen. Das interessierte diesen aber herzlich wenig und er verfiel in überraschend lautes Gebell angesichts seiner geringen Größe. Dauphin besaß schon ein sehr durchdringendes Organ, aber Empereur schien ihn sogar um einiges zu übertreffen. Allerdings schien Tante Tilly aus früheren Fehlern gelernt zu haben, denn sie rief laut, um das Bellen zu übertönen: »Lysandra, kommen Sie und kümmern sich um die beiden Herzblätter, damit ich meine Familie begrüßen kann. Wir wollen nicht schon am ersten Tag Bisswunden riskieren, n'est-ce pas?«

Ihre Zofe, die damit beschäftigt war, zahllose Köfferchen, Hutschachteln und verschnürte Bündel aus dem Inneren der Kutsche zu räumen, ließ sofort alles liegen und eilte widerspruchslos zu ihrer Herrin, um ihr die bellenden Wollknäule abzunehmen. Tante Tilly winkte ihr, mit ihnen hinter den Stall zu gehen und das Mädchen folgte ihrem Befehl. Das ohrenbetäubende Kläffen verklang allmählich, während Charlotte ihre Tante freudig umarmte.

»Hattet ihr eine gute Reise?«, fragte sie und strahlte Tante Tilly an.

»Man wird nicht jünger und die lange Fahrt mit jedem Mal ungemütlicher«, beklagte sich die Tante, aber ihr

Lächeln verriet, dass sie sich freute, wieder da zu sein. Charlotte hakte sie unter und ging mit ihr in Richtung Haus. »Die anderen sind sicher schon ganz aus dem Häuschen, dass du endlich wieder hier bist«, sagte Charlotte grinsend, nachdem sie Fabians nervösen Blick hinter dem Salonfenster erspäht hatte.

Tante Tilly schien die Ironie in ihrer Stimme nicht erkannt zu haben, denn sie nickte. »Natürlich, das kann man ihnen nicht verdenken.«

»Wie stellst du dir das vor?« Maman riss überrascht die Augen auf. »Wir können dich nicht allein mit einem Mann nach Berlin reisen lassen.«

»Er ist mein Lehrer, also eine Respektsperson.«

»Trotzdem ist er ein Mann!«, beharrte Maman. »Und ich bin hier unabkömmlich, sonst würde ich mit euch fahren.«

»Ein Mann, der bestimmt doppelt so alt ist wie ich. Bitte, Maman, das ist eine einmalige Chance für mich. Anders komme ich als Frau nicht zu einem Symposium. Wenn sie dort erst einmal sehen, dass ich nicht so ahnungslos bin, wie sie vermuten, wird mir das alle Türen in die Welt der Wissenschaft öffnen.«

Maman wiegte den Kopf. Man sah ihr deutlich an, wie sie das Für und Wider der ganzen Aktion abschätzte.

»Nun gut. Fahrt. Aber nur für eine Nacht. Und Luise begleitet dich«, sagte sie schließlich zögernd.

»Warum denn Luise? Die interessiert sich doch überhaupt nicht für Steine.«

»Sie fährt nicht wegen der Steine mit, sondern als eure Anstandsdame.« Maman nahm ihr Stickzeug wieder auf, als

Zeichen, dass die Diskussion damit beendet war. Aber Charlotte wollte nicht aufgeben.

»Dame?«, rief sie empört aus. »Davon ist Luise ja wohl weit entfernt. Ich verspreche dir hoch und heilig, dass nichts Ungehöriges passieren wird. Sieh dir Herrn von Lotz an. Es gibt kaum etwas, was ihm ferner liegen könnte.«

»Hör auf deine Mutter«, schaltete sich jetzt Vater bestimmt ein.

»Aber …«, begann Charlotte wieder, wurde jedoch von Vater unterbrochen. »Entweder fährt Luise mit oder du bleibst hier.«

Charlotte drückte die Lippen zusammen. Sie fühlte sich erpresst, aber es lohnte sich nicht, weiter zu diskutieren. Vaters Ankündigung war eindeutig und sie wollte nicht riskieren, dass ihr die Erlaubnis, zu fahren, wieder entzogen wurde. Zu viel hing daran. Sie seufzte. »Ich hoffe, Luise weiß zu schätzen, was für ein wundervolles Erlebnis ihr bevorsteht.«

Maman zog belustigt eine Augenbraue in die Höhe. Vater bemühte sich gar nicht, seine Erheiterung über ihre Äußerung zu verbergen. Er grinste über das ganze Gesicht.

»Du und Herr von Lotz könnt sie ja während der Fahrt an das Thema heranführen. So wird das eine lehrreiche Lektion für sie«, sagte er schmunzelnd.

»Sie wird entzückt sein«, warf Maman ein und gluckste verräterisch.

Charlotte bemühte sich derweil, sich einzureden, dass es egal sei, ob Luise dabei wäre oder nicht. Sie würde endlich an einem Geologie-Symposium teilnehmen. Das war alles, was zählte. Sie würde ihrem Traum einer wissenschaftlichen Laufbahn einen großen Schritt näher kommen. Da würde die Anwesenheit ihrer jüngeren Schwester irrelevant sein. Am liebsten hätte sie laut aufgejubelt, doch zum einen hatte sich Tante Tilly nach der langen Fahrt bereits zur Ruhe begeben und sie wollte sie nicht stören und zum anderen schickte sich das nicht. Nicht, dass sich Charlotte daran störte. Allerdings könnte das zur Folge haben, dass Maman, der derartige Dinge deutlich wichtiger waren als ihr, ihre Zustimmung zurückzog, weil sie an Charlottes Fähigkeit zweifelte, sich wie eine Dame zu benehmen. Das wollte sie keinesfalls riskieren und so ging sie ganz gesittet aus dem Salon. Als sie aber außer Sichtweite der Eltern war, riss sie still jubelnd die Arme empor und führte ein Freudentänzchen auf. Wahrscheinlich bekam sie bis zu dem Symposium in einigen Wochen kein Auge zu.

In dem Moment hörte sie schnelle Schritte den Flur von der Eingangstür entlangkommen. Wer mochte das um diese Zeit sein? Und noch dazu ohne Begleitung eines Dienstboten, der den Besucher meldete? Schnell ließ sie die Arme sinken und sah dem Ankömmling neugierig entgegen. Vielleicht hätte sie bange sein sollen, denn es könnte jemand mit unguten Absichten sein, aber daran glaubte sie nicht. Da erkannte sie Friederike im Zwielicht.

»Was tust du denn hier um diese Zeit? Solltest du nicht längst auf Schloss Ritteysen sein?«, fragte Charlotte verblüfft. Um diese Zeit war ihre älteste Schwester selten auf Gut Cossin. Zumindest seit sie verheiratet war.

»Ich muss etwas mit Vater besprechen«, rief Friederike atemlos. Ihre Wangen waren erhitzt und ihre Augen blitzten aufgeregt. Jetzt folgte ihr Mann Leopold, der offensichtlich langsamer als sie war.

»Das muss ja etwas außerordentlich Wichtiges sein«, bemerkte Charlotte, »wenn ihr euch gleich beide auf den Weg hierher gemacht habt.«

»Guten Abend, liebe Schwägerin. Ich freue mich, dich zu sehen«, fiel Leopold ihr grinsend ins Wort.

»Komm mit, wenn du hören willst, was es ist«, sagte Friederike, die inzwischen die Salontür erreicht hatte.

»Es sind wirklich hervorragende Neuigkeiten! Wir haben lange daran gearbeitet. Ist es nicht wundervoll, wie aufgeregt Friederike darüber ist?« Leopold zwinkerte Charlotte zu. Dann zuckte er entschuldigend mit den Schultern und eilte weiter, seiner temperamentvollen Frau hinterher. Charlotte machte kehrt und folgte ihnen neugierig.

»Maman, Vater, ich musste sofort zu euch und es euch erzählen, als die Nachricht kam«, sprudelte Friederike mit lauter Stimme heraus, kaum hatte sie die Tür zum Salon geöffnet.

Die Eltern, die offenbar in ein Gespräch vertieft waren, blickten auf.

»Der Kronprinz hat endlich sein Kommen bestätigt! Ist das nicht wundervoll? So erhält unsere erste Züchtertagung auf Schloss Cossin die so dringend benötigte Anerkennung.« Friederike strahlte über das ganze Gesicht.

Vater sprang auf und klatschte begeistert in die Hände. »Wirklich? Das ist ja wunderbar! Darauf haben wir seit Wochen gewartet.«

Friederike nickte stürmisch. Nun standen Tränen in ihren Augen. Leopold trat sogleich zu ihr und legte beschützend den Arm um ihre Taille.

»Ich bin so unglaublich glücklich. Jetzt müssen wir noch mehr Anstrengung in die Vorbereitung stecken. Es muss ein fulminantes Ereignis werden. Mein Traum ist, eine solche Tagung als regelmäßige Veranstaltung auf Schloss Ritteysen zu etablieren.«

»Offen gestanden hatte ich ja die Befürchtung, dass sich

der Kronprinz darauf beschränken würde, ein Grußwort zu schicken, aber das sind hervorragende Neuigkeiten«, bestätigte Leopold mit vor Rührung belegter Stimme, während er stolz auf seine Frau hinunterblickte. »Diese Tagung wird ein außergewöhnlicher Erfolg werden!«

»Das sind tatsächlich gute Nachrichten«, stimmte Maman zu und erhob sich. Sie ging mit ausgestreckten Armen auf die beiden zu und umarmte sie. »Ich bin mir sicher, dass es ein ganz wundervolles Fest wird. Sagt mir nur, was ich tun kann, um euch zu unterstützen.«

Friederike lächelte so glücklich, dass selbst Charlotte gerührt war. Sie war bei Weitem nicht so pferdebesessen wie ihre Schwester, aber es erfreute sie, dass sie in dem, was sie tat, so außerordentlich erfolgreich war, dass das nun sogar der Kronprinz erkannte und die Veranstaltung mit seiner Anwesenheit beehrte und veredelte.

Überraschenderweise war Luise erfreut, als sie hörte, dass sie mit Charlotte und dem neuen Hauslehrer nach Berlin fahren würde. Es schien sie nicht einmal zu stören, dass sie dadurch gezwungen sein würde, sich Vorträge über Gestein, Erdkruste und Theorien zur Entstehung der Erde anzuhören.

»Mir ist alles recht, wenn ich dafür wieder einmal nach Berlin komme. Ich kann mich gar nicht daran erinnern, wann ich zum letzten Mal dort war«, sagte sie euphorisch, als Charlotte ihr von dem Arrangement berichtete, das die Eltern ausgetüftelt hatten. Sie lag im Bett und hatte ihr Buch auf den Bauch gelegt.

»Und es stört dich nicht, dass du der Anstandswauwau sein sollst?«

Luise schüttelte heftig den Kopf. »Offen gestanden habe ich diesbezüglich wenig Befürchtungen, was Herrn von Lotz betrifft. Und du bist einzig und allein in die Wissenschaft verliebt. Nein, nein, ich werde den Tag genießen, da bin ich sicher.« Ihre Wangen glühten.

»Geht es dir gut? Du wirkst so erhitzt«, fragte Charlotte besorgt.

»Das ist wahrscheinlich nur die Vorfreude. Wie lange bleiben wir in Berlin?«

»Nur für eine Nacht. Maman ist da sehr entschieden.«

»Immerhin. Zwei Tage also. Das ist himmlisch. Vielleicht bleibt etwas Zeit und wir können ein bisschen durch Berlin bummeln. Ich werde all mein Geld zusammensuchen.«

Sie sprang auf, sodass das Buch polternd zu Boden fiel. Charlotte hob es auf und legte es sorgsam zurück auf die Bettdecke, während Luise wie eine aufgescheuchte Gans durchs Zimmer wirbelte, hier ein Kleid aus dem Schrank zog, dort ein paar Münzen aus einer Dose schüttelte und in Windeseile eine heillose Unordnung veranstaltete. Das sah ihr gar nicht ähnlich, denn sonst war Luise sehr ordentlich und zog dadurch den Unmut der deutlich unordentlicheren Zwillinge auf sich. Maman führte ihnen Luise nämlich dauernd als leuchtendes Beispiel an, an dem sie sich orientieren sollten.

»Lass das jetzt, Luise, dafür hast du noch genug Zeit. Das Symposium ist erst in ein paar Wochen. Und so viel brauchst du für zwei Tage nicht«, bemühte sich Charlotte, ihre Schwester zu besänftigen.

Inzwischen glühten nicht nur Luises Wangen, sondern ihr ganzes Gesicht war gerötet und ihre Augen glänzten fiebrig.

»Beruhige dich jetzt, damit du dich nicht überhitzt. Morgen ist auch noch ein Tag.«

Luise nickte und kam mit langsamen Schritten zurück zum Bett. Sie wirkte, als wäre auf einen Schlag sämtliche Energie aus ihr herausgelassen. Anstandslos legte sie sich ohne einen weiteren Ton in ihr Bett.

Charlotte deckte sie zu und blies die Kerze aus, bevor sie sich zurück in Richtung Tür tastete. Auch sie musste sich zu Bett begeben. Sie würde nach all den aufregenden Neuigkeiten wahrscheinlich lange brauchen, bevor sie zur Ruhe käme. Sie wollte an den Tagen bis zum Symposium weiter an ihrer Rosenquarz-Abhandlung feilen, damit sie perfekt war.

Die Tage vergingen. Luise wirkte am nächsten Tag wieder so klar wie immer, erschien Charlotte nur ein wenig kraftloser als sonst. Charlotte genoss den Unterricht bei Herrn von Lotz und werkelte eifrig in jeder freien Minute an ihrer Ausarbeitung. Zu ihrer Freude war ihr Lehrer immer bereit, mit ihr über alle unklaren oder strittigen Punkte zu diskutieren. Überhaupt verbrachten sie mehr und mehr Zeit miteinander. Es war einfach zu beglückend, endlich jemanden zu haben, mit dem man sich austauschen und reden konnte.

Und endlich hatte Charlottes sehnsüchtiges Warten ein Ende. Der große Tag war gekommen. Natürlich hatte Charlotte am Abend vor ihrer geplanten Abfahrt nach Berlin nicht einschlafen können. Sie war viel zu aufgeregt gewesen und hatte es nicht geschafft, ihren aufgeregten Geist zur Ruhe zu bringen. Im Morgengrauen erwachte sie von einem ungewohnten Geräusch vor ihrem Zimmer.

»Wir müssen den Arzt kommen lassen«, hörte Charlotte Mamans Stimme drängend flüsternd auf dem Flur. Charlotte schlug die Augen auf und blinzelte. Es musste sehr früh sein, denn das Licht, das durch den Vorhang schien, war noch trübe.

Luises Zimmer lag neben ihrem. Mamans Stimme musste von dort kommen. Charlotte schlug die Decke zurück und war mit wenigen Schritten bei der Tür. Wenn Luise krank war und nicht mitfahren konnte, würde aus ihrer Fahrt nach Berlin nichts werden.

Sie riss die Tür auf. Maman stand da in Morgenmantel und Nachthaube, die Kerze in der Hand und sprach mit Vater, der ebenfalls nicht vollständig angezogen war. Die Bartstoppeln auf seiner stets geröteten Haut wirkten ungewohnt.

»Was ist los?«, fragte Charlotte atemlos. Sie hatte vor Aufregung die Luft angehalten.

»Luise hat hohes Fieber.« Mamans Stimme klang angespannt.

»Ich wecke Benno, damit er den Doktor holt«, sagte Vater und entfernte sich mit eiligen Schritten.

»Ist es so schlimm?« Charlotte spürte, wie ihr Herz schneller schlug. »Meinst du, sie kann nachher ...« Sie verstummte. Angesichts Luises Krankheit erschien es ihr unpassend, danach zu fragen, aber die Frage brannte ihr bei aller Sorge um Luise dennoch auf der Seele.

»Eine solche Fahrt ist in ihrem Zustand undenkbar«, sagte Maman.

Charlotte hatte das Gefühl, als wäre ihr nur ein wenig verzögert mit Mamans Worten der Boden unter den Füßen weggezogen worden und sie fiele und fiele und fiele. Sie fühlte sich schwindelig und schwach. Wahrscheinlich würde sie nun krank so wie Luise, aber das war auch egal, denn sie konnte ohnehin nun nicht mehr nach Berlin fahren. Sie schlug die Augen nieder und sagte: »Ich verstehe … Kann ich irgendetwas tun, um zu helfen?«

»Du kannst mir bei den Wadenwickeln helfen. Wir müssen das Fieber herunterdrücken.« Maman lief zu dem Wäscheschrank am Ende des Flurs und nahm einige Tücher an sich.

Charlotte lief mit schweren, kraftlosen Schritten in Richtung Küche, um kaltes Wasser zu holen.

»Charlotte?« Mamans Stimme klang unterdrückt. Sie wollte die anderen nicht ebenfalls aufwecken.

»Ja?« Sie drehte sich um. Jede Bewegung fiel ihr schwer. Ihr Traum war geplatzt wie eine zu stark gestopfte Wurst.

»Ihr könnt trotzdem fahren.«

»Was?« Sie riss ungläubig die Augen auf. In der Dunkelheit konnte sie Mamans Gesicht auf die Entfernung nicht klar erkennen. Hatte sie sich verhört?

»Fahrt nach Berlin. Ohne Luise. Ich weiß, was es dir bedeutet und dass ich dir vertrauen kann.«

Charlotte schlug sich die Hand auf den Mund, um ihre Erleichterung nicht laut herauszuschreien. Die eben so intensive Schwäche war mit einem Mal verschwunden. Stattdessen fühlte sie sich so energiegeladen wie schon lange nicht mehr.

»Danke, Maman«, flüsterte sie und rannte auf sie zu, um sie zu umarmen. »Ich werde dich und Vater nicht enttäuschen.«

KAPITEL FÜNF

*P*hilipp war während des kurzen Frühstücks mehrfach versucht, sich selbst zu zwicken, weil er nicht glauben konnte, was er da gerade tat. Er war drauf und dran, sich allein mit einer Frau auf den Weg nach Berlin zu machen, um gemeinsam mit ihr an einem Geologie-Symposium teilzunehmen. Wenn ihm das jemand vor ein paar Wochen prophezeit hätte, hätte er ihn ausgelacht. Das Bevorstehende war so jenseits seiner Komfortzone, dass er kaum glauben mochte, dass er sich darauf eingelassen hatte. Er hatte an die Veranstalter geschrieben, dass er trotz seiner vorherigen Absage gedenke, an der Tagung teilzunehmen und darüber hinaus einen Gast mitbrächte. Bewusst hatte er darauf verzichtet, zu erwähnen, dass es sich um eine junge Frau handelte. Das würden sie schon sehen, wenn sie vor Ort wären.

Voller Zweifel und gleichzeitig ungläubiger Freude auf den bevorstehenden Tag war er nach Charlotte in die Kutsche gestiegen, die sie in die Hauptstadt bringen sollte.

Da er nur zu Pferde gekommen und das Gefährt der Familie sich als ungeeignet für so eine weite Fahrt herausgestellt hatte, saßen sie nun in einer Kutsche des Herzogs von Ritteysen, dem Schwiegersohn der Cossins. Es war ein modernes Gefährt und bot deutlich mehr Komfort als ein einfacher Pferderücken. Da Luise aus gesundheitlichen Gründen nicht wie geplant in der Lage war, sie zu begleiten, befand er sich völlig allein mit einer jungen Frau in der Kutsche. Eine Situation, die er sich nicht zu träumen erlaubt hätte und die ihm ein leises Unbehagen bescherte. Selbstverständlich war er ihr Lehrer und allein schon deshalb, aber auch aufgrund des Altersunterschieds, war er für ihr Wohlergehen und die Einhaltung der gesellschaftlichen Erwartungen an eine junge Frau wie sie zuständig. Hoffentlich würde sie ihm diese Rolle nicht zu schwer machen. Er war ein Einzelgänger und nicht an weiblichen Umgang gewöhnt. An seine viel zu früh verstorbene Mutter konnte er sich kaum erinnern. Und die Kindermädchen hatten zu häufig gewechselt, als dass er eine enge Verbindung zu einer von ihnen hätte aufbauen können. Keine genügte Vaters Ansprüchen. Das täglich erzwungene Zusammenleben mit Else hatte Philipp den Kontakt zur Damenwelt keineswegs als erstrebenswert anfühlen lassen. Und er hatte bei einigen Mitgliedern der Gesellschaft miterlebt, welche Narren der Umgang mit Frauen aus ihnen gemacht hatte. Waren sie vorher ehrenwerte, ernsthafte Männer, mit denen man sich angeregt unterhalten konnte, hatten sie plötzlich nichts anderes mehr im Kopf als Weibsbilder. Nicht wenige wandten sich von höheren Zielen wie der Politik oder sogar der Wissenschaft ab, um sich zu verheiraten, Kinder zu bekommen und ein unaufgeregtes

Familienleben zu führen. Welche Verschwendung an Potenzial!

Seine Meinung war klar: Es war sicherer, sich von Frauen fernzuhalten, um nicht einen ähnlichen Untergang zu riskieren. Dafür lag ihm die Wissenschaft viel zu sehr am Herzen, als dass er ihr den Rücken kehren und sich von einer Frau in die Banalitäten des Alltags hinabziehen lassen wollte. Die Tätigkeit als Hauslehrer war nur eine kurzfristige Lösung, bis sich seine häusliche Situation mit der Ankunft des Kindes entspannen würde. Aber Charlotte war anders als andere Frauen. Wenn alle Stricke rissen, konnte er sich mit ihr immer noch über wissenschaftliche Fragestellungen austauschen.

»Wann waren Sie das letzte Mal in Berlin?«, begann sie mit schüchtern gesenktem Kopf das Gespräch.

»Das muss schon eine Weile her sein. Zwei oder drei Monate denke ich.«

Sie riss die Augen auf. »Oh!«

»Aus Ihrer Reaktion schließe ich, dass es bei Ihnen länger her ist?« Er lächelte ihr scheu zu.

Sie nickte schnell. »Offen gestanden kann ich mich kaum daran erinnern. Ich muss acht oder neun Jahre alt gewesen sein.«

Er neigte überrascht den Kopf. Und da dachte er, er sei selten in der Hauptstadt. »Dann muss der heutige Ausflug besonders aufregend für Sie sein.«

»Ich freue mich sehr.« Ihre Augen leuchteten. »Vielen Dank, dass Sie mir die Möglichkeit dafür geben.« Wieder senkte sie schüchtern den Blick.

Er konnte nicht sagen, warum, aber auf einmal war er erfüllt von einem Gefühl der Ruhe und Sicherheit. Alle vorherige Aufregung war auf einen Schlag verschwunden.

Es war ihm ein Bedürfnis, dieser jungen Frau einen wunderschönen Tag zu bereiten, den sie für immer in Erinnerung behalten würde. Sie war ernst und bildungshungrig und dabei so offen und ehrlich, dass es eine Freude war, mit ihr zu reden.

»Haben Sie Ihre Rosenquarz-Abhandlung dabei? Ich würde sie gerne noch einmal durchlesen. Mit Sicherheit wird sie auf großes Interesse stoßen.«

Über ihr blasses Gesicht huschte ein roter Hauch. Es verlieh ihr zu seiner Verwunderung ein zartes, fast zerbrechliches Aussehen und er verspürte den Wunsch, sie zu beschützen. Was sie bei diesem Symposium auch erwarten mochte, er war fest entschlossen, dafür zu sorgen, dass ihr kein Leid geschah.

Charlotte war trotz aller Vorfreude mit einem mulmigen Gefühl in die Kutsche gestiegen. So sehr sie dagegen gekämpft hatte, Luise mitnehmen zu müssen, so erleichtert wäre sie heute gewesen, wenn diese neben ihr säße. Sie war noch nie allein mit einem Mann, der nicht ihrer unmittelbaren Familie angehörte, zusammen gewesen. Sie wusste nicht, worüber sie die ganze Zeit mit ihm reden sollte, und fürchtete sich vor peinlichen Gesprächspausen. Ihre Eltern mussten große Stücke auf ihn halten, dass sie ihr diese Fahrt allein mit ihm erlaubt hatten. Entgegen ihrer Befürchtungen stellte sich die Reise als unterhaltsam und angenehm heraus. Als er sie nach ihrer Rosenquarz-Abhandlung gefragt hatte, war das Eis endgültig gebrochen. Sie unterhielten sich angeregt über dieses faszinierende Gestein, tauschten sich über Vorkommen, Zusammensetzung und

Erscheinungsformen aus. Regelmäßig brachen sie in Gelächter aus, wenn sie bemerkten, dass der andere eben den gleichen Gedankengang hatte. Herr von Lotz war so viel lockerer, offener und feinfühliger als sie ihn bisher wahrgenommen hatte. Und sie hatte fast das Gefühl, dass sie auf eine ähnliche Weise dachten. Das war bemerkenswert, hatte sie sich doch bisher stets als eine Art Außenseiterin empfunden, die ernsthafter war als alle anderen, Spaß am Lernen neuer Sachverhalte hatte und die Dinge schneller aufzunehmen schien als andere Menschen. Niemandem schien es ebenso zu gehen. Bis jetzt. Es fühlte sich an, als hätte sie endlich jemanden getroffen, der ihr in dieser Hinsicht ähnlich war. Auch er war unverheiratet und widmete sein Leben der Mehrung von Wissen. Genau die Daseinsweise, die sie für sich gewählt hatte. Eine Liebesbeziehung hatte in einer solchen Lebensgestaltung keinen Platz, aber angeregte Debatten über interessante Themen konnten eine ähnlich beflügelnde Wirkung haben wie eine Ehe. Jedenfalls glaubte sie das.

Die Kutsche kam zügig voran. August, ihr Stallmeister und Kutscher, trieb die Pferde an. Wahrscheinlich hatte er Freude daran, ein solch modernes Gefährt zu fahren, wie Leopold es ihnen geliehen hatte. Je näher sie der Hauptstadt kamen, desto größer wurden Charlottes Vorfreude und Aufregung. In einem fort ging sie im Kopf durch, was sie interessierten Zuhörern über ihre Untersuchungen des Rosenquarzes berichten wollte. Sie musste daran denken, nicht sofort begeistert mit allen Theorien und Fakten um sich zu werfen. Wenn sie ein Thema liebte, neigte sie dazu, ihr Temperament mit sich durchgehen zu lassen und alle Manieren und Etikette zu vergessen. Nervös schob sie sich eine Strähne aus der Stirn. Nur geschätzt eine Stunde Fahrt trennte sie nunmehr von der Hauptstadt. Charlotte freute sich schon auf die prächtigen Gebäude und die eindrucksvollen Straßen, die breit und ausgebaut waren, ganz im Gegensatz zu denen in Grünwaldenow.

»Haben Sie eigentlich Geschwister?«, fragte sie Philipp unvermittelt. Das beste Mittel gegen Aufregung waren ablenkende Gespräche. Die Wahl des Themas geschah eher aus einer Laune heraus, schließlich wusste er deutlich mehr über ihre Verhältnisse als sie über seine. Gerade eben hatten sie über Ausgrabungen gesprochen, die er in der Nähe von Bad Freienwalde im nächsten Jahr plante, um dort mehr über die Beschaffenheit der verschiedenen Bodenschichten herauszufinden. Offenbar hatte er sich durch seine Abhandlungen ein gewisses Maß an finanzieller Sicherheit erarbeitet, sodass er eine Zeit ohne feste Anstellung überbrücken konnte. Vielleicht sollte sie Vater darum bitten, sein Gehalt etwas anzuheben, um Philipp dabei zu unterstützen. Schließlich ging es Gut Cossin zurzeit deutlich besser als noch im letzten Jahr. Und allzu lange würden seine monetären Mittel wahrscheinlich auch nicht ausreichen, bevor er sich eine neue feste Anstellung suchen musste. Für einen Hauslehrer war es nicht so einfach, über die Runden zu kommen, das hatte sie schon mehrfach mitbekommen. In seine Augen trat jedes Mal ein Funkeln, wenn sie über Steine sprachen.

Allerdings nahm er den abrupten Themenwechsel nicht gut auf. Er erstarrte und aus seinem eben lächelnden Gesicht war auf einen Schlag sämtliche Heiterkeit verschwunden.

»Nein«, sagte er zögernd. »Besser gesagt: noch nicht. Die neue Frau meines Vaters ist aktuell guter Hoffnung.«

»Oh!« Charlotte lehnte sich auf ihrer Bank zurück. Sie

saßen sich ein wenig versetzt gegenüber und sie konnte aus diesem Winkel sehr gut seine Hände erkennen, die er plötzlich so fest zusammenpresste, dass seine Knöchel weiß erschienen. Er schien allerdings nicht mehr zu diesem Thema zu sagen zu haben.

»Ist die neue Frau Ihres Vaters jünger als er?«

»Sogar jünger als ich.« Er lachte auf. Ein bitterer Unterton klang in seinen Worten mit, als er sagte: »Sie haben viel Spaß miteinander. So viel Spaß, dass ich es für besser hielt, das Weite zu suchen, bis sie mit anderen Dingen beschäftigt sind.«

Charlotte sah ihn mitfühlend an. Er schien keine schönen Stunden in der Vergangenheit im eigenen Heim gehabt zu haben. Das war bei ihr dankenswerterweise ganz anders, obwohl es natürlich Momente gab, in denen sie sich gewünscht hätte, ein Einzelkind zu sein.

»Es ist sicher eigentümlich für Sie, in Ihrem Alter ein Geschwisterkind zu bekommen. Für gewöhnlich gründet man da eine eigene Familie.« Ihre Worte kamen vorsichtig heraus, wie tastend. Sie wollte nicht erneut diesen Schmerz in seinem Blick hervorrufen, wie sie es eben schon getan hatte. Aber das Thema faszinierte sie. Sie konnte sich nicht vorstellen, noch einmal große Schwester zu werden und er war eine gute Dekade älter als sie.

»Das ist es definitiv«, bestätigte er. In seinen Augen hing Traurigkeit. »Auch wenn eine Familiengründung nicht auf meiner Agenda steht.«

»Verstehe«, murmelte sie. »Auf meiner übrigens auch nicht.«

»Davon habe ich gehört.« Er neigte den Kopf, offenbar froh, dass sich das Gespräch von ihm fortbewegte. »Ist das nicht ungewöhnlich für eine Frau?«

»Das mag sein. Ich bin aber auch nicht wie jedermann. Es ist mir ein Gräuel, von jemand anderem abhängig zu sein. Ist es nicht eine fürchterliche Vorstellung, dass jemand aufgrund einer Ehe dazu verpflichtet wird, für einen anderen Menschen zu sorgen und daher darüber entscheiden kann, was der andere zu tun hat? Genau deswegen liegt mir so viel daran, Symposien zu besuchen. Tante Tilly hat sich bereit erklärt, für meinen Lebensunterhalt aufzukommen, sofern es mir gelingt, als Wissenschaftlerin anerkannt zu werden. Und vielleicht wird es mir eines Tages sogar möglich sein, mein eigenes Geld zu verdienen.« Selbstverständlich war sie sich des Widerspruchs ihrer Worte bewusst. Sie strebte nach Eigenständigkeit, war aber bereit, sich durch ihre Lieblingstante finanzieren zu lassen. Aber das war etwas anderes. Sie sah es eher als Förderung ihrer wissenschaftlichen Ambitionen.

»Ich verstehe.« Er nickte mehrmals. Offensichtlich fiel ihm der Widerspruch auf. Aber er war so freundlich, sich nicht daran zu stoßen. »Es ist mir eine besondere Ehre, Ihnen dabei behilflich sein zu können.«

»Ich kann Ihnen gar nicht genug versichern, wie ungeheuer dankbar ich Ihnen bin.« Sie lächelte. Es war nett, mit ihm zu fahren. Sogar sehr nett. Er gab ihr das Gefühl, dass sie so, wie sie nun einmal war, gut war. Und das war einfach schön.

Als die Kutsche in Berlin mitten auf der ausladenden Straße »Unter den Linden« vor dem stattlichen Gebäude der Alma Mater Berolinensis hielt, die vor wenigen Jahren von Wilhelm von Humboldt gegründet worden war, bemerkte

Philipp, wie seine Hände zitterten. Er hatte zwar den Veranstaltern geschrieben, dass er einen Gast mitzubringen gedachte. Allerdings hatte er keine Antwort darauf bekommen, was ihn ein wenig beunruhigte. Er hoffte, dass die Ursache für das Schweigen der Organisatoren lediglich in einem Versehen lag. Sollte es jedoch ein Indiz dafür sein, dass es nicht comme il faut war, eigenständig einen weiteren Zuhörer mitzubringen, ständen sie gleich vor Problemen. Charlotte schien gar nicht auf die Idee zu kommen, dass ihr Erscheinen eventuell nicht mit offenen Armen erwartet würde. Sie hatte rosa Wangen vor Aufregung und ihre Augen funkelten voller Vorfreude, während sie unaufhörlich vor sich hinplapperte. So gern er ihr zuhörte, konnte er zu diesem Zeitpunkt nicht aufnehmen, was sie sagte. Viel zu groß war die Sorge, dass sie unter Umständen unverrichteter Dinge fortgeschickt würden. Er mochte sich gar nicht ausmalen, wie geknickt Charlotte infolge einer solchen Ablehnung sein mochte. Es war an ihm, ein derartiges Debakel zu verhindern, soweit es in seiner Macht stand. Wenn es das denn tat ...

Philipp stieg erhobenen Hauptes aus der Kutsche, straffte den Rücken und bot Charlotte den Arm, um sie nach der weiten Fahrt in das Gebäude zu führen. Er fühlte sich nach dem langen Sitzen steif und glaubte, dass es bei ihr ähnlich war, auch wenn sie bedeutend jünger war als er selbst.

Sie schritten Seite an Seite durch das große Tor, vorbei an einigen Rabatten und erreichten das ausladende Portal. Er spürte, wie Charlottes Schritte neben ihm kleiner wurden und wie ihr Arm in seinem zu zittern begann. Beruhigend drückte er ihn leicht und sagte zu dem Portier: »Man erwartet uns. Wir sind zum Symposium über ...«, begann er, wurde von dem Mann aber sogleich unterbrochen.

»Nee, mein Herr, dit kann aber so nich sein.«

Philipp spürte, wie ihm heiß wurde. »Und wieso nicht, wenn ich fragen darf? Soll ich Ihnen meine Einladung zeigen, werter Mann?«

Der Portier winkte ab. »Is nich nötig. Ihnen gloobe ick ja, aber Frauen, die sind hier nich erlaubt.«

»Sehen Sie es bitte als Ausnahme an. Ich werde erwartet und habe angekündigt, dass ich einen Gast mitbringe. Können Sie bitte jemanden holen, der ...« Er suchte nach Worten.

Charlotte kam ihm zu Hilfe. »Jemanden, der hier etwas zu sagen hat«, ergänzte sie seinen Satz.

Der Mann zog die Augenbrauen hoch, offenbar pikiert darüber, dass sie es wagte, sich in ein Männergespräch einzumischen. Er warf einen Blick zu Philipp, der mit seinem Nicken bestätigte, dass er genau das gemeint hatte.

»Aber Sie warten hier. Ick kann Ihnen nich jestatten, einzutreten.« Der Portier hob den Kopf, um seinen Worten Nachdruck zu verleihen.

»Das haben wir nicht vor«, beruhigte ihn Philipp.

Als der Mann verschwunden war, wagte er es nicht, Charlotte anzusehen, geschweige denn das Wort an sie zu richten. Viel zu sehr scheute er davor zurück, die Enttäuschung in ihren Augen zu erkennen.

Sie schwieg ebenfalls, blieb aber eingehakt in seinen Arm stehen, als böte er ihr Halt. Er hatte den Eindruck, als hätte sie für einen winzigen Augenblick kurz geschwankt, allerdings konnte er sich irren.

Nach einer gefühlten Ewigkeit kam der Portier mit einem großgewachsenen, hageren Mann zurück, der sich ein Monokel vor das rechte Auge klemmte, als er heraustrat und anschließend vor allem Charlotte von oben bis unten musterte.

»Sie wünschen?«, schnarrte er.

»Mein Name ist Philipp von Lotz. Sie haben mich eingeladen, hier heute zu reden.«

Die Andeutung eines Lächelns breitete sich auf den schmalen Wangen des Mannes aus. »Herr von Lotz, wie schön! Wir freuen uns, dass Sie sich entschlossen haben, unserem beständigen Rufen endlich Folge zu leisten. Ihre Arbeiten auf dem Gebiet der Geologie sind erstaunlich und wir freuen uns sehr …«

Philipp unterbrach ihn. »Das höre ich gern. Ich habe Ihnen bereits postalisch mein Kommen angekündigt und dass ich gedenke, einen Gast mitzubringen.« Er deutete mit dem Kopf auf Charlotte, deren Arm in seinem leicht zitterte.

»Das tut mir leid, aber ich kann Ihrem Wunsch bedauerlicherweise nicht nachkommen.«

»Und warum nicht?« Philipps Ohrläppchen glühten. Dennoch schaffte er es, seine Stimme unbeeindruckt klingen zu lassen, während die arme Charlotte neben ihm mit jedem Wort kleiner und kleiner zu werden schien.

»Weil Angehörige des weiblichen Geschlechts weder in der Universität noch bei unseren Symposien willkommen sind.«

»Das ist lächerlich! Sie wollen mir allen Ernstes erzählen, dass keiner der Herren seine Ehefrau dabeihat?«

Dicke Regentropfen begannen unvermittelt auf sie herunterzuklatschen. Philipp warf einen schnellen Blick in den düsteren Himmel und sah den Mann auffordernd an. Er würde sie nicht bei diesem Wetter hier draußen stehen lassen! Doch dieser machte keinerlei Anstalten, sie hereinzubitten. Er schüttelte den Kopf und hob abwehrend die Hände. »Nun, das habe ich so nicht gesagt. Der eine oder andere Teilnehmer hat seine Gattin dabei, damit sie ihn mit seinen Notizen unterstützt. Aber das gilt lediglich für Redner und Ehefrauen und nur dann, wenn die Dame lediglich unterstützende Tätigkeiten wahrnimmt. Ihrem Brief nach handelt es sich bei dem Fräulein jedoch nicht um Ihre Ehefrau, wenn ich mich nicht irre? Und es hatte eher den Anschein, als hege das Fräulein eigene wissenschaftliche Ambitionen – was wir hier nicht unterstützen.«

Philipp spürte, wie ihm abwechselnd heiß und kalt wurde. Obwohl er eine Abfuhr gefürchtet hatte, hätte er sich nicht vorstellen können, dass sie derart harsch ausfallen würde. Er warf einen erneuten Blick auf Charlotte. Ihr Gesicht war fahl und er spürte die Traurigkeit, die von ihr ausging.

»Und wenn sie meine Verlobte ist?«, fragte Philipp. Dieser Gedanke war ihm spontan gekommen. Natürlich war er abwegig, allein, wenn man den Altersunterschied betrachtete, aber wenn diese kleine Flunkerei ihm dabei helfen konnte, Charlotte dort hineinzubekommen, war ihm das egal. Charlotte sah ihn verblüfft an. Noch überraschter aber schien der so sehr von sich eingenommene Herr mit dem Monokel, dessen Namen er nicht einmal kannte.

»Ist sie das?« Der Mann riss vor Erstaunen die Augen so weit auf, dass sein Monokel heraussprang. Hektisch fingerte er danach. Diese Wendung hatte er offenbar nicht kommen sehen.

»O ja, wir haben uns kürzlich verlobt«, log Philipp. Es war für einen guten Zweck, beruhigte er sich mehrfach, um nicht von seinen Schuldgefühlen niedergedrückt zu werden.

Jetzt sah der Herr Charlotte mit hochgezogenen Augenbrauen an, ohne jedoch etwas zu sagen. Sie stutzte, nickte aber zögerlich, um Philipps Worte zu bestätigen. Auch ohne nähere Erklärung hatte sie verstanden, warum er diese Lüge erzählt hatte.

»Nun«, sagte der Mann gedehnt. »Dann will ich Sie beglückwünschen. Allerdings fürchte ich, dass wir an unserer Entscheidung zum jetzigen Zeitpunkt nichts ändern können, denn wir sind für heute voll belegt.«

»Aha.« Philipp fiel auf, wie eisig seine Stimme klang. »Das ist erstaunlich, haben Sie freilich vorher eine andere Begründung geliefert.«

Der Mann wand sich unter seinem Blick, beharrte aber: »Ich habe mich falsch ausgedrückt. Es tut mir leid. Wenn Sie mich jetzt bitte entschuldigen wollen?« Damit deutete er eine Verbeugung an und verschwand wieder im Gebäude. Philipp starrte ihm hinterher, Charlotte weiterhin am Arm.

Der Portier zuckte mit den Schultern und sagte: »Ick hab's Ihnen doch jesacht.« Er legte die Hand an die Mütze und drehte sich ebenfalls um.

Philipp schloss die Augen. Genau diese Situation hatte er eigentlich vermeiden wollen …

Charlotte sagte kein Wort. Weder als sie zur Straße zurückgingen, wo zu Philipps großer Erleichterung die Kutsche wartete, noch als sie durchweicht vom anhaltenden Regen wieder Platz genommen hatten und losfuhren.

Sie hatte den Blick niedergeschlagen und ab und an hörte er leise Schluchzer. Er biss sich auf die Unterlippe. Es war zu ärgerlich! Da hatte er sich so gewehrt wie nie in seinem ganzen Leben und trotzdem hatte es nichts gebracht. Sie saßen beide besiegt und erschöpft da und waren unglücklich.

»Es tut mir furchtbar leid«, sagte er nach einigen quälenden Minuten.

Sie blickte mit verquollenem Gesicht auf und schüttelte heftig den Kopf. »Das sollte es nicht. Sie waren großartig.«

»Und dennoch sitzen wir jetzt hier, anstatt im Saal zu sein«, sagte er traurig. »Ich kenne das Gefühl, jemanden zu enttäuschen, nur zu gut.«

»Es war wirklich nicht Ihre Schuld! Sie haben gekämpft wie ein Bär. Ich hätte es besser wissen müssen. Frauen sind nun mal kein Teil der Wissenschaft. Meine Hoffärtigkeit hat uns in diese Situation gebracht.«

Impulsiv lehnte er sich vor und legte seine Hand auf ihre. »Bitte sagen Sie so etwas nie wieder. Es ist nicht Ihre Schuld, dass man dem weiblichen Geschlecht gewisse Dinge rundheraus abspricht. Ich kann Ihnen versichern, dass Sie einer der kundigsten Gesprächspartner sind, die mir seit Langem über den Weg gelaufen sind. Lassen Sie nicht die Kleingeistigkeit anderer über Ihren Wert bestimmen.« Er hatte sich in Rage geredet. Erst jetzt bemerkte er, dass in ihren Augen erneut Tränen standen und er nach wie vor ihre Hand hielt. Erschrocken zog er die seine zurück. Ihr Blick folgte seinen Fingern. Sie sah zu ihm auf.

»Danke«, sagte sie schlicht. »Es tut gut, das zu hören.«

»Aber es ändert nichts an der Tatsache, dass wir unverrichteter Dinge wieder nach Hause fahren.«

»Es bedeutet mir dennoch sehr viel, einen Freund wie Sie an meiner Seite zu wissen, der dafür kämpft, mir den Zugang zu den Wissenschaften zu ermöglichen.« Sie wischte sich die Tränen mit dem Handrücken fort. Nicht damenhaft und sanft tupfend mit dem Taschentuch, so wie Else und alle anderen Damen es taten, denen er bisher begegnet war. Sondern entschlossen und nach vorn blickend. Diese Niederlage würde sie nicht brechen, dazu war sie zu stark. Aber sie würde ihre Pläne beeinträchtigen, denn es war kaum vorstellbar, dass sie die Bedingungen ihrer Tante erfüllen konnte, wenn ihr nicht einmal der Zutritt zu einem Symposium gewährt wurde. Wie sollte es ihr als Frau jemals möglich sein, dort zu sprechen?

Ihr Dilemma berührte ihn. Er war sich zuvor gar nicht bewusst gewesen, welche Privilegien er besaß, einfach aufgrund der Tatsache, dass er ein Mann war. Niemand kam auf die Idee, ihm den Zugang zu irgendeiner Sache zu versperren, zu der er gehen wollte. Es stand ihm frei, zu heiraten oder es sein zu lassen, wenn es ihm beliebte. Er musste nicht um seine künftige Versorgung fürchten oder sich rechtfertigen, weil er gerne las und forschte. Man hielt ihn zwar für etwas schrullig und verschroben, weil er sich der Wissenschaft verschrieben hatte und keinen Gefallen an Bällen und ähnlichem gesellschaftlichen Unsinn fand. Aber es wurden ihm keine Steine in den Weg gelegt bei dem, was er liebte. Eigentlich hätte er jetzt erfreut darüber sein müssen, dass seine kleinen Abhandlungen offenbar Anklang in der Wissenschaftswelt gefunden hatten, sonst hätte man wohl kaum so euphorisch auf sein Erscheinen reagiert. Allerdings bedeutete ihm das zu seiner eigenen Überraschung bei Weitem nicht so viel wie Charlottes Wohlbefinden. Sie hatte ihn einen Freund genannt. Er fühlte sich durch diese Bezeichnung seltsam berührt. Ja, er wollte ihr Freund sein. Er wollte ihr helfen und dabei beistehen, zumindest einen kleinen Teil ihrer Ziele zu erreichen.

Philipp hatte kaum Menschen, die er Freunde nennen konnte. Dafür war er zu anders. Er hatte nie irgendwo richtig dazugehört.

Die Regentropfen klopften unablässig auf das Dach der Kutsche und hüllten ihre kleine Welt hier drinnen in einen behaglichen Kokon der Geborgenheit. Sie beide waren hier im Inneren der Kutsche geschützt vor der Unbill der Welt. Zu Charlotte fühlte er eine Bindung. Sie waren sich verblüffend ähnlich in ihren Bestrebungen und ihren Werten. Sie hatten vergleichbare Vorlieben und Abneigungen. Und er war dankbar, eine Freundin wie sie zu haben.

KAPITEL SECHS

Charlotte war entsetzlich traurig. Das Herz blutete ihr ob der entgangenen Chance. Ihr erster Besuch eines Symposiums war zum Greifen nah gewesen. Nur wenige Schritte hatten sie von der Erfüllung ihres größten Traums getrennt, bis die Realität mit kalten Klauen nach ihr gegriffen hatte. Sie war naiv gewesen anzunehmen, dass sie eines Tages als Rednerin über ihre Leidenschaft, die Geologie, würde sprechen können. In ihrer Euphorie hatte sie außer Acht gelassen, dass sie eine Frau war. Sie hatte ihren Platz in der Hierarchie vergessen und hatte den armen Herrn von Lotz mit in diesen verhängnisvollen Strudel gerissen.

Er wirkte so niedergeschlagen, so betroffen, dass sie sich Vorwürfe machte, ihn überhaupt in diese Situation gebracht zu haben.

Zu ihrem Erstaunen erschien er ihr seit dem unseligen Intermezzo an der Pforte in einem anderen Licht. Bisher hatte sie in ihm nur ihren Lehrer gesehen, der zu ihrer großen Verwunderung ebenfalls eine besondere Begeisterung für die Geologie empfand. Die Tatsache, dass er sich dort an dieser Tür so für sie eingesetzt und sogar vorgegeben hatte, mit ihr verlobt zu sein, nur um sie dort hineinzubekommen, hatte sie gerührt. Er wirkte so viel durchsetzungsfähiger und männlicher auf sie. Mehr noch: Sie fühlte sich in seiner Gegenwart beschützt und geborgen. Und das war ein ungewohntes Gefühl für sie, zumindest im Beisein einer Person außerhalb der Familie.

»Wir fahren direkt zurück?«, fragte sie, nachdem sie eine Weile schweigend dagesessen und jeder seinen Gedanken nachgehangen hatte.

»Wollen Sie die Nacht lieber in Berlin verbringen? Sie haben sich so auf die Stadt gefreut.«

Sie schüttelte den Kopf. »Fürs Erste hat die Hauptstadt ihren Zauber für mich verloren.«

»Es tut mir so leid. Ich überlege die ganze Zeit, was ich anderes hätte sagen oder tun können, um Sie dort hineinzubringen, aber mir fällt partout nichts ein.« Sein Gesicht sah unglücklich aus.

»Sie haben getan, was Sie konnten. Ich wüsste nicht, was den Herrn hätte überzeugen können, außer vielleicht ein kräftiger Stoß vor die Brust.« Sie kicherte leise. Die Vorstellung, dass Philipp von Lotz den großen, hageren Mann körperlich angehen könnte, war einfach zu komisch.

Erstaunt sah er sie an. Seine Züge verzogen sich zu einem Lächeln.

»Das wäre allerdings sehenswert gewesen«, stimmte er ihr zu. »Ich muss zugeben, dass ich schon überrascht war, mich derartig weit aus der Verteidigung herausgewagt zu haben, aber fürs nächste Mal werde ich erwägen, diese Option in mein Repertoire aufzunehmen.«

Charlotte gluckste erst und brach in Lachen aus. Philipp beobachtete sie einen Moment, dann zuckte es in seinem Gesicht und schließlich lachten sie gemeinsam, als hätte es diesen fürchterlichen Nachmittag und die wenig schmeichelhafte Abweisung nie gegeben.

Es war dunkel, als die Kutsche auf dem Hof von Gut Cossin einfuhr. Charlotte war längst eingenickt und Philipp fiel es ähnlich schwer, die Augen offen zu halten. Kurz vor ihrer Ankunft hatte der stetige Regen endlich aufgehört. Der Tag war lang gewesen und viel war geschehen, das erst verarbeitet werden musste. Damit sie bei der Fahrt über die holperigen Brandenburger Wege nicht von der Bank rutschte, hatte er sich vorsichtshalber neben sie gesetzt, damit sie sich beim Schlafen gegen ihn lehnen konnte. Sie hatte nur kurz aufgeblickt und war gleich wieder mit einem Lächeln auf den Lippen eingeschlafen. Die Wärme ihres Körpers so dicht an seinem fühlte sich ungewohnt und überraschend gut an.

Natürlich erwartete sie um diese Zeit niemand mehr auf Gut Cossin, vor allem, da jedermann damit rechnete, dass sie erst morgen zurückkämen. Philipp war dankbar für den menschenleeren Hof, bedeutete das doch, dass er heute niemandem mehr Rede und Antwort darüber stehen musste, warum sie schon zurück waren.

Die Kutsche kam geräuschvoll zum Stehen und Charlotte blinzelte müde in die Dunkelheit.

»Was ist passiert? Ein Überfall?« Ihre Stimme klang ängstlich.

»Alles ist in Ordnung. Wir sind angekommen«, beruhigte er sie.

»Oh, gut.« Sie nickte, schloss wieder die Augen und lehnte sich zurück an seine Schulter.

Philipp spürte angesichts dieser vertrauten Geste ein Kribbeln im Bauch. Er mochte es, wenn sie ihm so nah war. Sie roch nach Flieder und ihre Haare kitzelten ihn am Kinn. Allerdings waren sie nun zu Hause und es schickte sich nicht, dass sie weiter in der Kutsche verharrten. Jeden Moment würde der Kutscher den Schlag öffnen und die Treppe hinunterklappen. Bei dieser Gelegenheit konnten sie nicht so nah beieinandersitzen. Charlotte schien tief und fest zu schlafen. Was sollte er nur tun? Er spürte, wie er zu schwitzen begann. Das war in der Tat eine unschickliche Situation, in der sie sich gerade befanden und er konnte sich nicht vorstellen, dass ihre Eltern darüber erfreut wären.

Er räusperte sich, aber Charlotte rührte sich nicht. Philipp begann, vorsichtig an ihrem Arm zu rütteln, doch sie schmiegte sich nur noch enger an ihn heran. Das ging so nicht! Sein Atem ging schwerer, während er fieberhaft überlegte, wie er sie wecken konnte, ohne allzu viel Aufsehen zu erregen. Er vermeinte, schon die Schritte des Kutschers auf dem Kies zu hören.

Behutsam bemühte er sich, sie aufzurichten. Ohne Erfolg. Fortwährend sank sie wie eine Puppe zurück an seine Schulter. Wie konnte das sein? Eben hatte er mit ihr gesprochen!

Da, er hörte, wie der Kutscher sich daranmachte, den Schlag zu öffnen. Abrupt sprang er auf. Er konnte jetzt keine Rücksicht mehr darauf nehmen, sie nicht zu wecken. Im selben Moment fiel ein schwaches Licht in das stockdunkle Gefährt. Charlotte sackte mit einem leisen Plumps auf die Bank. Er stand aufgrund der geringen Höhe mit geneigtem Kopf und eingeknickten Knien da und starrte dem triefenden Kutscher entgegen. Was mochte dieser nur von ihm denken? Herrje, wie ungeschickt Philipp sich benahm. Er hätte Charlotte schon vorher sanft aufwecken sollen, damit es überhaupt nicht zu einer derartig zweideutigen Situation gekommen wäre. Der Kutscher musste seine Schlüsse ziehen. Endlich war Charlotte erwacht. Sie rieb sich verschlafen die Augen und blinzelte ins Licht der Kerze.

»Wir sind zu Hause«, stellte sie zufrieden fest und machte sich daran, aus der Kutsche zu steigen.

Philipp stand mit gebeugtem Kopf da und starrte ihr hinterher. Irgendetwas hatte sich während dieses Tages zwischen ihnen verändert, allerdings konnte er nicht in Worte fassen, was es war. Er wusste nur, dass er sich in ihrer Gesellschaft ausgesprochen wohlfühlte. Viel wohler, als er sich je mit anderen Frauen gefühlt hatte. Das musste einen Grund haben. Nicht nur, dass er sich gut mit ihr unterhalten konnte … Er atmete scharf ein. Die plötzliche Erkenntnis traf ihn wie ein Faustthieb mitten in den Bauch und nahm ihm in ihrer Heftigkeit die Luft.

Er hatte sich in Charlotte verliebt!

Als Charlotte am nächsten Tag zum Frühstück herunterkam, waren zumindest alle noch versammelt. Nur Tante Tilly, die ihr Frühstück spät am Vormittag in ihrem Bett einzunehmen pflegte und Luise, die weiterhin krank war, fehlten. Charlotte war in der Nacht todmüde ins Bett gefallen, hatte nicht einmal die Kraft aufgebracht, sich umzukleiden oder Gesicht und Hände zu waschen. Dementsprechend hatte sie heute Früh länger gebraucht, um sich fertig zu machen. Ihr Reisekleid war reichlich zerknittert gewesen und ihr hatten die Haare wortwörtlich zu Berge gestanden.

Das Frühstück war fast vorbei, als sie endlich ins Esszimmer trat. Philipp saß am Tisch, die aufgeschlagene Morgenzeitung in den Händen. Sie spürte, wie ihr Magen einen kleinen nervösen Hüpfer machte. Seit ihrer Kutschfahrt nannte sie ihn, wenn sie an ihn dachte, beim Vornamen. Obwohl sie es nicht geschafft hatten, das Symposium zu besuchen, war der gestrige Tag in vielfacher Hinsicht positiv überwältigend gewesen. Sie konnte sich nicht erinnern, dass sie sich bei einem anderen Menschen außerhalb ihrer engsten Familie so geborgen gefühlt hatte. Nicht einmal Tante Tilly vermittelte ihr dieses Gefühl von Schutz und emotionaler Sicherheit. Das Angebot ihrer Tante, das Charlotte bisher für ungemein großzügig gehalten hatte, erschien ihr aus heutiger Sicht nicht mehr so nobel. Vielmehr hatte sie den Eindruck, dass Maman recht hatte mit ihren Bedenken gegenüber den Bedingungen ihrer Vereinbarung. Sie hatte Charlotte prophezeit, dass es kaum erreichbar sein würde, auf einem Symposium zu sprechen.

Philipp ließ die Zeitung sinken und lächelte ihr zu. Ihre Wangen wurden warm, als sie zurücklächelte.

Sie begrüßte Maman, die ihr vielsagend mit hochgezogenen Augenbrauen zunickte. »Hattet ihr zwei gestern einen schönen Tag?«

Charlotte spürte, wie ihre Wangen noch heißer wurden. Schnell senkte sie den Kopf, während sie umständlich den

Stuhl vom Tisch zurückzog und sich langsam setzte, um Zeit zu gewinnen.

Sie schluckte und sagte betont fröhlich: »Nun, wie ihr inzwischen wahrscheinlich wisst, ist es uns nicht gelungen, überhaupt in die Räumlichkeiten zu gelangen.« Sie nahm sich ein Brötchen und beschäftigte sich eingehend damit, es mit Butter und Honig zu bestreichen.

»Das ist sehr bedauerlich. Trotzdem scheint mir, hattet ihr einen angenehmen Tag zusammen.« Mamans Stimme hatte einen scharfen Klang, wenn sie sich nicht täuschte. Sie lugte für einen winzigen Augenblick hoch, senkte aber gleich wieder den Blick. Ihre Wangen waren mit Sicherheit verräterisch gerötet.

»Es ist mir eine Freude, mich mit Charlotte über viele Dinge auszutauschen. Vor allem ihre fundierten Kenntnisse über die Entstehung der Erde und das Vorkommen von Gestein machen eine Unterhaltung mit ihr überaus angenehm«, beeilte sich Philipp zu sagen.

Charlotte schielte mit gesenktem Kopf zu ihm hinüber und musste sich ein Kichern verkneifen, denn er warf ihr einen schnellen Blick zu und zwinkerte ihr verschwörerisch zu.

»Das ist schön zu hören. Dennoch hoffe ich, dass Sie bei all der Freude nicht vergessen, dass Sie auch meine anderen Kinder unterrichten.« Charlotte hatte sich nicht getäuscht, Maman war definitiv angesäuert. Aber warum? Sie hatten nichts Verbotenes getan. Stattdessen hätten sie über Nacht in Berlin bleiben und so tun können, als wäre alles planmäßig verlaufen. Oder sie hätten etwas Unschickliches … Charlottes Hände begannen schon bei dem Gedanken daran zu schwitzen.

»Selbstverständlich, Madame von Cossin! Wir beginnen

in Kürze mit dem Unterricht«, antwortete Philipp gewandt. Charlotte warf ihm erneut einen Blick zu. Warum nur hatte sie vorher nicht erkannt, wie witzig er sein konnte?

»Wie geht es eigentlich Luise? Wird es besser?«, erkundigte sie sich in dem Bestreben, die Aufmerksamkeit von ihnen abzulenken.

»Das Fieber ist etwas heruntergegangen. Der Doktor hat einen Aderlass vorgenommen. Sie ist noch geschwächt«, ließ Emmeline sie wissen.

»Die Arme! Ich hoffe, es ist nichts Ernstes?« Philipps Gesicht drückte Besorgnis aus.

»Das hoffen wir ebenso. Vorerst darf niemand zu ihr, außer Martha«, sagte Maman leichthin. Aber Charlotte konnte die Sorge in ihrer gefurchten Stirn und dem nervösen Blick erkennen.

Als Philipp sich schon verabschiedet hatte, um einige Dinge für den Unterricht vorzubereiten, erhob sich Charlotte schnell von ihrem Platz, setzte sich neben Maman und griff nach ihrer Hand.

»Luise wird es bestimmt bald wieder gut gehen«, bemühte sie sich, ihr Trost zu spenden.

Maman nickte mit erschöpften Augen. »Mit Sicherheit«, bestätigte sie.

»Eines möchte ich klarstellen: Herr von Lotz hat sich keinerlei Vergehens schuldig gemacht. Er war ein einwandfreier Edelmann.«

Maman sah sie scharf an. Charlotte konnte es nicht verhindern: Sie lief knallrot an. Schnell blickte sie auf ihre Hände, die in ihrem Schoß unruhig mit einem herabhängenden Band spielten.

»Das kann ich nur hoffen. Du weißt, welches Risiko wir

damit eingegangen sind, euch zwei allein nach Berlin reisen zu lassen.«

Charlotte befeuchtete die plötzlich ausgetrockneten Lippen, während sie weiter angestrengt den Blick gesenkt hielt. Warum nur war sie auf einmal so fürchterlich nervös und hatte das drängende Bedürfnis, Philipp in Schutz zu nehmen? Anstatt ihm zu helfen, weckte sie stetig Mamans Misstrauen.

»Ich denke, es ist an der Zeit, zum Unterricht zu gehen«, sagte Charlotte mit rauer Stimme.

»Erst musst du einen Bissen essen«, sagte Maman streng. Charlotte, die es nicht wagte, aufzusehen, nickte und erhob sich schnell. Henriette, die ihr gegenübersaß, warf ihr einen grinsenden Blick zu. Charlotte runzelte die Stirn, hatte aber keine Chance, ihre Schwester zurechtzuweisen, denn sie spürte Mamans Blick auf sich ruhen. Hastig begann sie zu essen.

Einen Augenblick später kam die Mamsell mit der Post in den Frühstücksraum und knickste. Nur Charlotte aß. Alle anderen harrten bei ihr aus und unterhielten sich.

»Wie geht es Luise? Haben Sie mit Martha gesprochen?«, erkundigte sich Maman sofort.

Die Mamsell schüttelte den Kopf. »Unverändert. Soll ich Benno nach dem Arzt schicken?« Man sah ihr die Besorgnis um Luise deutlich an.

»Warten Sie ein, zwei Stunden. Wir wollen erst die Entwicklung des Fiebers abwarten.« Mamans Stimme bebte leicht.

Vater sprang von seinem Stuhl auf und lief auf und ab,

wahrscheinlich, um die eigene Anspannung zu kontrollieren. Allen sah man an, wie sie mit Luise litten.

»Es sind ein paar Briefe angekommen.« Die Mamsell reichte sie Vater und knickste erneut, bevor sie begann, den Frühstückstisch abzuräumen. Jetzt, da Martha ausschließlich mit Luises Pflege betraut war, blieb alle übrige Arbeit allein an ihr hängen. Charlotte sprang auf und begann, Teller aufeinanderzustapeln.

Maman sah sie irritiert an. »Was tust du da, Charlotte?«

»Ich greife der Mamsell unter die Arme. Sie hat Martha nicht mehr zur Hilfe und die viele Arbeit ist allein kaum zu schaffen.« Sie fuhr fort, das Geschirr der Familie zusammenzusammeln.

Rochus sprang auf. »Wir helfen alle mit.«

Und schon standen sämtliche Geschwister am Tisch und räumten ab. Philipp, der auf der Suche nach seinen überfälligen Schülern zurückgekommen war, um nach ihnen zu sehen, zögerte nicht lange, sondern griff ebenfalls mit zu.

»Das ist sehr freundlich von Ihnen, Fräulein Charlotte!« Er lächelte sie an, während er die Kanne in die eine und das Zuckerfässchen in die andere Hand nahm und sich daranmachte, alles zur Küche zu tragen.

Vater, der damit beschäftigt gewesen war, die Post durchzusehen, die die Mamsell mitgebracht hatte, wedelte mit einem Brief herum.

»Hier ist ein Umschlag für dich, Charlotte. Vom wem er wohl sein mag? Vielleicht diese Symposiums-Herren, die es sich anders überlegt haben und sich jetzt bei dir entschuldigen wollen?«

Neugierig stellte Charlotte den Teller mit den Brötchenkrümeln ab, den sie gerade zur Küche bringen wollte, und klopfte die Hände an ihrer Schürze ab. Zum ersten Mal empfand sie es als praktisch, dass Maman darauf bestand, dass die Mädchen im Haus stets eine solche über ihren guten Kleidern trugen, es sei denn, sie empfingen Besucher.

Das Papier war schwer und sie faltete es mit angehaltenem Atem auseinander. Normalerweise bekam sie kaum Post. Umso spannender war es, wenn es einmal der Fall war.

Während sie las, wurden ihre Augen größer und größer.

»Verehrtes Fräulein Charlotte«, stand dort, *»bitte gestatten Sie, dass ich Ihnen diese Zeilen meiner vollständigen Hingabe zukommen lasse. Ich bin verzaubert von Ihrem angenehmen Wesen, Ihrer freundlichen, zuvorkommenden Art und Ihrer überaus intelligenten und faszinierenden Persönlichkeit. Es gibt nur wenige junge Damen, die all diese Eigenschaften in sich vereinen.*

Ich wünschte, häufiger die Möglichkeit zu bekommen, mich daran zu erfreuen. Solange zehre ich von meinen Erinnerungen. Ein stiller Bewunderer aus der Ferne.«

Charlotte entfuhr ein überraschter Aufschrei. Sie schlug sich die Hand vor den Mund und starrte ungläubig auf das Schreiben. Sie hatte noch nie einen Brief eines heimlichen Verehrers bekommen. Natürlich waren da jene, die ihr Besuche abstatteten, aber sie hatte jedem von ihnen versucht klarzumachen, dass sie nicht an einer Verbindung interessiert war.

Aber das hier war irgendwie rührend. Sie spürte, wie sie errötete und ihre Hände zu schwitzen begannen.

Natürlich blieb den anderen Mitgliedern ihrer Familie, die sich im Raum befanden, nicht verborgen, dass irgendetwas Außergewöhnliches vor sich ging. Als Erster war Rochus an ihrer Seite und linste neugierig an ihrem Arm vorbei auf das Blatt. Bevor sie dazu kam, es vor ihm zu verbergen, verkündete er schon laut: »Charlotte hat einen heimlichen Verehrer.« Er feixte.

»Wie bitte?« Maman zog die Augenbrauen empor. Vater grinste breit. Nun waren auch Fabian und Philipp aus der Küche zurück. Während Fabian ebenfalls grinste, sah Philipp überrascht zu ihr hinüber. Wenn sie nicht alles täuschte, wirkte er sogar ein wenig verletzt. Dabei hatte er gar keinen Grund dazu. Er war ja nur ihr Lehrer ... oder etwa nicht?

»Darf ich mal?« Maman stand neben ihr und streckte auffordernd die Hand aus. Charlotte gab ihr den Brief, nach wie vor viel zu verdattert, als dass sie sich dagegen gewehrt hätte. Sie blickte Philipp an. Zwischen seinen Augen hatte sich eine steile Falte gebildet. Er räusperte sich.

»Wenn sich die Aufregung gelegt hat, würde ich gerne mit dem Unterricht beginnen«, sagte er in gereiztem Ton.

Maman blickte wieder auf und nickte. »Natürlich. Da haben Sie ganz recht, Herr von Lotz.«.

Charlottes Geschwister verschwanden murrend, um ihre Schulbücher zu holen. Philipp blieb in der Tür stehen und wartete offenbar auf sie.

»Das hört sich sehr vielversprechend an«, raunte Maman ihr zu. Charlotte sah sie verwirrt an. Damit hätte sie nicht gerechnet, war ihre Mutter sonst bei all ihren Verehrern fast so kritisch wie sie selbst. Maman drückte ihr den zusammengefalteten Brief in die Hand. Dann flüsterte sie eine Spur leiser: »Verstecke ihn gut. Deine Geschwister werden sich ein Bein ausreißen, um zu erfahren, was alles darin steht.«

KAPITEL SIEBEN

Auf dem Weg zum Klassenzimmer schwiegen sie beide. Von ihren Geschwistern war keine Spur mehr zu entdecken. Er hoffte, dass alle den Weg ins Unterrichtsgelass gefunden hatten. Philipp wusste nicht, was er Charlotte hätte sagen sollen. Sie schien durch diesen Brief, den sie erhalten hatte, abgelenkt. Selig lächelnd lief sie entrückt neben ihm her. Er wollte sie nicht mit seinem Gerede aus ihrer Freude reißen. Es schien fast, als sähe sie sich in Gedanken mit dem geheimnisvollen Absender übers Parkett schweben und das wiederum gefiel Philipp gar nicht. Er hätte es vorgezogen, wenn sie es genossen hätte, hier bei ihm zu sein und sie sich weiter über die Geologie hätten austauschen können. Allerdings war daran im Moment nicht zu denken.

Schon von Weitem hörten sie den Lärm, der aus dem Klassenraum schallte. Offenbar hatten die jüngeren Brüder einen Heidenspaß. Sie lachten und schrien herum. Zwischendurch ertönte die Stimme eines der Zwillinge.

Philipp streckte den Rücken durch und hob entschlossen den Kopf. Diesem Treiben musste er ein Ende bereiten. Dieses Maß an Ausgelassenheit würden die Cossins nicht gerne bei ihren Kindern sehen. Von diesen wurde erwartet, selbst wenn keine Respektsperson anwesend war, sich ebenso ruhig und gesittet zu benehmen, als befänden sie sich im Salon oder bei einem gesellschaftlichen Anlass.

Just als Philipp durch die Tür treten wollte, flog ihm ein Papierkügelchen an den Kopf. Er lief knallrot an und sah hinüber zu Charlotte. Diese war ihm jedoch keine Hilfe, denn sie schwebte mit verklärtem Gesichtsausdruck allem Anschein nach weiter in Gedanken mit ihrem geheimnisvollen Verehrer vereint dahin.

»Ich muss doch sehr bitten!«, polterte er los und trat durch die Tür. Aus den Augenwinkeln erkannte er, dass Charlotte zusammenzuckte und ihn überrascht von der Seite anstarrte. Henriette und Emmeline schauten ihm sichtlich erschüttert entgegen. Die Jungs allerdings waren unerschrockener. Zu Philipps Erleichterung eilten sie zu ihren Plätzen und stellten sich aufrecht neben ihre Pulte.

Eigentlich hätte er sie jetzt ordentlich ausschimpfen und bestrafen müssen. Aber danach stand ihm im Moment überhaupt nicht der Sinn. Sie waren ein wenig übermütig gewesen. Herrje! Und außerdem war er in Gedanken fortwährend damit beschäftigt, wie abwesend Charlotte seit diesem vermaledeiten Brief neben ihm ging. Als lebte sie in einer Traumwelt! Er vermisste ihre angeregten Gespräche und das gemeinsame Lachen. Er wollte die alte Charlotte zurückhaben. Die neue war ihm irgendwie unheimlich.

»Schlagt eure Mathematikbücher auf und rechnet dort weiter, wo wir vorgestern aufgehört haben«, sagte er unwirsch und ließ sich auf den Stuhl hinter seinem Pult fallen. Er sah nicht auf, als Charlotte an ihm vorbei zu ihrem Tisch ging. Und er vermied es, sie den Rest der Stunde anzusehen.

Als es aber an der Zeit für eine Pause war, blickte er auf und sah direkt in ihre rehbraunen Augen. Unwillkürlich schlug sein Herz schneller. Sie schien ihm bis in die Seele zu blicken. Sofort empfand er seine vorherige Verstimmung als albern. Er wollte, dass sie so an ihn dachte wie an diesen Briefeschreiber. Dass ihr Sehnen ihm galt und keinem anderen.

Er spürte, wie er über und über errötete. Schnell senkte er den Blick. Sie durfte nicht sehen, dass er für sie Gefühle hegte, wie es ein unreifer Schuljunge tat. Er war ihr Lehrer. Er wollte nicht, dass sie ihm ansah, wie sehr er sich nach ihr verzehrte, obwohl er vierzehn Jahre älter war als sie. Er liebte Charlotte. Mit jeder Faser seines Herzens. Das war ihm in dieser fast schlaflosen Nacht absolut klar geworden. Er wollte ihr nah sein, sie riechen, spüren und berühren. Doch das ging natürlich nicht. All diese ungekannten Gefühle verwirrten ihn. Aber eines stand für ihn unerschütterlich fest: Sie durfte niemals davon erfahren.

Die gesamte Mathematikstunde hindurch hatte sie an nichts anderes denken können, als an den unverhofften Brief und Mutters begeisterte Reaktion darauf. Der Schreiber schien tiefschürfend zu sein. Wie ein seltener Edelstein, dessen Fund einem das Herz vor Freude stillstehen ließ. Hatte sie einen ihrer Verehrer womöglich falsch eingeschätzt? Vielleicht hatte sie alle zu sehr über einen Kamm geschoren und nicht jeden akribisch geprüft, wie sie das mit einem verheißungsvollen neu gefundenen Stein getan hätte. Möglicherweise hatte sie den einen Fund übersehen, der ihr Leben verändern konnte. Der Brief konnte von Ferdinand von Nauenstetten sein. Ja, das war gar nicht mal unwahrscheinlich. Nun gut, ihre letzte Begegnung hier im Salon war etwas holperig gewesen, aber vielleicht hatte er sich wieder beruhigt und es sich anders überlegt. Womöglich schien ihm ihre Vorliebe für die Geologie nicht mehr so abschreckend. Unter Umständen war es aber auch jemand ganz anderes. Ein heimlicher Verehrer, den sie noch nicht bewusst wahrgenommen hatte. Hach, die Frage nach dem Unbekannten ließ ihr keine Ruhe. Zu gern hätte sie gewusst, wer derartig tiefe Gefühle für sie hegte. Nicht, dass sie sich dadurch in ihrer Meinung, keine Ehe eingehen zu wollen, hätte beeinflussen lassen. Aber nett wäre es trotzdem, es zu wissen. Bisher hatte sie nie auch nur in Erwägung gezogen, dass sie in der Lage wäre, einen anderen Menschen auf so tiefe Weise zu berühren. Der Gedanke faszinierte sie, dass jemand von ihrer Existenz derartig ergriffen sein sollte. Einerseits war sie geschmeichelt. Andererseits war sie von der Neugier getrieben, dem Urheber der Zeilen gegenüberzustehen und zu überprüfen, ob er seine Worte wirklich ernst meinte.

Sie musste unbedingt mit jemandem darüber sprechen. Warum musste Luise ausgerechnet jetzt so krank sein? Sie war Charlottes engste Vertraute unter den Geschwistern. Maman hatte zwar veranlasst, dass niemand von ihnen zu ihr durfte, aber Martha konnte nicht rund um die Uhr wachsam sein. Sie würde zwischendurch Luises Gemach verlassen müssen. Sei es, um den Nachttopf zu leeren, frisches Wasser oder etwas zum Essen zu holen oder um die kalten Wadenwickel zu erneuern. Natürlich könnte Charlotte Tante Tilly den Brief zeigen und nach ihrer Meinung fragen. Gleichwohl hatte sie das Gefühl, dass das keine allzu gute Idee wäre. Immerhin hatte die Tante ja Charlottes untadeliges Benehmen als Voraussetzung in ihre Vereinbarung aufnehmen wollen. Womöglich nahm sie den Brief als Anlass, daran zu zweifeln. Es war jedoch ohnehin nicht davon auszugehen, dass Tante Tilly nichts davon erfuhr. Dennoch wollte Charlotte lieber mit Luise darüber sprechen. Tante Tilly erschien ihr in den letzten Tagen seltsam abwesend. Es war, als würde sie etwas beschäftigen, über das sie mit ihnen nicht sprechen mochte. Allein aus diesem Grund wäre es unangemessen gewesen, die Tante mit ihren jugendlichen Schwärmereien zu behelligen. Luise war da eine weitaus geeignetere Gesprächspartnerin, was dieses Thema anging.

Ein Vorteil war, dass Luises Zimmer so dicht an ihrem lag. Sie konnte also gut hören, wenn dort geredet wurde oder die Tür ging. Es sollte demnach ein Leichtes sein, den Moment abzupassen, wenn ihre Schwester allein war. Daraufhin könnte sie in den Raum schlüpfen und ihr von dem Brief und all der Aufregung berichten, den dieser in ihr ausgelöst hatte. Es war seltsam. Sie war sonst nicht sonderlich rührselig, aber die Worte des Unbekannten hatten etwas in ihr berührt. Sie hatten etwas in ihr zum Klingen gebracht, von dem sie gar nicht gewusst hatte, dass es in ihr schlummerte.

Zu Charlottes Bedauern war es nicht so einfach, in einem unbewachten Moment in Luises Gemach zu schlüpfen. Für ein solches Unterfangen hatte sie einfach zu viele Geschwister. Ständig war jemand auf dem Flur, ging in sein

Zimmer oder hinaus, besuchte irgendwen oder holte etwas. Außerdem schien Martha nicht häufig den Raum zu verlassen, was wahrscheinlich kein allzu gutes Zeichen war, was Luises Zustand betraf. Hoffentlich ging es Luise nicht schlechter. Bis kurz vor der nächsten Unterrichtsstunde harrte Charlotte aus. Zu gerne hätte sie einen Blick auf Luise erhascht, um sich zu vergewissern, dass es ihr nicht so übel ging, wie es sich Charlotte in ihrer Fantasie ausmalte. Immerhin war der Arzt bisher nicht wieder gerufen worden.

In der Literaturstunde huschten ihre Gedanken zwischen Luises Ergehen und dem geheimnisvollen Brief hin und her. Mehrmals rief Philipp sie auf, aber sie konnte jedes Mal nur den Kopf schütteln, weil sie gar nicht in der Lage war, dem Unterricht zu folgen. Sie bemerkte seinen enttäuschten Blick und bemühte sich ernstlich um mehr Aufmerksamkeit, aber es gelang ihr einfach nicht.

Als die Stunde vorbei war, sah er sie nicht einmal mehr an. Es gab ihr einen kleinen Stich im Herzen, aber sie war so erfüllt von allem, was in ihrem Leben gerade vorging, dass der Schmerz schnell vergessen war.

Wichtig war jetzt, dass es Luise besser ging. Ob es etwas Neues über ihren Gesundheitszustand gab? Vielleicht war der Arzt in der Zwischenzeit erneut gekommen. Mit schnellen Schritten lief Charlotte den Flur hinunter. Die Tür zum Salon war nur angelehnt. Sie hörte, wie jemand darin sprach, hielt jedoch nicht inne, um zu lauschen, sondern klopfte an und trat gleich darauf in den Raum. Maman und Tante Tilly saßen allein nebeneinander auf einem der Sofas und hielten die Köpfe über ihre Stickarbeiten gesenkt, während sie sich leise unterhielten.

Nun aber sahen beide gleichzeitig auf. Es war verblüffend, wie ähnlich sich die beiden in diesem Moment sahen: Sie hatten die gleiche Haarfarbe, Augenform und Kopfhaltung, aber man sah Tante Tilly die fünf Jahre an, die sie älter war als Maman.

»Gibt es etwas Neues?« Charlotte bemerkte, wie gepresst ihre Stimme klang.

»Über Luise?« Maman seufzte. »Es ist weder besser noch schlechter geworden. Aber sie schläft nicht mehr.«

»Darf ich zu ihr? Nur für einen Augenblick?«, bat Charlotte.

Tante Tilly schüttelte heftig den Kopf. »Auf gar keinen Fall. Du darfst dich nicht anstecken, hörst du, Chérie?« Ihre Hunde, die bislang überraschend friedlich auf ihren eigenen Kissen dicht an beiden Seiten von Tante Tilly geschlummert hatten, hoben beim Klang des Koseworts, das sie sonst für sie verwendete, den Kopf. Da es aber kein Leckerli gab und sie Charlotte offenbar nicht als Störenfried erachteten, legten sich beide wieder hin.

Tante Tilly lächelte und sah ihre beiden Lieblinge mit warmem Blick an. »Sie sind so sensibel«, flüsterte sie beglückt.

»Ich will ja gar nicht lange bleiben, sondern nur kurz nach ihr sehen.« Charlotte setzte sich den beiden Frauen gegenüber in einen Sessel.

Maman schüttelte den Kopf. »Non, c'est impossible!« Ihre Stimme klang entschieden.

Charlotte seufzte. »Aber morgen ist die Gesellschaft bei den Gravenfeldts. Luise hat sich so darauf gefreut.«

»Das ist nicht zu ändern. Wichtiger ist, dass sie gesund wird. Die Gravenfeldts werden schon irgendwann wieder eine Gesellschaft geben.«

Charlotte nickte nachdenklich. Auch wenn Luise ihr

leidtat, hatte diese Wendung zumindest eine positive Wirkung: Charlotte selbst hasste derartige Nachmittage. Man saß herum, beäugte die anderen Besucher und langweilte sich den Großteil der Zeit grässlich. Wenn Luise nicht hingehen konnte, musste sie ebenfalls nicht ...

»Verschwende gar keinen Gedanken daran«, unterbrach Maman sie in ihrer Überlegung. Sie hatte offenbar erraten, woran sie dachte. »Nur weil Luise nicht gehen kann, heißt das nicht, dass du nicht gehst. Natürlich wäre es unpassend, wenn Vater oder ich hingingen, jetzt, da es Luise so schlecht geht. Du aber wirst gehen und unsere Familie angemessen repräsentieren.«

Charlotte sackte in ihrem Sessel in gespieltem Entsetzen zusammen.

»O Maman, du weißt, wie sehr ich solche Begebenheiten verabscheue!«, rief sie aus. »Genügt es nicht, wenn Friederike und Leopold dort sind?«

Dauphin reckte den Kopf. Offenbar war das Maß des Erträglichen für ihn überschritten. Er kläffte Charlotte an und ein paar Sekunden später fiel Empereur ein.

Maman sah sie an, schüttelte den Kopf und zuckte lächelnd mit den Schultern. Anschließend wandte sie sich wieder ihrer Stickdecke zu, während sich Tante Tilly erfolglos bemühte, ihre zwei Lieblinge zu beruhigen.

Charlotte rollte mit den Augen und erhob sich. Diese Lautstärke zusammen mit der Aussicht, die Familie allein vertreten zu müssen, war mehr, als sie gerade ertragen konnte.

~

Beim Abendessen klagte Charlotte ihm ihr Leid. Sie musste als Abgesandte der Familie zu einem größeren Empfang einer Familie, die Philipp nur dem Namen nach bekannt war. Dadurch, dass er die letzten zehn Jahre keinem gesellschaftlichen Ereignis außer der Hochzeit von Vater und Else beigewohnt hatte, hatte er die meisten Mitglieder der höheren Gesellschaft nie persönlich getroffen. Ihren Eltern waren aufgrund von Luises Erkrankung die Hände gebunden, da es als unschicklich aufgenommen würde, würden sie dort erscheinen. Die anderen Geschwister waren zu jung. Die arme Charlotte aber schien bedauerlicherweise keinen Gefallen daran zu finden, dort allein zu erscheinen und so hörte Philipp sich selbst plötzlich sagen, ohne darüber nachgedacht zu haben: »Es wäre mir eine Ehre, Sie zu begleiten.«

Sämtliche Augenpaare wandten sich ihm überrascht zu. Charlotte strahlte auf, als hätte er ihr gerade versprochen, ihr das väterliche Schloss zu schenken, von dem sie wahrscheinlich gar nichts wusste. Ihr schienen Titel und ähnliche Dinge – genauso wie ihm – nicht wichtig. Im Gegensatz zu ihren Geschwistern hatte sie ihn bis auf die Frage nach seinen Brüdern und Schwestern noch nie nach seiner Herkunft gefragt.

»Das würden Sie tun?« Charlotte wirkte gerührt.

»Selbstverständlich! Wenn die Etikette verlangt, dass Sie dort erscheinen, es Ihnen aber ein Gräuel ist, allein zu gehen, biete ich Ihnen gerne an, mit Ihnen zu gehen.« Er zögerte einen Augenblick, als die Worte heraus waren. Was, wenn sich die Veranstaltung als ähnlich nervtötend herausstellte wie die sonstigen Bälle und Empfänge, die er besucht hatte? Aber dieses Mal wäre er nicht allein dort. Er würde in Charlottes Gesellschaft sein und damit ständig eine interessante Gesprächspartnerin an seiner Seite haben. Und es war nicht ungewöhnlich, dass junge Schützlinge bei Unpässlichkeit der Eltern von einer Gouvernante begleitet wurden. Da im Hause der Cossins keine Erzieherin tätig war, würde er als ihre Lehrkraft diese Aufgabe übernehmen. So einfach war das. Und gleichzeitig so furchteinflößend.

»Das ist sehr freundlich von Ihnen, Herr von Lotz«, ließ sich jetzt der Bariton des Gutsherrn vernehmen.

»Wirklich überaus freundlich.« Der Ton seiner Frau war ein wenig säuerlich. Befürchtete sie ernsthaft, dass er ihre Tochter in eine unangemessene Situation bringen würde? Dazu hätte er auf der Berlinfahrt mehr als ausreichend Gelegenheit gehabt.

Er blickte sie mit hochgerecktem Kinn sehr aufrecht an. Sie hielt seinen Blick. Nach einigen Sekunden aber wandte sie sich mit hart aufeinandergepressten Lippen ab. Es hatte weniger den Eindruck, dass sie überzeugt war, dass er sein Leben für Charlottes Sicherheit geben würde. Eher wirkte sie so, als hätte sie ihren Standpunkt klarmachen und ihn davor warnen wollen, sich zu weit aus seiner Rolle als Hauslehrer herauszubewegen.

Charlotte, die die ganze Zeit ihr starrendes Duell verfolgt hatte, neigte sich zu ihm hinüber und flüsterte lächelnd: »Sie haben gewonnen.«

Er zog erfreut die Augenbrauen in die Höhe und flüsterte ebenso leise zurück: »Für eine Pistole mag es nicht genügen, aber im Gucken bin ich unschlagbar.«

Sie kicherte, drückte sich aber rasch die Hand auf den Mund. Trotzdem hatte ihre Mutter es bemerkt. Sie sah erneut ermahnend zu ihnen hinüber und schüttelte missbilligend den Kopf. Die arme Charlotte! Er war überzeugt, dass sie so manche Ermahnung über sich würde ergehen lassen müssen, bevor ihre Mutter ihre Zustimmung dazu geben würde, dass er sie begleitete. Er dagegen würde mit Charlotte überall hingehen, denn das bedeutete, dass er noch mehr Zeit in ihrer Nähe verbringen und davon träumen könnte, dass sie eines Tages etwas anderes als einen Lehrer und väterlichen Freund in ihm sehen würde. Obwohl das zu seinem Gram äußerst unwahrscheinlich war.

KAPITEL ACHT

Am nächsten Tag ging es Luise etwas besser. Der Arzt war abends vorbeigekommen, um nach der Patientin zu sehen, und hatte verkündet, dass er mit den Heilungsfortschritten sehr zufrieden sei. Das Fieber war verschwunden und Luise auf dem Weg der Besserung.

Die Erleichterung, die Charlotte über diese Nachricht empfand, ließ sie schaudern. Ihre Schwester fehlte ihr weitaus mehr, als sie gedacht hätte. Eigentlich waren sie beide grundverschieden, aber dennoch war Luise ihre engste Vertraute, war sie ihr doch vom Alter her von allen am nächsten. Kaum hatte der Arzt die erfreuliche Nachricht verkündet, hatte Charlotte ihre Bitte, die Schwester besuchen zu dürfen, erneut vorgebracht. Gleichwohl hatte der Doktor den Kopf geschüttelt und dazu geraten, dass zumindest in den nächsten zwei Tagen nur Martha mit ihr Kontakt haben dürfe. Das Risiko einer Ansteckung sei zu groß. Enttäuscht hatte sich Charlotte auf ihr Zimmer zurückgezogen. Zu gerne hätte sie Luise von der ereignisreichen Fahrt nach Berlin, dem geheimnisvollen Brief und ihren aufgewühlten Gefühlen berichtet. Aber sie hatte keine Wahl, sondern musste sich wie alle anderen den Anweisungen des Mediziners fügen.

Der Tag zog sich quälend in die Länge. Einerseits konnte sie es kaum erwarten, erneut mit Philipp gemeinsam in eine Kutsche zu steigen. Andererseits hatte sie das Gefühl, bald innerlich zu zerplatzen, wenn sie nicht die Chance bekäme, mit jemandem über all das Erlebte und ihre aufgewühlten Emotionen zu sprechen. Die Stunden bis zum Nachmittag, als es Zeit war, sich für den Empfang umzukleiden, zu frisieren und zu schminken, schlichen dahin, als wollten sie Charlotte bewusst quälen. Heute gab es keine Unterrichtsstunden, weil Sonnabend war. Sie hatte Philipp daher nur kurz bei den Mahlzeiten gesehen. Als die Familie in den Salon gewechselt war, hatte er sich wegen dringender Korrespondenzen entschuldigt.

Da Charlotte heute nicht der Sinn danach stand, mit den Brüdern Whist zu spielen oder dem albernen Gekicher ihrer Zwillingsschwestern zu lauschen, brach sie eine gute Stunde, bevor sie sich fertig machen musste, zu einem kleinen Spaziergang auf. Die frische Luft würde ihr guttun, obgleich es drückend heiß war.

Sie lief über den Hof am Stall vorbei zu der Wiese, die letzten Sommer infolge eines Blitzschlags völlig verbrannt worden war. Man konnte dem Boden die vergangene Qual bis heute ansehen. Der verkohlte Stumpf der damals in Flammen aufgegangenen riesigen Fichte war inzwischen entfernt und neues Gras gesät worden, aber anstelle der satten Wiese, durchsetzt mit zahlreichen Wildblumen, sah man nur kurze Halme in der unnatürlich dunklen Erde.

Der einst romantische Ort wirkte heute trostlos. Charlotte drehte sich um und schlenderte am Haus vorbei, um in den Garten zu kommen. Hier blühte alles üppig. Die Pflaumen waren bald reif. Nur die Äpfel, Birnen und Quitten würden noch ein Weilchen brauchen, bis sie geerntet werden könnten. Sie freute sich schon auf den leckeren Pflaumenkuchen der Mamsell.

Versonnen die Bäume und Blumen betrachtend, ging sie weiter. Wie schön war es hier draußen! Warum fanden die Menschen daran Gefallen, sich aufgetakelt in überfüllten und überhitzten Sälen zu drängen, obwohl es so viel schöner in der Natur war? Heute jedoch war sie dem Ganzen gegenüber nicht so abgeneigt wie sonst, denn heute würde sie sich nicht bei oberflächlichen, platten Gesprächen langweilen, sondern könnte mit Philipp plauschen.

Ob ihr mysteriöser Briefeschreiber anwesend sein würde? Vielleicht gäbe er sich sogar zu erkennen. Sie seufzte leise. Sie war keines dieser romantischen Geschöpfe, das sich nach einem Mann verzehrte. Da sie dem ganzen romantischen Tun ohnehin abgeschworen hatte, kam so etwas für sie sowieso nicht infrage. Trotzdem berührte der Brief etwas in ihr.

»Fräulein von Cossin.« Sie hörte ein leises Poltern ein paar Schritte entfernt, doch ein üppig behangener Apfelast versperrte ihr die Sicht. Die Stimme war ihr inzwischen wohlbekannt.

»Herr von Lotz?«, rief sie fragend in das Grün, während sie sich ihren Weg durch die Büsche und Zweige bahnte.

»Hier!« Er trat vor sie. Trotz der Erwartung, gleich auf ihn zu stoßen, schrak Charlotte zusammen.

»Ich habe Sie erschreckt.« Philipps ganze Haltung drückte Bedauern aus.

»Nein«, wehrte sie ab. »Keineswegs. Ich habe nur nicht

damit gerechnet, dass jemand außer mir bei dieser Wärme hier draußen ist.«

»Ich wollte ein paar Sonnenstrahlen genießen, bevor …« Er verstummte.

Sie lächelte ihn an. »So ging es mir auch. Diese Vorstellung, in stickigen Räumen eingesperrt zu sein und angemessene Konversation zu tätigen, macht mich ganz nervös.«

Verblüfft sah er sie an. »Ja, genau, das ist mein Problem.« Er deutete auf das eiserne Tischchen mit den zierlichen Stühlchen drum herum. »Wollen Sie nicht Platz nehmen? Ich räume schnell alles weg.« Er drehte sich um und raffte die über den gesamten Tisch verteilten Papiere zusammen. Ein ungewöhnlicher Stein, der dazwischen lag, erweckte Charlottes Aufmerksamkeit.

»Was ist das? So ein Exemplar habe ich noch nie gesehen. Darf ich?« Sie sah ihn fragend an. Als er lächelnd nickte, griff sie danach und drehte ihn bewundernd in den Händen hin und her.

»Ein Turmalin aus Ostindien.«

»Er ist wunderschön«, flüsterte sie sichtlich ergriffen. »Diese intensiven Farben. Fast unwirklich.« Tatsächlich changierte der Stein in verschiedenen Farben, je nach Lichteinfall. Erst erschien er satt grünleuchtend, einen Moment darauf entdeckte Charlotte ein blaues, später ein braunes und ein rotes Schimmern. So etwas Faszinierendes hatte sie noch nie in ihrem ganzen Leben gesehen. Er war schöner als der klarste Regenbogen nach einem starken Landregen.

»Holländische Seefahrer haben ihn mit hierhergebracht. Er stammt aus meiner Sammlung. Gustav hat ihn auf meinen Wunsch bei seiner Rückkehr vor zwei Tagen mitgebracht.«

»Aber ist er nicht wahnsinnig teuer? Sie müssen Ihr ganzes Geld dafür ausgegeben haben. Wie unvorsichtig! Wie wollen Sie so die geplanten Grabungen durchführen? Und warum haben Sie ihn mir nicht gezeigt? Ich habe noch nie etwas so Vollkommenes gesehen.«

»Nun, Sie waren so in Anspruch genommen«, sagte er zögernd.

Verdutzt sah sie ihn an. »Womit denn? Es gab doch gar nichts ...« Sie verstummte. Natürlich, der Brief! Sie hatte alles andere darüber vernachlässigt und war mit den Gedanken ganz woanders gewesen. »Es tut mir leid! Ich habe mich wie eine dumme Gans benommen.«

Er schüttelte hastig den Kopf. »Nicht doch. Manchmal beschäftigen einen Dinge ...«

»Nein«, unterbrach sie ihn. »Mein Verhalten war unreif. Ich möchte mich dafür in aller Form entschuldigen.«

Er winkte ab. »Schon längst verziehen.«

»Das freut mich.« Sie schlug die Augen nieder. »Es ist schön, dass Sie sich trotzdem bereit erklärt haben, mir heute Gesellschaft zu leisten.«

»Das war gar keine Frage für mich.« Seine Stimme klang seltsam rau.

Charlotte blickte auf und lächelte ihm zu. »Ihr Turmalin ist unbestreitbar eine Schönheit. Sie haben großes Glück.« Behutsam legte sie den Stein zurück.

Philipp griff danach und drückte ihn ihr zurück in die Hand. »Bitte, nehmen Sie ihn.«

Sie riss erschrocken die Augen auf. »Das kann ich nicht annehmen.«

»Natürlich! Es macht mich nichts glücklicher, als zu wissen, dass der Stein bei jemandem ist, der ihn zu schätzen weiß.«

»Aber das tun Sie doch auch. Er ist viel zu wertvoll für mich.«

Vehement schüttelte er den Kopf. »Unsinn! Er passt wundervoll zu Ihnen. Viel besser als zu mir. Und Sie haben so viel dafür geopfert.« Sanft drückte er ihre Finger um den Stein, der in ihrer Handfläche glänzte.

Charlotte lief so vorsichtig zurück in ihr Zimmer, als balancierte sie auf einem Seil. Nie in ihrem ganzen Leben hatte sie so etwas Schönes und Einzigartiges besessen. Und Wertvolles. Wenn der Stein aus Ostindien stammte und erst aufwändig hierhergebracht werden musste, war er wahrscheinlich teuer gewesen. Sie konnte nicht glauben, dass ihr Hauslehrer ihr ein so großes Geschenk gemacht hatte. Es war irgendwie überwältigend. Aber war er tatsächlich nur ihr Lehrer? Sie musste zugeben, dass sie seine Gesellschaft genoss. Er gab ihr ein ungewohntes Gefühl von Ruhe und Sicherheit. Es fühlte sich einfach gut an, ihn um sich zu haben. Inzwischen fand sie sogar regelrecht Gefallen bei dem Gedanken daran, gemeinsam mit ihm bei den Gravenfeldts zu erscheinen. Immerhin hatten sie so die Chance auf weitere Gespräche über Gestein. Er musste ihr alles über Turmaline erzählen, was er wusste. Sie brannte darauf, so viel über diesen Zauberstein zu erfahren wie möglich.

Sie hatte ihr Zimmer erreicht und schob mit dem Ellbogen behutsam die Tür auf. Damit der Turmalin sicher war, hielt sie ihn mit beiden Händen umklammert. Wohin jetzt damit? Dieses Prachtstück brauchte einen sicheren Ort, wo ihm keine Gefahr drohte, aber sie wollte ihn so oft wie möglich anschauen und bewundern können.

Am besten, sie platzierte ihn auf ihrem Nachttisch, direkt neben ihrer Abendlektüre. Ja, das war eine gute Idee.

Sie trat einen Schritt zurück und betrachtete ihr Werk. Ein breites Lächeln schlich sich auf ihre Lippen.

Das war das schönste Geschenk, das sie jemals bekommen hatte und sie würde es stets in Ehren halten.

Sie lächelte noch immer, als knapp an die Tür gepocht wurde und Maman mit Emmeline an ihrer Seite den Kopf hereinsteckte.

»Wir kommen, um dir beim Umkleiden und Frisieren zu helfen«, sagte Maman. Emmeline kam ins Zimmer getänzelt und erblickte sofort Charlottes neuen Schatz.

»Halleluja, was ist denn das für ein Prachtstück?«, fragte sie und staunte den Turmalin mit offenem Mund an.

Bevor Charlotte dazu kam, ihr zu antworten, griff sie danach.

»Hände weg!«, rief Charlotte sofort. Erschreckt zuckte Emmeline zurück.

»Schrei mich nicht so an«, murrte sie gekränkt.

»Verzeihung«, murmelte Charlotte.

»Woher hast du das?«, fragte Maman mit hochgezogenen Brauen.

»Es ist ein Turmalin. Herr von Lotz hat ihn mir überlassen.«

»Überlassen? Das Ding muss ein Vermögen wert sein«, mischte sich Emmeline wieder ein.

Charlotte zuckte mit den Schultern. »Ich habe keine Ahnung. Er sagte, er sei aus Ostindien.« Sie blickte den Stein lächelnd an.

Maman schüttelte entschieden den Kopf. »Das geht nicht! Du kannst nicht ein so wertvolles Geschenk von einem Mann annehmen, mit dem du nicht verwandt oder verlobt bist.«

Charlotte zögerte einen Moment, verzichtete aber

darauf, Maman davon zu erzählen, dass Philipp sie als Verlobte ausgegeben hatte, damit sie Zutritt zu dem unseligen Berliner Symposium hätte erhalten können.

»Du musst ihn zurückgeben«, verlangte Maman.

Charlotte sackte in sich zusammen. Sie hatte es geahnt. So etwas Schönes gehörte nicht in ihr Leben. Für ein paar Augenblicke hatte sie die Vorstellung genossen und sich als stolze Eigentümerin des schönsten Steins gefühlt, den sie je gesehen hatte.

»Gewiss, Maman«, sagte sie und schlug die Augen nieder. »Lass ihn mir nur noch ein paar Tage, um ihn zu untersuchen. Danach gebe ich ihn zurück.«

Maman überlegte einen Augenblick und sagte zögernd. »Nun gut. Warum sollst du dich nicht ein paar Tage daran erfreuen, bevor du ihn Herrn von Lotz zurückgibst? So, nun wird es aber Zeit. Wir müssen uns beeilen, dich rechtzeitig fertig zu bekommen, bevor die Kutsche vorfährt.«

Charlotte nickte erschöpft. Jetzt, da sie diesen wunderschönen Stein zurückgeben musste, war ihr ohnehin alles andere gleichgültig. Wobei … Die Vorstellung, mit Philipp in der Kutsche gemeinsam zu reden und zu lachen, hellte ihre Stimmung wieder ein bisschen auf.

Philipp wartete nervös neben der Kutsche. Er wusste, dass es gewagt gewesen war, ihr den Stein zu schenken. Es gehörte sich nicht, denn sie war seine Schülerin und er ihr Lehrer. Aber ihre Freude über den Turmalin war so echt gewesen, so aus dem Herzen gekommen, dass er gar nicht anders gekonnt hatte, als ihr den Stein aus einem Impuls heraus zu schenken. Die Verblüffung und Freude in ihren Augen hatten ihn reichlich dafür entschädigt.

Wo sie nur blieb? Sie hatten schon vor zehn Minuten losfahren wollen. Ob sie es sich anders überlegt hatte?

Unruhig lief er nervös auf und ab. Wenn sie nicht innerhalb der nächsten zehn Minuten die Treppe herunterkäme, würde er die Mamsell bitten, nach ihr zu sehen. Sonst war andauernd jemand auf dem Hof unterwegs, aber gerade jetzt war niemand dort außer dem Kutscher und ihm. Er warf dem Mann einen nervösen Blick zu, doch diesen schien nichts zu erschüttern. Er war im Gegensatz zu Philipp die Ruhe selbst.

Philipp hörte Stimmen, die sich näherten. Da war sie! Er schluckte trocken. Sie kam die Treppe hinunter an der Seite von Emmeline und ihrer Mutter und sie sah atemberaubend aus. Sie trug ein bordeauxrotes Kleid mit einem goldenen Band um die Taille, das ihre zarte Haut betonte und ihr ein elfengleiches Aussehen gab. Er konnte nicht aufhören, sie anzustarren. Sein Herz raste. Noch nie hatte er sie so gesehen. Sie wirkte viel älter und reifer als sonst. Normalerweise war ihre Garderobe eher bodenständig und einfach und erinnerte mehr an ein Schulmädchen denn an eine junge Frau. Dieser Aufzug aber war atemberaubend.

Er lief die Treppe hinauf, um ihr die Hand zu reichen, damit sie unbeschadet zur Kutsche gelangen konnte.

»Sie … Sie sehen bezaubernd aus.« Seine Stimme klang heiser. Er räusperte sich und schluckte trocken. Sie lächelte ihm zu und reichte ihm die behandschuhte Hand.

»Vielen Dank. Es ist sehr freundlich, dass Sie die Geduld hatten, auf mich zu warten.« Philipp spürte ein heftiges Kribbeln im Bauchraum.

Er half ihr, den ausladenden Rock zu halten, während sie

die schmale ausgeklappte Treppe in die Kutsche erklomm. Als sie saß und es geschafft hatte, ihr Kleid so zu ordnen, dass er zusteigen konnte, trat er auf die unterste Stufe. Im selben Moment ertönte ein Aufschrei und Emmeline rannte, als wäre ein Bienenschwarm hinter ihr her, die Freitreppe hinunter, während sie etwas herumschwenkte. »Halt, Charlotte, warte!«

»Emmeline!«, wurde sie prompt von ihrer Mutter ermahnt. Philipp, der sich zunächst nach ihr umgesehen hatte, war schnell die letzten Stufen emporgestiegen und hatte sich Charlotte gegenübergesetzt. Nun hatte Emmeline die Kutsche erreicht. Ihre Wangen glühten und sie atmete schwer.

»Sieh nur, was ich auf dem Posttischchen gefunden habe. Ein Brief für dich. Meinst du, er ist wieder von deinem heimlichen Verehrer?«

Philipp warf Charlotte einen Blick zu. Sie strahlte bis über beide Ohren, als sie die Epistel von Emmeline entgegennahm.

»Vielen Dank!« Sie jubelte die Worte fast.

Philipp schloss für einen kurzen Moment die Augen. All die Vorfreude war angesichts ihrer Begeisterung auf einen Schlag verschwunden. Und dabei hätte der Abend so schön werden können …

Kaum war die Kutsche angefahren, riss Charlotte den Umschlag mit einem entschuldigenden Blick zu ihm auf. Ihre Wangen röteten sich, während sie las. Sie biss sich auf die Unterlippe und ihre Pupillen weiteten sich. Das bedeutete also, dass sie in den Unbekannten verliebt war. Ein Mann, von dem sie überhaupt nichts wusste. Es könnte sonst wer sein. Sogar ein Strolch, der ihr nur Böses wollte.

Sie schien ihn völlig vergessen zu haben, als sie offensichtlich voller Entzücken und mit malerisch geöffnetem Mund die Zeilen in sich einsog. Er spürte einen Stich.

»Offensichtlich finden Sie Gefallen an den Zeilen?«, fragte er mit mehr Schärfe in der Stimme als geplant.

Sie blickte auf. Ihr Blick war verklärt. Philipp spürte Bitterkeit in sich aufwallen. Ein paar schöne Worte und sie war hin und weg.

»Verzeihen Sie bitte, ich vergaß mich.« Sie faltete den Brief zusammen und legte ihn neben sich.

Philipp starrte darauf. »Was schreibt Ihr Galan denn? Werden Sie ihn auf dem Ball treffen?«

Sie befeuchtete ihre Lippen mit der Zunge. »Das weiß ich nicht. Davon schreibt er nichts.«

»Nun, Sie werden wohl vorerst mit meiner Gegenwart vorliebnehmen müssen.« Er hasste sich selbst für den eifersüchtigen Tonfall.

Sie starrte ihn einen Augenblick mit gerunzelter Stirn an, wandte den Blick ab und sah hinaus.

Er stöhnte leise auf. Er hätte sich auf die Zunge beißen mögen, damit er sie in seiner Eifersucht nicht weiter verletzte.

Demonstrativ schob sie den Brief weiter unter ihren Rock, sodass nur mehr ein kleines Stück herausschaute, und strich sich mit einer lässigen Bewegung über die Haare. Endlich wandte sie sich ihm wieder zu.

»Erzählen Sie mir etwas über Turmaline«, bat sie.

Erleichtert atmete er auf. Das war immerhin vertrautes Terrain, auf dem er keine Fehler machen konnte. Er räusperte sich kurz, lehnte sich zurück und begann langsam und bedacht zu berichten, was er wusste. Jedenfalls hatte er jetzt wieder ihre volle Aufmerksamkeit. Wer hätte gedacht, dass ihm so viel daran lag?

KAPITEL NEUN

*M*usik tönte aus dem palaisartigen Gebäude der Gravenfeldts. Charlotte spürte Aufregung in sich aufwallen. Sie waren zu spät. Es war ihre Schuld. Sie war viel zu lange im Garten geblieben und hatte zu spät damit begonnen, sich umzukleiden. Dennoch war Charlotte erstaunlich guter Laune. Das Eintreffen eines neuen Briefes erhellte jedes Mal ihre Stimmung. Sie fühlte sich dadurch nicht mehr so anders als alle anderen. Auf einmal empfand sie sich als liebenswert und tatsächlich wahrgenommen. Ganz anders als früher. Bei den Besuchern, die um ihre Gunst gebuhlt hatten, war nie das Gefühl in ihr gewachsen, dass sie ein ernsthaftes Interesse an ihr besaßen. Sie waren fasziniert von ihrer wissbegierigen und direkten Art, doch wenn sie den Mund aufmachte und aufhörte, sich zu verstellen, nahmen sie alle schnell Reißaus. Der Briefeschreiber schien anders zu sein. Bei ihm hatte sie den Eindruck, dass ihm ihre Art sogar zusagte, und dieser

Gedanke machte sie glücklich. Inzwischen war sie sich fast sicher, dass es sich bei dem Absender um Ferdinand von Nauenstetten handelte. Sie hatte ihn scheinbar unterschätzt. Die Wortwahl war zwar nicht unbedingt typisch für ihn, aber ihr Gefühl sagte ihr, dass sie mit ihrer Vermutung richtiglag. Die Familie Nauenstetten war nicht unvermögend. Sie könnte sich ein solch schweres, teures Papier leisten. Und immerhin hatte Ferdinand sie zweimal besucht, bevor er so überstürzt den Rückzug angetreten hatte.

Philipp hatte seine kurzzeitige Verstimmung offenbar überwunden. Nach der kleinen Verdrossenheit in der Kutsche zu Beginn ihrer Fahrt hatten sie sich hervorragend unterhalten. Philipp erzählte ihr von Turmalinen und Charlotte hörte fasziniert zu. Es war fast so schön gewesen wie auf ihrer Reise nach Berlin. Zu Charlottes Erstaunen genoss sie die Zeit, in der sie allein mit Philipp war, sehr. Und sie ertappte sich mehrmals dabei, wie sie ihn lächelnd ansah und sich wünschte, ihn zu berühren. Es war wie ein innerer Drang. Sie wollte ihm nah sein, seine Haut an ihrer spüren. Seltsam. So etwas hatte sie noch nie empfunden. Natürlich gab sie diesem Verlangen nicht nach. Es wäre unschicklich und irreführend. Nachher dachte er … Nein, eine nähere Beziehung zu Philipp kam für sie nicht in Betracht. Aber mit ihm gemeinsam zu lachen und zu scherzen, während sie gemeinsam irgendwohin fuhren, war sehr erfrischend.

Nun aber hatten sie die unanständig lange Auffahrt zum Anwesen der Gravenfeldts hinter sich gebracht und es galt, eine neue, absolut unerfreuliche Aufgabe zu bewältigen. Sie mussten vor aller Augen den großen Saal, in dem der Empfang stattfand, betreten. Wie immer starrte jedermann gespannt auf die Neuankömmlinge. Mit wem kam man an? Gab es irgendwelche Veränderungen? War eine Dame vielleicht sogar guter Hoffnung? Es war eine enervierende Fleischbeschau und Charlotte fühlte jedes Mal ein leichtes Unbehagen. Heute allerdings vermischte sich dieses mit einer Vorahnung. Sie hatte das Gefühl, als würde an diesem Abend etwas Besonderes geschehen. Ob sich ihr heimlicher Briefeschreiber zu erkennen geben würde?

Als sie die Kutsche verließ, dachte sie gar nicht mehr an den Brief, so angeregt hatten sie sich unterhalten. Fast wäre er, mitgezogen von ihrem Rock im Dreck gelandet. Im letzten Moment fing Philipp den Umschlag auf und reichte ihn ihr. Charlotte errötete leicht und steckte das Schreiben schnell in ihren Beutel. Philipp hatte ihr nur mit ernstem Blick zugenickt und ihr galant den Arm gereicht.

Er ging sehr aufrecht und sein Auftritt war tadellos. Kaum traten sie über die Schwelle des Ballsaals, wandten sich ihnen zahlreiche neugierige Blicke zu. Charlotte spürte, wie sich Philipps Arm unter ihrem versteifte, doch sie liefen lächelnd nebeneinanderher, als wäre es eine Selbstverständlichkeit, dass sie gemeinsam Gesellschaften besuchten.

Viele bekannte Gesichter waren unter den Gästen. Dort hinten stand Waldemar von Glokow mit seinen Eltern und nickte ihr zu. Auf der anderen Seite des Saales erspähte sie Amalie Gutzeit, die beste Freundin ihrer ältesten Schwester Friederike. Und wie bei jeglichem gesellschaftlichen Anlass hatte Eliane von Kürmperg ihr Grüppchen von Freundinnen um sich geschart, mit denen sie die Köpfe zusammengesteckt hatte, um über die Anwesenden herzuziehen. Wahrscheinlich tuschelten sie gerade darüber, dass Charlotte es wagte, am Arm ihres neuen Hauslehrers hier aufzutauchen. Philipp hatte seine anfängliche Zurückhaltung überwunden und grüßte eifrig in alle Richtungen, ihren Arm weiterhin in seinem.

Ein Page kam zu ihnen und bot ihnen Champagner an, der in hohen Gläsern perlte. Charlotte ergriff ihr Glas und Philipp nickte dem Kellner zu, als er sich seines herunternahm.

»Ich glaube, ich muss mich ein wenig mit Bekannten unterhalten«, raunte Charlotte ihm zu. Er hatte zwar ihren Arm freigegeben, stand aber dicht bei ihr.

Ein Schatten huschte über sein Gesicht, aber er nickte. »Natürlich! Treffen wir uns danach dort hinten wieder?« Er deutete auf die rechte hintere Ecke des Saals, in der zahlreiche Grünpflanzen standen.

»In Ordnung. Ich wünsche Ihnen frohes Defilieren.« Sie grinste.

Er nippte an seinem Glas und prostete ihr zu, während sie sich auf den Weg machte, um zuerst mit Amalie zu sprechen. Hoffentlich konnte sie es vermeiden, sich auf ein Gespräch mit deren Eltern einzulassen, die recht steif und verknöchert daherkamen.

Amalie lächelte ihr entgegen, als sie sich ihr näherte, und zog sie zu ihrer Erleichterung fort von ihren Eltern in eine Ecke, nachdem Charlotte diese ordnungsgemäß begrüßt hatte.

»Geht es Luise besser?«, fragte Amalie eifrig.

»Zum Glück ja. Allerdings lässt es ihr Zustand noch nicht zu, das Bett zu verlassen. Wie schnell sich Nachrichten doch verbreiten.« Charlotte schüttelte erstaunt den Kopf.

»Oh, da kannst du sicher sein. Die Thurn und Taxis mögen zwar das Postwesen ausgebaut haben, aber die Stille Post hier in Brandenburg ist die schnellste.«

»So ist es wohl«, bestätigte Charlotte.

»Bevor ich es vergesse: Herzlichen Glückwunsch zur Verlobung!« Amalie strahlte sie an.

Charlotte wich einen Schritt zurück. »Wie bitte? Nur weil sich Herr von Lotz bereit erklärt hat, mich zu begleiten? Man ist deswegen nicht gleich verlobt.«

Amalie schüttelte den Kopf. »Natürlich nicht. Es heißt aber, er selbst hätte darüber geredet. In Berlin. Er soll angedeutet haben, dass du ihm versprochen bist.«

Charlotte wurde heiß. Sie spürte, wie sie über und über errötete. Wahrscheinlich glich ihre Gesichtsfarbe mittlerweile der ihres Kleides. Ihre Hände wurden so schwitzig, dass ihr fast das Glas aus der Hand rutschte.

»Stimmt das etwa nicht?«, insistierte Amalie mit schiefgelegtem Kopf. Ihre Augen blitzten neugierig.

»Ähm …« Charlotte biss sich auf die Unterlippe. »Also das …« Sie spürte, wie ihr Herz schneller schlug. »Es ist anders, als es auf den ersten Blick erscheint«, stotterte sie. Sie war in der Bredouille: Einerseits wollte sie Philipp keinesfalls als Lügner darstellen, auf der anderen Seite entsprach die vorgegebene Verlobung nicht den Tatsachen. Konnte sie Amalie anvertrauen, dass es sich nur um eine Notlüge gehandelt hatte, um gemeinsam Zutritt zu diesem vermaledeiten Symposium zu bekommen? Sie war nicht so vertraut mit Amalie, dass sie sich darauf verlassen konnte, dass diese ihr Wissen für sich behielt. Wenn jedoch herauskam, dass Philipp geflunkert hatte, um ihr zu helfen, befürchtete Charlotte, dass er dadurch bloßgestellt würde.

»Wie ist es denn dann?«, beharrte Amalie. Am liebsten hätte Charlotte sich umgedreht und wäre weggegangen. Oder sie hätte die Zeit zurückgedreht und wäre gar nicht erst zu ihr herübergekommen. Nun aber war sie in der Falle und wusste keinen Ausweg. Sie spürte, wie ihr Kopf zu schmerzen begann. Das lag bestimmt am Champagner. Sie hatte plötzlich das Gefühl, dass sich alles um sie herum drehte. Amalies blassblaue Augen sahen sie eindringlich an. Charlotte würde nicht um eine Antwort herumkommen. Sie sah sich nervös nach Philipp um, der in der Mitte des Ballsaals stand und sich an seinem Glas festhielt. Im Gegensatz zu ihr hatte er sich niemandem angeschlossen und es hatte sich keiner zu ihm gesellt. Aber Charlotte bemerkte, dass die Kürmperg-Freundinnen, die in seiner Nähe standen, ihn neugierig musterten. Gleich würden sie zum Angriff übergehen und versuchen, ihn auszuhorchen, genauso wie Amalie es eben bei ihr tat.

Charlotte musste ihn verteidigen. Er hatte es nicht verdient, zum Gespött der Leute zu werden.

»Nun …«, sagte sie zögernd. »Wir wollten es nicht an die große Glocke hängen.«

Mehr brauchte sie nicht zu sagen. Amalie schlug sich mit einem entzückten Lächeln die Hand vor den offenen Mund und umarmte sie stürmisch. »Ich freue mich ja so für dich. Wer hätte gedacht, dass du einen so viel älteren Mann … Ach, das ist ja Unsinn. Wo die Liebe hinfällt, nicht wahr?« Sie kicherte laut in Charlottes Ohr, während diese ein Gefühl von Panik in sich aufsteigen fühlte. Was hatte sie nur getan? Amalie war nun überzeugt, sie und Philipp hätten sich verlobt! Sie würde es in ihrer Euphorie überall brühwarm herumerzählen und spätestens morgen hätte das Gerücht Maman und Papa erreicht. Was sollte sie dann sagen? Amalie hielt sie begeistert umklammert. Sie erregten mehr und mehr Aufsehen.

Charlotte, die ein paar Zoll größer war als Amalie, drehte sich so, dass sie Philipp im Blick hatte. Sie wollte versuchen, ihm zu signalisieren, dass es ein Problem gab, aber er sah nicht zu ihr hinüber. Stattdessen musterte er aufmerksam den Fußboden, der mit einem wunderschönen Intarsienmuster aus verschiedenen Hölzern geschmückt war.

Nach einer gefühlten Ewigkeit löste Amalie endlich ihre Umklammerung. Charlotte lief der Angstschweiß in Bächen den Rücken herab.

»Sei so nett und sag es keinem weiter. Das Gespräch mit meinen Eltern steht noch aus und bei ihm ist es …«

Amalie zwinkerte ihr zu. »Natürlich, ihr Turteltäubchen. Hach, es ist schön zu sehen, wenn sich zwei Menschen gefunden haben«, zwitscherte sie voller Entzücken.

Charlotte nickte eilig in dem Bestreben, Amalie zum Verstummen zu bringen. Sie hatte das Gefühl, dass mittlerweile der ganze Ballsaal bis auf Philipp zu ihnen herübersah. Amalie strahlte über das ganze Gesicht.

»Entschuldige mich bitte. Ich habe Waldemar nicht begrüßt.« Charlotte fühlte sich elend. Wenn sie Amalie verließ, hoffte sie, würde diese sich am schnellsten beruhigen.

Amalie griff nach ihren Händen und drückte sie. »Ich wünsche euch beiden alles Glück der Welt.«

Charlotte nickte hastig, drehte sich um und sah sich nach Philipp um. Er stand da, hielt sein Glas in der Hand und sah zu ihr hinüber. Wehmut stand in seinem Blick, als würde er sich nach etwas sehnen, das unerreichbar war. Sie zwang sich, ihren Blick von ihm zu lösen und steuerte quer durch den ganzen Saal auf Waldemar und seine Eltern zu. Hier würde sie ihre Ruhe vor diesen seltsamen Spekulationen haben. Waldemar scherte sich nicht um Gerüchte. Für gewöhnlich bekam er als Letzter mit, wenn sich jemand verlobte.

Allerdings hatte sie außer Acht gelassen, dass seine Mutter deutlich mehr an Gerede interessiert war als ihr Sohn. Sie nickte ihr freudig zu, als sich Charlotte ihnen näherte. Instinktiv hielt Charlotte inne und überlegte für einen kurzen Moment, ob sie wieder umdrehen und hinüber zu Philipp gehen sollte, aber es war zu spät. Frau von Glokow trat einen Schritt auf sie zu und ergriff ihre Hände, genauso wie es Amalie getan hatte. Charlotte lächelte sie unsicher an. Zumindest bestand die Hoffnung, dass sie wegen irgendeiner anderen Sache so begeistert war. Diese zerschlug sich, als sie aufgrund ihrer Schwerhörigkeit leider recht laut rief: »Unsere herzlichsten Glückwünsche, mein Kind!«

Charlotte schüttelte hastig den Kopf. Waldemar, der die Not in ihrem Blick offenbar erfasst hatte, kam ihr schnell zu Hilfe und zischte seiner Mutter zu: »Nicht so laut, Mama!« Die alte Frau nickte, hielt aber weiterhin Charlottes Hände und strahlte sie an. »Deine Eltern werden sicher sehr glücklich sein. Er ist ein guter Fang.« Nun zwinkerte ihr Frau von Glokow doch tatsächlich zu. Was meinte sie nur damit? Er war gebildet und sehr freundlich und zuvorkommend zu ihr, aber doch wahrhaft keine gute Partie als einfacher Hauslehrer. Offenbar wusste sie von seinen wissenschaftlichen Erfolgen, was allerdings verblüffend war. Charlotte konnte sich nicht vorstellen, dass sich Waldemars Mutter mit geologischen Ausarbeitungen befasste.

Für einen Augenblick schloss sie die Augen. In welcher Hölle war sie gelandet? Sie hatte die kleine Lüge Philipps für nett gehalten. Ja, der Einsatz, den er aufgebracht hatte, um ihr behilflich zu sein, hatte sie gerührt. Niemals wäre sie auf den Gedanken gekommen, dass die kleine Flunkerei derartige Wellen schlagen würde. Und dann noch in einem solchen Tempo!

»Es ist ein Geheimnis«, sagte sie so leise wie möglich. Wenn sie nicht alles täuschte, hatten sich Gräfin Kürmperg und ihre Freundinnen nun an sie herangeschlichen. Wahrscheinlich erhofften sie sich nähere Informationen durch das laute Organ der guten Frau von Glokow. Wieder wanderte ihr Blick quer durch den Saal zu Philipp. Sein Blick ruhte auf ihr. Ein seltsamer Schauer lief durch ihren Körper und ließ ihren Bauch kribbeln. Am liebsten hätte sie die Glokows einfach stehen lassen und wäre hinüber zu ihm hinübergelaufen. Wenn er in ihrer Nähe war, fühlte sie sich sicher.

»Was ist ein Geheimnis?« Waldemars tiefe Stimme erschien ihr so laut wie nie. Wahrscheinlich hatte inzwischen der letzte Gast mitbekommen, dass irgendetwas Interessantes geschehen sein musste.

»Nichts. Bitte.« Charlotte blinzelte. Gleich würde sie in Tränen ausbrechen. »Entschuldigung, ich fürchte, ich muss einen Augenblick frische Luft schnappen gehen. Nimmst du mein Glas, Waldemar?« Sie drückte dem alten Freund einfach ihr rutschiges Glas in die Hand und wandte sich eilig ab, bevor jemand etwas fragen, Glückwünsche aussprechen oder anbieten konnte, sie zu begleiten.

Sie lief, so schnell sie konnte, in Richtung Ausgang. Als sie Philipp passierte, griff sie nach seinem Ärmel und zog ihn mit sich. Sie konnte jetzt keine Erklärungen abgeben. Es war ihr bewusst, dass alle Augen auf ihnen ruhten. Ihre vermeintliche Verlobung war die Sensation des Abends. Das Schlimme war nur, dass ihr mutmaßlicher Bräutigam gar nichts davon wusste. Wahrscheinlich hatte er schon längst vergessen, was er in Berlin im Eifer des Gefechts alles gesagt hatte.

~

Philipp wusste nicht, wie ihm geschah. Aus heiterem Himmel war Charlotte an ihm vorbeigestürzt und hatte ihn mit sich gerissen. Schwer atmend blieb sie endlich stehen. Ein gutes Stück von dem Rondell entfernt, an dem der Kutscher sie herausgelassen hatte.

»Was ist denn um Himmels willen geschehen, dass wir so überstürzt das Fest verlassen mussten? Das Essen ist noch nicht einmal serviert worden«, fragte er verblüfft.

Ihr Gesicht glühte und ihre Augen glänzten fiebrig. Sie würde sich doch nicht bei Luise angesteckt haben?

»Es ist fürchterlich«, presste sie hervor.

»Was ist denn nur? Geht es Ihnen nicht gut? Fühlen Sie sich schlapp?«

Sie schüttelte den Kopf. »Viel schlimmer.« Sie stockte. Ihre Augen füllten sich mit Tränen. Bestürzt sah er sie an. Irgendetwas Schreckliches musste vorgefallen sein.

»Hat sich Ihnen ein Gast unsittlich genähert?«

Wieder verneinte sie. »Man hält uns für verlobt«, flüsterte sie. Ihr Teint glich nun dem eines Marienkäfers.

»Wie bitte?« Er sah sie ungläubig an.

Sie nickte hektisch. »Ich wurde von mehreren Gästen darauf angesprochen. Es ist wegen Ihrer Bemerkung in Berlin.«

Er zuckte überrascht zurück. Daran hatte er gar nicht mehr gedacht. Aber ja, er hatte behauptet, dass sie seine Verlobte wäre, damit sie mit ihm das Symposium besuchen könnte.

»Aber ... das war nur so dahingesagt.« Seine Stimme brach. Was für ein Chaos!

»Das wissen Sie und ich. Trotzdem hat sich diese Behauptung offenbar herumgesprochen. Und nun nimmt man an, wir beide wären einander versprochen.«

Jetzt liefen tatsächlich Tränen ihre Wangen herab.

Philipp musste an sich halten, um sie nicht instinktiv wegzutupfen oder sogar wegzuküssen. Sie tat ihm leid. Er dagegen fand die Idee, Charlotte zu heiraten gar nicht so abwegig. Ja, wenn er darüber nachdachte, konnte er sich mit dem Gedanken, sie für immer an seiner Seite zu haben, sogar anfreunden.

Am nächsten Morgen war die Stimmung angespannt. Charlotte hatte genauso wie aller Wahrscheinlichkeit nach Philipp nach ihrer verfrühten Ankunft gestern Abend mit niemandem gesprochen. Allerdings war klar, dass die meisten Familienmitglieder die einfahrende Kutsche bei ihrer Rückkehr gehört haben mussten.

Charlotte trödelte beim Fertigmachen extra etwas länger herum. Es eilte nicht, ihren Eltern Rede und Antwort zu stehen. Was sollte sie auch sagen? *Wir sind geflüchtet, weil jeder jetzt davon ausgeht, dass wir verlobt sind?* Natürlich konnte sie nicht darauf hoffen, dass die frohe Kunde Gut Cossin nicht früher oder später erreichte. Sie mochte sich gar nicht ausmalen, wie ihre Eltern darauf reagieren würden.

Sie saß auf dem kleinen Schemel vor ihrem Frisiertisch und starrte auf ihr Spiegelbild. Es war nur verschwommen und nicht klar, wie bei Friederikes Spiegel auf Schloss

Ritteysen, was an dem billigen Glas lag, das für ihren Spiegel verwendet worden war. Im Moment war ihr das ganz recht, denn sie nahm ohnehin kaum etwas um sich herum wahr. Stattdessen überlegte sie fieberhaft, wie sie Maman und Vater die Nachricht schonend beibringen konnte. Sie war dabei in derselben Zwickmühle wie schon gestern Abend: Wenn sie die Wahrheit sagte, würde Philipp in keinem guten Licht dastehen. Vielleicht würde sich Vater sogar gezwungen sehen, ihn deswegen zu verabschieden. Das wollte Charlotte jedoch auf gar keinen Fall. Sie liebte den Austausch mit ihm viel zu sehr, als dass sie darauf hätte verzichten wollen. Die Vorstellung, dass er fort wäre, gab ihr einen Stich ins Herz. Aber was war die Alternative? Zu erklären, dass sie sich heimlich verlobt hatten? Das war abwegig, wusste doch jeder hier, dass sie den Männern zugunsten der Wissenschaft abgeschworen hatte. Und was würde bloß Tante Tilly denken? Eine ihrer Bedingungen war ein einwandfreier Leumund. Davon konnte bei einer geschwindelten Verlobung wohl kaum die Rede sein. Charlotte stöhnte leise auf und stützte das Kinn in die Hände.

Niemals hätte sie sich vorstellen können, jemals in eine derartig brenzlige Situation zu gelangen. Bevor Philipp nach Gut Cossin gekommen war, war ihr Leben in ruhigen, vorhersehbaren Bahnen verlaufen. Jetzt aber war alles anders. Wenn sie vorgäbe, es sei alles bloß ein Missverständnis gewesen? In gewisser Hinsicht war es das sogar. Aber Tante Tilly war misstrauisch veranlagt und würde ihr aller Voraussicht nach die Flunkerei nicht abnehmen.

Sie waren verloren. Es gab keinen Ausweg. Zumindest fiel ihr keiner ein. Aber sie konnte Philipp nicht so schnell wieder verlieren. Mit keinem anderen konnte sie sich so gut unterhalten und hatte so viel Spaß wie mit ihm. Niemand hatte ihr in derartig kurzer Zeit so viel beigebracht wie er. Sie mochte es, wenn er lächelte. Seine Augen blitzten dann so schön. Er strahlte eine Ruhe und Wärme aus, die Charlotte Sicherheit vermittelten. Nie hatte sie so gerne eine Gesellschaft besucht wie mit ihm. Zumindest bis zu der Unterhaltung mit Amalie. Eine von vielen, die davon ausging, dass sie heimlich verlobt waren. Da sie Friederikes beste Freundin war, war absehbar, wie schnell diese und damit der Rest der Familie davon erfahren würde.

Entmutigt schüttelte Charlotte den Kopf. Was sie auch tun würde, es gab keine elegante Möglichkeit, ohne ein blaues Auge aus diesem Schlamassel herauszukommen.

Philipp spürte ein beklommenes Ziehen in der Magengegend, als er das Frühstückszimmer betrat. Es war möglich, dass die Neuigkeit, die sich gestern Abend wie ein Lauffeuer bei den Empfangsbesuchern herumgesprochen hatte, bereits bis nach Gut Cossin gelangt war. Das wäre mit Sicherheit eine wenig komfortable Situation, mit der er konfrontiert wäre, doch weglaufen konnte und wollte er davor ohnehin nicht. Allein schon, weil das Charlotte gegenüber nicht unterstützend gewesen wäre. Daher zog er es vor, sich den Cossins offenen Auges zu stellen, obgleich er keinerlei Idee hatte, was er zu Charlottes und seiner Rechtfertigung sagen sollte. Das Beste wäre, bei der Wahrheit zu bleiben. Er würde Charlottes Eltern erklären, welchen Problemen er sich in Berlin gegenübergesehen hatte und ihnen deutlich machen, dass er in diesem Augenblick keinen anderen Ausweg gewusst hatte.

Die Stimmung, die ihm beim Eintreten ins Essglass

entgegenschlug, war eisig. Frau von Cossins Blicke wirkten so, als wollte sie ihn jeden Moment irgendwo aufspießen. Auch Friederike war anwesend. Sie war für eine Herzogin ungewöhnlich burschikos gekleidet und wirkte so, als wäre sie nur für einen Moment aus dem Stall heraufgekommen. Ihr Blick war geeignet, sein Blut gefrieren zu lassen. Sie hatten also davon erfahren. Nun, besser, es wurde gleich aus der Welt geschafft, als ein langes Schwelen und Zittern zu erleben. Er straffte die Schultern, reckte das Kinn und neigte grüßend den Kopf.

»Ich wünsche einen wunderschönen guten Morgen!« Seine Stimme wackelte nicht. Sehr gut.

Frau von Cossins Augenbrauen zogen sich enger zusammen. Die Herzogin aber sprang auf und fuchtelte aufgeregt in der Luft herum, während sie rief: »Sie haben die Courage, uns einen guten Morgen zu wünschen, wenn Sie sich heimlich mit meiner Schwester verlobt haben?« Sie kam auf ihn zu.

Philipp wich nicht zurück. Er wusste, dass er nichts Falsches gemacht hatte – bis auf die Flunkerei natürlich.

»Das ist lediglich ein Missverständnis.« Er hob den Kopf ein Stückchen höher, um zu zeigen, dass er sich seiner Sache völlig sicher war.

Nun war der Gutsherr aufgesprungen und stürmte auf ihn zu. Trotzdem blieb Philipp stehen wie ein Findling auf dem Feld, obwohl seine Beine zu zittern begannen.

»Ich habe mich auf Sie verlassen, Herr von Lotz! Wir haben Ihnen unsere Kinder anvertraut und Sie haben nichts Besseres zu tun, als mit unserer Tochter durchzubrennen und ihr ein Eheversprechen abzuringen? Ich habe mich in Ihnen getäuscht. Schwer getäuscht!« Seine Stimme klang aufgebracht.

Inzwischen standen die beiden aufgebrachten Streithähne, Herr von Cossin und seine Älteste, erschreckend nah vor ihm. Philipp hob besänftigend die Hände. »Es besteht kein Grund, sich derartig aufzuregen. Wir sind nicht verlobt. Es handelte sich nur um eine kleine Notlüge, um die arme Charlotte mit mir in das Symposium hineinzubekommen. Der Herr dort war sehr entschieden in seiner Ablehnung der Anwesenheit von weiblichen Gästen.«

»Und da fiel Ihnen nichts Besseres ein, als zu erklären, dass Sie verlobt …«, schaltete sich jetzt Charlottes Mutter mit schriller Stimme ein.

Philipp schluckte, ließ sich jedoch äußerlich nicht aus der Ruhe bringen. »Es hätte wahrscheinlich deutlich bessere Möglichkeiten gegeben, aber bedauerlicherweise kam mir in diesem Augenblick keine davon in den Sinn.«

Charlottes Mutter sog scharf Luft durch die Nase ein. Zu Philipps Erstaunen entspannten sich ihre Züge etwas.

»Wissen Sie, wie meine Schwester jetzt dasteht? Alle Welt glaubt, dass sie Ihre Braut ist«, fauchte ihn Friederike von Ritteysen an.

»Das ist äußerst bedauerlich …«, bestätigte Philipp, wurde jedoch von ihrem Vater unterbrochen.

»Da bleibt nur eins: Sie müssen Sie heiraten«, sagte er im Brustton der Überzeugung und nickte zur Bekräftigung seiner Worte.

Nun zuckte Philipp zurück. Aber nur ein winziges Stückchen.

»Genau dieser Gedanke kam mir ebenfalls«, sagte Frau von Cossin mit zufriedenem Gesichtsausdruck. Sie lächelte ihrem Mann für einen Augenblick zu und wandte sich geschäftsmäßig wieder an Philipp. »Wir müssen ein Datum festlegen. Können Sie ausreichend für unsere Tochter sorgen?«

Friederike schüttelte mit zusammengekniffenen Augen den Kopf. »Bin ich die Einzige, die Charlottes Schwur ernst nimmt, niemals heiraten zu wollen? Sie hat zu diesem Zweck sogar diese eigenartige Vereinbarung mit Tante Tilly getroffen.«

Ihre Mutter verzog mit schmerzlichem Ausdruck das Gesicht. »Das ist doch nur so dahingesagt. Du hast nach dieser Enttäuschung mit Rupert auch ständig gesagt, dass du nicht heiraten willst. Und nun sieh dich an.« Sie lächelte ihr zu.

Friederike hob abwehrend die Hände, als wollte sie diesen Gedanken der Mutter vertreiben. »Das sind zwei völlig unterschiedliche Situationen. Charlottes Herz gehört der Wissenschaft. Mit ihr ist sie verheiratet. So wie Nonnen mit Jesus vermählt sind.«

»Aber das eine schließt das andere nicht aus«, erklärte ihr Vater. »Sie sind ein aufgeschlossener Mann, der seiner Frau nicht verbieten würde, Steine zu sammeln und zu untersuchen, nicht wahr?« Er nickte ihm treuherzig zu.

Philipp konnte sich ein Grinsen trotz der prekären Situation, in der er sich befand, nicht verkneifen. Wenn Charlotte gehört hätte, wie ihr Vater ihre wissenschaftliche Arbeit wahrnahm, würden ihr mit Sicherheit sämtliche Haare zu Berge stehen.

»Natürlich nicht. Und über ihr Auskommen brauchen Sie sich aufgrund meiner Situation auch keine Sorgen zu machen. Allerdings bin ich der Meinung, dass wir das kaum über Charlottes Kopf entscheiden sollten. Und ich wäre Ihnen sehr verbunden, wenn wir das Thema zunächst für ein paar Tage ruhen lassen könnten. So kann sich die ganze

Aufregung legen und alle werden mit kühlerem Kopf urteilen.«

Frau von Cossin nickte fahrig. »Ich habe glatt für einen Moment vergessen, wer Sie eigentlich sind. Wir können bis morgen warten, aber mehr Zeit sollten wir nicht verstreichen lassen, um alles zu regeln.« Ihr Mann stimmte ihr zögerlich nickend zu. Der Gesichtsausdruck ihrer ältesten Tochter aber wirkte verstört.

»Ich bitte euch, er ist so viel älter als sie«, wisperte sie ihren Eltern so laut zu, dass Philipp problemlos verstand, was sie sagte. »Und außerdem ist er trotz seines Grafentitels immer noch ihr Lehrer. Das ist nicht richtig.«

Ihre Mutter bedeutete ihr, zu schweigen. Man konnte ihr deutlich ansehen, wie schwer es Friederike fiel, dieser Aufforderung Folge zu leisten. Sie kniff die Lippen zusammen, warf ihm einen finsteren Blick zu und verließ abrupt das Esszimmer.

Just in diesem Moment ertönten Charlottes Schritte auf dem Flur. Friederike begrüßte sie flüchtig, lief aber weiter. Philipp setzte sich schnell hin und die Cossins verständigten sich hastig mit Blicken, bevor sie wieder am Tisch Platz nahmen. Als Charlotte den Raum betrat, wirkte alles so wie sonst. Man konnte ihrem blassen Gesicht ansehen, dass sie sich Sorgen machte. Wahrscheinlich hatte sie genau wie er überlegt, was sie ihren Eltern sagen sollte. Er war froh, dass er ihr diese Last, zumindest fürs Erste, hatte abnehmen können.

Gleichwohl war das Ganze nicht erledigt, sondern lediglich aufgeschoben. Doch das war das Beste, was im Moment zu erreichen gewesen war. Er würde nachher Gustav davon erzählen und hören, was er ihm in dieser prekären Situation raten würde. Gustav war zwar sein Kammerdiener, aber nichtsdestotrotz derjenige, auf dessen Meinung er in einer solchen Notlage am ehesten vertraute.

Charlotte nickte ihm kurz zu und setzte sich demonstrativ ein Stück von ihm entfernt an den großen Esstisch. Ihr Verhalten verletzte ihn. Hatte er nicht eben alles getan, um Unbill von ihr abzuwenden? Warum behandelte sie ihn dann so abweisend? Er nickte höflich zurück, hob das mitgebrachte Buch auf und schlug es auf, sodass sein Gesicht verdeckt war. Er brauchte ein paar unbeobachtete Minuten, um die Anspannung, die ihn seit dem Gespräch mit den Cossins bewegte, wieder loszuwerden. Charlottes Stimmung würde sich gewiss gleich heben, denn er hatte auf dem Tischchen am Fuß der Treppe im Vorbeigehen einen verräterischen Umschlag erspäht, auf dem ihr Name stand. Philipp war sich sicher, dass er von ihrem heimlichen Verehrer stammen musste und so wie sie bisher auf diese Episteln reagiert hatte, würde sie ihre Sorgen darüber vergessen.

Heute aber fühlte er sich nicht in der Lage, die deutlich sichtbare Freude auszuhalten, die diese Briefe bei Charlotte auslösten. Zwar war es ein Quell der Freude, sie so euphorisch zu erleben. Allerdings galt dieses Entzücken nicht ihm, sondern dem Unbekannten und dessen salbungsvollen Worten. Würde sie dem Vorschlag einer Verbindung mit ihm zustimmen? Wohl kaum. Ihre Schwester hatte all die Gründe genannt, die dagegensprachen und jeder von ihnen dröhnte in seinen Ohren weiter und brannte qualvoll in seiner Seele nach. Da war es unerheblich, dass er sie mehr liebte, als sein eigenes Leben. Wenn Charlotte entgegen ihrer Planungen einer Ehe zustimmen würde, eher mit jemandem wie dem unerkannten Briefeschreiber. Sie war keine, die sich von der Stellung eines Menschen beeindrucken ließ. Wahrscheinlich hatte sie inzwischen ohnehin davon erfahren, doch davon würde sie sich nicht lenken lassen. Charlotte hatte schon ganz andere abgewiesen. Philipp klappte das Buch zu, erhob sich abrupt und nickte kurz in die Runde.

»Ich werde mein Frühstück heute auf meinem Zimmer einnehmen«, verkündete er. »Der Unterricht beginnt dessen ungeachtet pünktlich in einer halben Stunde.« Damit ging er zur Tür, peinlich darauf achtend, Charlottes verwundertem Blick auszuweichen.

Philipp saß im Unterrichtsraum, als Charlotte langsam an der Seite von Rochus eintrat. Sie war erfüllt von den Worten, die der große Unbekannte wieder gefunden hatte. Seine Worte waren so feinfühlig und einfühlsam und gleichzeitig so stark und stolz, dass sich mehr und mehr ein Bild in ihr verfestigte. Sie hatte inzwischen eine klare Vorstellung, wie er aussehen musste. In ihrer Fantasie war er ein großgewachsener, muskulöser Mann, der nicht davor zurückscheute, selbst mit anzupacken, wenn auf dem Hof ein Baum gefällt oder ein durchgehendes Pferd eingefangen werden musste. Sein Blick war tiefgründig und er liebte es, Gedichte zu lesen. Wie sonst könnte er so durchdachte und bedeutsame Gedanken zu Papier bringen. Und mit jedem Brief verliebte sie sich mehr und mehr in den Unbekannten.

Sie hatte seine Worte mit zunehmend geröteten Wangen gelesen. Er sprach ihr aus der Seele und wirkte dennoch so männlich und einfach … perfekt. Wenn er sich ihr nur endlich offenbaren würde. Sie sehnte sich danach, ihn mit eigenen Augen zu sehen und nicht dazu gezwungen zu sein, weiter über ihn zu fantasieren. Der Brief hatte sie aus dem Karussell ihrer Sorgen gerissen und sie vergessen lassen, wie quälend der gestrige Abend gewesen war. Es schien fast, als hätte der Briefeschreiber geahnt, dass sie gerade heute besonderer Aufmunterung bedurfte. Ob er gestern Abend unter den Anwesenden gewesen war? Er hatte die Gesellschaft mit keinem Wort erwähnt und dessen ungeachtet schien er zu wissen, was sie bewegte. Es war, als wären sie Seelenverwandte.

Mit einem wohligen Seufzer ließ sie sich hinter ihrem Pult nieder, ohne etwas von ihrer Umgebung wahrzunehmen. Natürlich war ihr bewusst, wo sie sich befand und dass sie jetzt alles daransetzen musste, den heimlichen Verehrer aus ihren Gedanken zu vertreiben, um sich ganz dem Unterricht widmen zu können. Aber im Grunde ihres Herzens wollte sie das gar nicht. Es war schön, sich vorzustellen, an seiner Seite unter den blühenden Kirschbäumen im Frühjahr zu wandeln, eine heruntergefallene Blüte aus seinem üppigen Haar zu klauben, sich von ihm in den Arm nehmen zu lassen und …

»Charlotte, wenn Sie bitte fortführen.« Philipps Stimme bohrte sich mit einer ungeahnten Vehemenz in ihre Tagträume und vertrieb die schönen Fantasien. Erschrocken fuhr sie auf.

»Womit?« Sie spürte, wie ihr heiß wurde. Für gewöhnlich war sie die Einzige der Geschwister, die dem Unterricht stets aufmerksam folgte und genau wusste, worum es in jedem Moment ging. Das hier war ein peinlicher Moment. Sie blinzelte ihren Hauslehrer unsicher an. Seine Gesichtsmuskeln wurden hart.

»Henriette, fahre bitte fort«, sagte er mit kalter Stimme, während er den enttäuschten Blick von Charlotte abwandte. Ein Schauder fuhr durch ihren Körper. Es war kein gutes Gefühl, ihn zu enttäuschen. Es fühlte sich sehr viel angenehmer an, wenn da dieses unausgesprochene Einverständnis zwischen ihnen bestand. Nun jedoch war da diese unsichtbare Mauer, die schon auf der Fahrt zum Empfang der Gravenfeldts plötzlich erschienen war. Auch davor war ein Brief eingetroffen und die Begeisterung hatte sie gepackt ...

Moment mal, wenn sie jedes Mal so euphorisch reagierte, wenn ein Brief des Unbekannten eintraf, bedeutete das etwa, dass sie sich verliebt hatte? Nein, das war nicht möglich. Oder etwa doch? Sie hatte der Liebe abgeschworen. Aber hatte sie in den letzten Tagen wissenschaftlich gearbeitet? Sie war viel zu beschäftigt gewesen mit Abenteuern, die im Sande verliefen, blamabel verlaufenden Empfängen, vorgetäuschten Verlobungen und Gesprächen mit ... Philipp.

Bei dieser Erkenntnis fuhr erneut ein Schauder über ihren Körper. Was war nur mit ihr los? Sie erkannte sich ja selbst nicht wieder. Sie drückte den Rücken durch und setzte sich vollkommen aufrecht hin. Sie würde jetzt all das vergessen und dem Unterricht lauschen. Und nachher würde sie eine neue Abhandlung beginnen und alles über den Turmalin notieren, was sie bereits wusste. Lange konnte sie ihn ohnehin nicht mehr behalten. Sie hatte sich von Mutter nur einen Aufschub erbeten, um ihn vor der Rückgabe genauer untersuchen zu können. Immerhin wurde sie nicht mehr von ungebetenen Besuchern belästigt, die ihre Aufmerksamkeit forderten. Seit alle Welt glaubte, dass sie sich mit Philipp von Lotz verlobt hätte, war zumindest dieses Problem aus der Welt geschafft. Wenn da nur nicht so zahlreiche neue Schwierigkeiten auftauchen würden. Sie wusste nicht, was sie den Eltern sagen sollte, wenn diese von der vermeintlichen Verlobung erführen. Im Grunde war es ein Wunder, dass diese Kunde noch nicht bis zu ihnen gedrungen war. Aber es war nur eine Frage von Stunden, da war sich Charlotte ganz sicher. Hier draußen passierte nicht übermäßig viel. Da war eine überraschende Verbindung ein gefundenes Fressen für die ausgehungerten ländlichen Klatschseelen.

KAPITEL ZEHN

Gedankenversunken ging Philipp ein paar Stunden später nach Beendigung des Unterrichts zu seinem Lieblingsplatz unter den Obstbäumen. Immer wieder musste er daran denken, wie er mit Charlotte hier gesessen und ihr aus einem Impuls heraus den Turmalin geschenkt hatte. Tief in seinem Inneren hatte er da bereits gespürt, dass sie die Eine war, für ihn bestimmt. Die seine Seele zum Klingen brachte. Heute gab es für ihn daran keinerlei Zweifel mehr: Würde er jemals heiraten, könnte nur sie es sein. In jeder freien Minute dachte er an sie, sah ihr ernsthaftes Gesicht vor sich, auf das sich ab und an ein feines Lächeln stahl. Sein ganzer Körper sehnte sich danach, sie zu spüren, ihr nahe zu sein, ihren feinen Duft in der Nase zu haben und ihr liebliches Gesicht und den weich gerundeten Körper mit seinen Augen zu erkunden. Er liebte es, wenn sie sich schüchtern eine Strähne aus dem Gesicht strich oder wie ihre Augen funkelten, wenn sie über geologische Themen sprach.

Die Vorstellung, sie stets an seiner Seite zu haben, machte ihn glücklich. Bei diesen Gedanken meldete sich meist ungnädig die Realität, die ihn daran erinnerte, dass er mit seinen sechsunddreißig Jahren deutlich älter war als sie und obendrein ihr Lehrer. Außerdem hatte ihm Charlotte mehr als einmal erklärt, entschlossen zu sein, niemandem ihr Herz zu schenken.

Allerdings machte sie bei dem geheimen Anbeter augenscheinlich eine Ausnahme. So beglückt, wie sie auf jeden neuen Brief reagierte, konnte es nicht anders sein. Daran hatte ihn auch Gustav bei ihrem kurzen Gespräch vorhin erinnert. Sein Kammerdiener war nach dem Unterricht zu ihm gekommen, um zu sehen, ob Philipp bei irgendetwas seine Hilfe benötigte. Gustav war in Eile, weil er versprochen hatte, bei der großen Wäsche zu helfen, die heute bei den Dienstboten auf dem Programm stand. Dennoch hatte er Philipp aufmerksam zugehört, als dieser ihm von seinen Sorgen und Bedenken bezüglich seiner kleinen Verlobungs-Notlüge und der geforderten Heirat durch Charlottes Eltern erzählt hatte. Doch zu Philipps Bedauern hatte er ihm auch keine einfache Lösung für das angerichtete Dilemma empfehlen können. Stattdessen hatte ihm Gustav geraten, in Ruhe über alles zu schlafen und abzuwarten, was die Zeit bringen würde.

Philipp hatte den kleinen ehernen Tisch erreicht, an dem er mit Charlotte gesessen hatte. Versonnen fuhr er mit der Hand über den Stuhl, den sie benutzt hatte und setzte sich auf den gegenüberliegenden, die mitgebrachten Bücher im Schoß. Philipp schloss die Augen und seufzte tief.

Er liebte sie. Aus vollem Herzen und mit aller Leidenschaft, die er in der Lage war, zu empfinden. Allerdings war es keine Liebe, die eine Zukunft hatte und an diesen

Gedanken musste er sich gewöhnen. Trotzdem pulsierte in ihm der Wunsch, ihr zu beweisen, dass er ihrer wert war. Dass er ein Mann war, der ernst genommen und gleichzeitig begehrt werden konnte.

Wenn er nur gewusst hätte, wie er ihr von seiner stündlich wachsenden Hingebung Mitteilung machen könnte. Er war zu schüchtern, um seine Herzensangelegenheiten offenzulegen. So würde ihm nichts bleiben, als sich insgeheim nach ihr zu verzehren. Diese Erkenntnis schmerzte. Aufgebracht sprang er auf und begann, unruhig auf und ab zu laufen. Die Anspannung zerrte an seinen Nerven. Derartige Überlegungen waren ihm bisher völlig fremd gewesen und sie beunruhigten ihn zutiefst, hatte er sich doch stets als eine Art Mönch der Wissenschaft betrachtet. Seit er Charlotte begegnet und sie näher kennengelernt hatte, war alles anders. Er vergrößerte seinen Radius, bis er in konzentrischen Kreisen um Tisch und Stühle herumlief, um seine aufgewühlten Nerven wieder zu beruhigen. Es war unbedingt erforderlich, dass er seine Sehnsucht nach ihr im Griff behielt. Wichtig war allein, dass es ihr gut ging und sie glücklich war. Dafür zumindest konnte er sorgen, soweit es in seiner Macht stand.

Plötzlich stand sie vor ihm. Er hatte sie gar nicht kommen gehört. Erschrocken fuhr er zusammen, als könnte sie ihm seine unheiligen Gedanken an der Nasenspitze ansehen.

»Ich habe Sie gesucht«, sagte sie nach Luft schnappend. Offenbar war sie gerannt. Ihre Wangen glänzten rosa.

»Warum? Ist ein neuer Brief angekommen?«

»Nein.« Sie schüttelte den Kopf. »Ich … ich wollte mich entschuldigen für meine Unaufmerksamkeit vorhin. Es wird nicht wieder vorkommen, das verspreche ich.« Die

Worte kamen eilig heraus, als hätte sie sie vorher eine Weile im Kopf hin und her bewegt und wäre jetzt froh, sie endlich loswerden zu können.

»Nun, ich kann verstehen, dass Sie abwesend sind, wenn Ihr Herz berührt ist«, begann er umständlich. Sie schüttelte vehement den Kopf und griff nach seinen an der Seite herunterhängenden Händen. Sofort durchfuhr ihn ein Kribbeln. Seine Haut wurde warm und er bemerkte, wie ihn die Fähigkeit zum klaren Denken schlagartig verließ. Er nahm nur sie wahr, als hätte jemand ein Tuch über sie gebreitet und die ganze übrige Welt zum Verschwinden gebracht. Ihre Augen, die Berührung ihrer Hände und die unendliche Sehnsucht, die in seinem Herzen und seinem gesamten Körper wallte, beherrschen ihn. Alles andere war ausgeblendet und existierte nicht mehr für ihn. Er musste … er konnte nicht anders.

Er beugte sich vor und drückte ihr einen sanften Kuss auf die Lippen.

Verblüfft taumelte Charlotte zurück. Damit hatte sie nicht gerechnet. Philipp hatte sie aus heiterem Himmel geküsst. So etwas war ihr noch nie passiert und ehrlicherweise wäre sie nicht davon ausgegangen, dass ihr so etwas jemals passieren würde. Der Blick seiner blauen Augen war unglaublich intensiv. Er hing an ihren und forderte irgendetwas von ihr. Eine Reaktion, eine Antwort? Irgendetwas. Nur was sollte sie darauf sagen? Er hatte sie mit diesem Kuss völlig überrumpelt. Sie war hierhergekommen, weil sie das Gefühl gehabt hatte, ihn verletzt zu haben. Und dieser Gedanke schmerzte sie, ohne dass sie sich erklären konnte, warum es so war. Sie wollte, dass es ihm gut ging, dass er glücklich war. Er reagierte so sensibel, wenn sie einen neuen Brief erhielt. Als wäre er eifersüchtig. Das erklärte auch … Sie riss verblüfft von der jähen Erkenntnis die Augen auf. Hatte er sich etwa tatsächlich in sie verliebt? Nach all den Wirrungen und Problemen wegen der falschen Verlobung? Das konnte nicht sein! Oder etwa doch? Immerhin war er ihr Lehrer. Der Altersunterschied war ihr völlig egal, aber er war eine Respektsperson, zu der sie aufsah.

Aber er hatte sie geküsst. Sie legte die Hand auf die Lippen. Genau an die Stelle, an der soeben seine gewesen waren. Sein Blick war drängend. Sie wusste, dass er auf eine Reaktion wartete. Es war nötig, dass sie ihre Zustimmung oder Ablehnung signalisierte, damit er wusste, woran er war. Einerseits kitzelte ihr Magen seit diesem Kuss, was bedeutete, dass er sie bewegt hatte. Es hatte sie nicht kaltgelassen. Keineswegs, aber da war noch …

Ohne ein Wort drehte sie sich um und floh. Fort von ihm und seinem durchdringenden, fragenden Blick. Hinein in den Schatten der Bäume und der prallen Früchte. Sie war nicht bereit dazu, sich zu bekennen. Ihre Gefühle waren in hellem Aufruhr. Fast wäre sie gestolpert, so schnell rannte sie. Ihr Fuß blieb in einem Loch im Boden hängen. Sie fiel. Durch ihr Knie zuckte ein brennender Schmerz. Charlotte rappelte sich wieder auf und eilte weiter, ohne sich umzusehen.

Sie musste hier weg. Weit weg. Um in Ruhe ihre vielen auflodernden Gefühle zu ordnen. Dieser Kuss, die Briefe, Tante Tillys wachsame Augen, die alles registrierten, ihre Liebe zur Wissenschaft, die vermeintliche Verlobung. Das war alles viel zu viel. Er folgte ihr nicht. Das wusste sie instinktiv. Das war es, was sie wollte. Und auch wieder nicht. Herrje, wie sollte sie denn in all dem Chaos von Emotionen einen klaren Gedanken fassen können?

∽

Sein Herz klopfte kurz und schnell im Stakkato-Takt und sein Atem ging schwer. Er konnte kaum glauben, wozu er sich gerade hatte hinreißen lassen und Charlottes Reaktion ließ darauf schließen, dass sie den überraschenden Kuss nicht gut aufgenommen hatte. Was hatte ihn nur geritten? Er hatte noch nie eine Frau geküsst. Warum gleich mit einer beginnen, die seine Schülerin war?

Mit schweren, unsicheren Schritten ging er langsam zurück zu seinem Stuhl. Er musste von Sinnen gewesen sein, das arme Mädchen mit einem Kuss zu überrumpeln. Egal, wie tief seine Gefühle sein mochten, es stand ihm nicht zu, sich derartig zu vergessen. Wenn sein Vater verstürbe, würde er seinen Titel erben. Von einem Adeligen erwartete man Contenance und Ritterlichkeit. Sein Verhalten eben hatte nichts davon beinhaltet. Er stützte die Ellbogen auf den Tisch und vergrub sein Gesicht in den Händen. Wie sollte er Charlotte je wieder unter die Augen treten? Und wenn er es entgegen seiner jetzigen Einschätzung schaffen wollte, wie sollte er seine starken Gefühle für sie unterdrücken?

Jede Faser seines Körpers sehnte sich nach ihr. Es gelang ihm nicht, nur eine Minute des Tages nicht an sie zu denken oder sich voller Verlangen nach ihr zu verzehren. Aber sie hatte ihm klar zu verstehen gegeben, dass sie seine Leidenschaft nicht teilte. Also war es an ihm, seine Sehnsucht zu kontrollieren. Er wollte nicht, dass sie Angst vor ihm hatte.

Diese Nahbarkeit und Weichheit, die zwischen ihnen in den wenigen Tagen entstanden war, vermisste er schon jetzt. Er betete, dass er nicht alles mit seiner unbedachten Aktion zerstört hatte. Wenn eine Beziehung mit ihr schon nicht in Betracht käme, wollte er wenigstens ihr Freund sein. Mit ihr diskutieren, lachen und ernsthafte Gespräche führen. Was, wenn er nun diese Tür für immer verschlossen hatte, weil sie es nicht mehr ertrug, mit ihm in einem Raum zu sein? Es würde sein Ende bedeuten. Die Vorstellung, dass sie ihn mied, zerbrach ihm fast das Herz.

Er hörte ein Schluchzen.

War er das? Sein Gesicht fühlte sich feucht an. Offenbar weinte er. Langsam lehnte er sich zurück, die Augen geschlossen.

Es kostete ihn viel Anstrengung, sie wieder zu öffnen, jedoch gelang es ihm schließlich. Seine Sehnsucht schien ihn um den Verstand zu bringen. Er bildete sich ein, dass sie vor ihm stand, den Kopf zur Seite geneigt, winzige Zweige und Blätter im Haar, und ihn ansah.

Zögernd stand er auf. Woher wusste er, ob das hier real war oder nur ein Produkt seiner Einbildung? Er streckte die Hände aus und spürte ... warme Haut. Sofort durchfuhr ihn wieder dieses Kribbeln, das alles andere ausblendete. Dieses Mal aber war er wachsam und ließ es nicht erneut vollständig von ihm Besitz ergreifen. Sie war zurückgekommen.

Sanft umfasste er ihre Hände. Er spürte, wie sich sämtliche Muskeln in seinem Körper anspannten und sein Herz schneller schlug.

Ihre Mundwinkel zuckten. Sie war nervös. Aber sie war zurückgekommen. Zu ihm. Vorsichtig ging er einen Schritt auf sie zu. Dann einen weiteren. Er wollte sie nicht wieder in die Flucht schlagen, weil er zu hastig agierte. Sachte breitete er die Arme aus und legte sie ihr behutsam um die Schultern, bevor er sie sanft an sich zog. Er spürte ihren Atem in seiner Halsbeuge und musste an sich halten, um nicht augenblicklich noch mehr zu wollen. Alles brauchte seine Zeit. Sie war zurückgekommen, das war es, was zählte.

Langsam, ganz langsam, lehnte sie den Kopf an seine Brust. Er spürte, wie sich die Anspannung in ihrem Körper verflüchtigte. Sie standen eng aneinandergeschmiegt da und er hätte jubilieren können. Es fühlte sich so vollkommen an, so innig, wie er es sich nie hätte träumen lassen. Die Welt hielt inne.

Philipp hätte nicht sagen können, wie viel Zeit vergangen war, als sie sich langsam zu regen begann. Er löste die Umarmung. Sofort fehlte ihm ihre Wärme und Nähe.

Sie lächelte, als sie den Kopf hob und ihn ansah.

»In einigen Wochen findet ein weiteres geologisches Symposium in Berlin statt«, sagte er lächelnd.

Ein kurzer Schatten flog über ihre Züge. Sie nickte. »Ich weiß. Es werden Gäste aus aller Welt erwartet. Sogar aus Afrika und Asien habe ich gelesen.«

Er nickte lächelnd. Ihre Begeisterung rührte ihn jedes Mal aufs Neue. »Man hat mich eingeladen, dort zu sprechen und ich habe zugesagt.«

Jetzt war die Trauer in ihrem Blick deutlich zu erkennen. Nein, das hatte er nicht gewollt. Es ging darum, ihr eine Freude zu machen. »Ich habe zugesagt. Und dich habe ich als meine Begleitung angegeben.«

Zu seiner Enttäuschung lächelte sie nicht, sondern Traurigkeit beherrschte ihren Blick. »Du freust dich nicht?«

»Das haben wir schon versucht und es hat nicht zum Erfolg geführt. Warum sollten die Veranstalter dieses Mal eine Frau in den Räumlichkeiten akzeptieren?«

»Weil ich geschrieben habe, dass du meine Assistentin bist und ich nicht ohne dich kommen werde. Sie haben zähneknirschend zugestimmt.«

Charlotte riss mit ungläubigem Blick die Augen auf. »Ist das wahr?«, flüsterte sie.

»Ich würde dich nicht anlügen.«

»Sie nehmen es wirklich hin?«

Er nickte. »Ich habe die schriftliche Bestätigung oben in meinem Gemach.«

Sie schluchzte auf und presste gleich darauf die Hand auf den Mund. Eine Träne kullerte über ihre Wange, als sie unvermittelt jauchzte und ihm um den Hals fiel. Sie umklammerte ihn und drückte ihm einen Kuss auf den Mund. Und gleich noch einen, bis sich alles um ihn herum voller Wonne drehte.

Als Charlotte bemerkte, dass sich ihnen durch das Gras gedämpfte Schritte näherten, war es schon zu spät. Sie hielt Philipps Nacken umklammert und küsste ihn hingebungsvoll, als Tante Tillys Stimme das Idyll jäh zerriss.

»Charlotte von Cossin, ich muss doch sehr bitten!«

Eigentlich wollte sie sich von Philipp lösen, von ihm wegspringen, um nicht der Tante mehr Zündstoff für ihre Wut zu geben, aber ihre Beine gehorchten ihr nicht. Philipp schien es genauso zu gehen, denn er stand dicht vor ihr und starrte stocksteif mit aufgerissenen Augen Tante Tilly entgegen.

»Ich werde unverzüglich deine Eltern informieren.« Tante Tillys Stimme klang scharf und entschieden. Dauphin und Empereur umkreisten sie und kläfften Charlotte und Philipp laut an.

Nun kam wieder Leben in Philipp. Er richtete sich auf, ließ seine Arme fallen und entfernte sich hastig einige Schritte von Charlotte. Er stolperte und kam fast zu Fall, doch einer der Stühle fing ihn ab. »Ich … Bitte, es ist gar nicht so, wie es aussieht! Charlotte trifft keinerlei Schuld«, versicherte er in flehendem Ton. Charlotte sah ihn gerührt an. Er wollte sie schützen. War das nicht entzückend?

Tante Tilly ließ sich davon allerdings nicht beeindrucken. Sie schüttelte entschieden den Kopf: »Ich weiß, was ich gerade gesehen habe. Du solltest dich schämen, Charlotte von Cossin. Das hätte ich nicht von dir gedacht!« Sie beachtete die immer lauter bellenden Hunde nicht.

Endlich schaffte es Charlotte wieder, sich trotz des Schocks zu bewegen. Sie eilte mit ausgestreckten Händen auf ihre Tante zu, aber die wich ein paar Schritte zurück.

»Herr von Lotz will mich als seine Assistentin mit zu einem Symposium nehmen«, beeilte sie sich, ihr zu erklären.

»Ach, nennt man das heutzutage so, ja? Er hat nicht einmal den Schneid, dich zu ehelichen, wenn er derartige Dinge von dir verlangt?« Tante Tillys Augen funkelten wütend in Philipps Richtung.

»Das eben hatte gar nichts zu bedeuten«, beharrte Charlotte. »Mir geht es nur darum, dir zu beweisen, dass ich eine ernstzunehmende Wissenschaftlerin bin. Um unsere Vereinbarung zu erfüllen.« Aus den Augenwinkeln bemerkte sie, wie Philipp schlagartig erblasste. Er sah so bleich aus, als hätte jemand die Farbe aus seinem Gesicht gewischt.

»Nun, das ist ja inzwischen ohnehin hinfällig«, sagte Tante Tilly mit erhobenem Kinn.

»Aber warum? Geht es um meinen Ruf? Uns hat niemand gesehen außer dir und ich verspreche dir, dass so etwas nicht mehr vorkommen wird.« Sie ergriff die Hände ihrer Tante und drückte sie sanft. Tante Tillys entschlossene Züge wurden weicher. Charlotte atmete auf. Hatte sie ihr etwa verziehen?

Dann aber schüttelte Tante Tilly langsam den Kopf, warf einen hastigen Blick hinüber zu Philipp, der mit hängenden Armen dastand und auf den Boden starrte. Offenbar schätzte sie ihn als ungefährlich ein, denn sie deutete mit dem Kinn auf die Sitzgruppe, bevor sie selbst darauf zusteuerte und sich mit einem kurzen Seufzer auf einen der Stühle fallen ließ. Die aufgeregten Hunde hüpften kläffend um sie herum, während Philipp starr wie eine Friedhofsstatue stehen blieb, wo er war, und nichts um sich herum wahrzunehmen schien.

»Empereur, still!«, rief Tante Tilly, aber der Hund sprang ungerührt weiter neben ihr auf und ab, begleitet von seinem nicht minder lauten Artgenossen.

»Hach, dieser Hund raubt mir den letzten Nerv«, stöhnte Tante Tilly mit entrüstetem Blick auf ihren neuesten Schatz. Dabei schien sie zu vergessen, dass Dauphin sich ähnlich ungezügelt benahm wie ihr neuester Genosse.

Charlotte beachtete die Hunde gar nicht, sondern griff nach Tante Tillys Hand und legte die andere sanft darauf.

»Es geht gar nicht um das, was eben geschehen ist, oder? Irgendetwas bedrückt dich«, stellte Charlotte besorgt fest.

Tante Tilly seufzte, ein entschlossener Ruck ging durch ihren Körper und sie sagte: »Das muss aber unter uns bleiben.« Sie warf einen abschätzigen Blick zu Philipp hinüber, der anscheinend tief betroffen dastand und die um ihn tobenden Hunde gar nicht beachtete. Am liebsten hätte Charlotte ihm beruhigend den Arm um die Schultern gelegt, doch das wäre angesichts Tante Tillys scharfer Reaktion vorhin sicher nicht hilfreich. Charlotte hoffte, dass sich Philipp, wenn sie es schaffte, ihre Tante auf andere Gedanken zu bringen und von dem eben Gesehenen abzulenken, auch von seinem Kummer erholen würde.

»Es ist ein wenig prekär«, raunte sie Charlotte plötzlich zu. Sie hatte sich dicht zu ihr gelehnt. Ihre Worte waren aufgrund der wild tobenden Hunde kaum zu verstehen.

Charlotte blickte sie verwirrt an. Die Tante hatte sich doch wohl nicht in eine ungeeignete Affäre gestürzt? Nein, das traute sie ihr nun wahrlich nicht zu. Sie war viel zu gesetzt und steif und seit dem Tod ihres Mannes vor gut zwanzig Jahren eine eingefleischte Witwe, die das Alleinleben sehr schätzte.

»Inwiefern?«, fragte Charlotte ebenso leise zurück. Wieder warf Tante Tilly einen nervösen Blick hinüber zu Philipp, dann flüsterte sie: »Meine Finanzen. Ich bin bankrott.« Sie zuckte entschuldigend mit den Schultern, während Charlotte das Gefühl bekam, als würde sich quälend langsam der Boden unter ihr auftun und sie hinabziehen. Alles drehte sich auf einmal und es kam ihr vor, als würde sie tiefer und tiefer fallen. Mit dieser Nachricht hatte sie definitiv nicht gerechnet.

KAPITEL ELF

Als eine Weile später die ganze Familie gemeinsam beim Abendessen saß, brachte Charlotte kein Wort heraus. Tante Tillys Nachricht hatte ihr regelrecht die Sprache verschlagen. Sie war sich darüber im Klaren, dass die Neuigkeiten auch für sie durchschlagende Bedeutung hatten: kein Geld von Tante Tilly, kein Leben für die Wissenschaft. Sie mitzuversorgen, würde der Hof nicht hergeben, wenn Rochus ihn erst übernahm und damit eine weitere Familie davon ernährt werden müsste. Charlottes Traum war geplatzt wie das dünne Eis auf den Wassereimern im Winter, wenn man hineintrat. Ihr Körper fühlte sich seltsam taub an. Was, wenn sie ihre Forschungspläne einfach aufgäbe und Philipp heiratete? Er berührte etwas in ihrem Inneren, von dessen Existenz sie bisher keine Ahnung gehabt hatte. Allerdings hatte sie sich immer erträumt, allein wie Tante Tilly zu leben: ledig, aber mit der Möglichkeit, von früh bis spät zu graben und analysieren, zu schreiben und sich in Bücher zu versenken. Die Alternative, sich ihr ganzes Leben an einen einzigen Menschen zu binden, machte ihr Angst. Es war eine Sache, die Nähe eines anderen zu genießen, aber man musste ja deswegen nicht den Rest seines Erdendaseins mit ihm verbringen. Was, wenn sie seiner eines Tages überdrüssig würde? Ständig jemanden um sich herum zu haben, konnte einem gehörig auf die Nerven gehen. Das wusste sie durch ihre vielen Geschwister. Die Momente, in denen sie allein war und ihre Ruhe hatte, waren ihr die liebsten.

Bei Philipp hatte sie bisher nie das Gefühl gehabt, sich von ihm zurückziehen zu wollen. Sie waren sich so ähnlich. Er war so etwas wie ein Freund geworden, zumindest hoffte sie das. War ein Freund fürs Leben nicht mehr wert als eine Liebschaft, die schon bald enden konnte? Und würde sie es nicht eines Tages bereuen, ihre Träume aufgegeben zu haben, nur weil Tante Tillys Versprechungen verpufft waren wie Pusteblumen im Frühling?

Sie nahm sich, tief in ihre Gedanken versunken, etwas von der Platte, die nun wieder von Martha, ihrem Mädchen, herumgereicht wurde. Der Doktor hatte befunden, dass es Luise nunmehr gut genug gehe, um auf eine ständige Pflegerin verzichten zu können. Dennoch war Martha weiterhin die Einzige, die ihr Essen und Trinken bringen durfte.

Als alle zu essen begannen, führte Charlotte ihre Gabel zum Mund, achtete aber gar nicht darauf, was sie zu sich nahm.

Philipp hatte ihr eine wundervolle Möglichkeit offeriert. Sie konnte endlich an einem Symposium teilnehmen. Er hatte sie geküsst. Bei der Erinnerung daran fasste sie sich unwillkürlich an die Lippen. Sofort sah sie schuldbewusst auf. Hatte es irgendjemand bemerkt? Nein, offenbar nicht.

Vater berichtete gerade von den kurz bevorstehenden Geburten zweier Fohlen und alle lauschten gespannt. Nur Philipp sah sie mit gefurchter Stirn und traurigen Augen an. Oje, der Arme war sicherlich ebenfalls aufgewühlt. Nach Tante Tillys Eröffnung waren sie nicht mehr dazu gekommen, miteinander zu sprechen. Und dabei hatte sich etwas Grundlegendes verändert.

Ob Maman schon von Tante Tillys Geldproblemen wusste? Und Vater? Und warum hatte die Tante sich einen zweiten Schoßhund angeschafft, anstatt ihre nicht unbeträchtlichen Ausgaben zurückzufahren?

Ihr Blick traf Philipps. Sie lächelte ihm vorsichtig zu. Erleichterung machte sich auf seinem Gesicht breit. Er schien nur auf ein Signal von ihr gewartet zu haben.

Als Vater geendet hatte und sich für einen Augenblick Stille ausbreitete, räusperte sich Charlotte und sagte: »Es gibt übrigens eine weitere wundervolle Nachricht: Ich werde Herrn von Lotz auf ein Symposium als seine Assistentin begleiten. Die Organisatoren haben zugestimmt.«

»Wunderbar!«, erwiderte Vater sofort mit breitem Grinsen.

Mamans Blick war reservierter. »Natürlich nur, wenn ihr einverstanden seid«, schickte Charlotte schnell hinterher.

Maman nickte nachdenklich und sagte endlich: »Das ist bestimmt eine einmalige Chance für dich.« Charlotte nickte erleichtert.

Nur Tante Tilly beteiligte sich nicht am Gespräch. Sie wirkte ungewöhnlich ruhig und in sich gekehrt und reagierte nicht einmal, als Fabian ungeschickt die Blumenvase umstieß, als er sich ein Stück Brot nehmen wollte. Normalerweise hätte sie sich nach einem derartigen Missgeschick darüber mokiert, dass es die heutige Jugend an jeglichen Manieren fehlen lasse. Heute aber blieb sie stumm. Das fiel nun selbst Maman auf, denn sie blickte verblüfft zu ihrer Schwester hinüber. Also wusste sie nichts von Tante Tillys Schwierigkeiten. Charlotte seufzte. Damit waren sie und Philipp augenscheinlich die Einzigen, die Kenntnis davon besaßen. Eine schwere Last, denn es war nicht ihre Stärke, Geheimnisse für sich zu behalten. Sollte Tante Tilly die anderen nicht bald einweihen, stünde Charlotte dadurch vor Schwierigkeiten. Denn für gewöhnlich trug sie ihr Herz auf der Zunge. Abgesehen von ihren verwirrenden Gefühlen für Philipp, die sie lieber für sich behielt.

Philipp fing sie ab, als sie hinter allen anderen nach dem Essen in den Salon treten wollte. Er hatte sich geschickt neben der Tür platziert und den Eindruck erweckt, erst den Cossins den Vortritt lassen zu wollen. Als Charlotte an der Reihe war, gab er ihr mit eindringlichen Blicken und einem Wink zu verstehen, dass er mit ihr reden müsse.

Sie nickte und folgte ihm den langen Korridor hinab. Am Ende des Flurs blieb er stehen und wartete darauf, dass sie neben ihn trat.

»Wir müssen darüber sprechen, was passiert ist.« Er sprach so leise er konnte, dennoch vermied er es, sich zu ihr zu beugen. Zu groß war die Gefahr, dass er von seinen Gefühlen überwältigt würde und sie wieder küsste. Er musste an sich halten, um von dem sanften Duft nach Flieder, der sie umwehte, nicht überwältigt zu werden. Am liebsten hätte er sie gepackt, an sich gerissen und ...

»Worüber?« Ihre braunen Augen wirkten unergründlich. Philipp biss sich ungeduldig auf die Oberlippe. Spielte sie mit ihm oder hatte ihr dieser Kuss wahrhaftig nichts bedeutet? Er hatte seitdem an nichts anderes mehr denken können. Sein ganzes Sein schien aus diesem Kuss zu bestehen und sie fragte allen Ernstes, worüber er mit ihr sprechen wollte?

»Ich dachte, das könntest du dir denken. Du bist doch sonst nicht auf den Kopf gefallen.«

»Es könnte daran liegen, dass sich meine Pläne für meine Zukunft auf einen Schlag in Luft aufgelöst haben.« Ihre Stimme klang brüchig.

Zerknirscht senkte er den Blick. Wie hatte er nur so egoistisch sein können, nicht daran zu denken, was die Offenbarung ihrer Tante für sie bedeuten musste? Stattdessen hatte er nur in einer Endlosschleife diesen innigen Moment zwischen ihnen wieder und wieder durchlebt, als gäbe es nichts anderes mehr auf der Welt. Für sie hatte das anschließende Gespräch aber eine viel weitreichendere Wirkung als dieser Kuss. Oder vielmehr diese Küsse, aber das tat jetzt nichts mehr zur Sache. Da sich die Sachlage für sie dramatisch verändert hatte, hatte sie vielleicht gar kein Interesse mehr daran, ihn zu diesem lausigen Symposium zu begleiten. Seine Gefühle schossen zwischen Angst und Freude hin und her wie ein unruhiges Gewitter, bei dem Blitz und Donner in raschem Wechsel folgten. Seine Handflächen begannen zu schwitzen. Er war zwischen zwei Dingen hin- und hergerissen. Einerseits war die Vorstellung, sich ihr zu öffnen und noch mehr Nähe zuzulassen, verführerisch. Ihre Gegenwart machte ihn glücklich. Aber der mahnende Widerhall der Stimme seines Vaters, der sein ständiger Begleiter war und ihn warnend daran erinnerte, dass er nicht dafür gemacht sei, in einer Beziehung zu leben oder überhaupt mit anderen Menschen umzugehen, ließ ihn zögern.

»Du kannst es schaffen, Charlotte«, hörte er sich plötzlich selbst mit entschlossener Stimme sagen.

Sie blickte überrascht auf. »Wie meinst du das?«

»Wenn du Wissenschaftlerin werden willst, solltest du dich von nichts und niemandem davon abhalten lassen.«

»Nun, die Entscheidung liegt weniger bei mir als an den fehlenden finanziellen Mitteln. Und an der Tatsache, dass ich eine Frau bin, was in der wissenschaftlichen Welt, wie wir ja beide gesehen haben, nicht gern gesehen wird.«

»Dann gehst du eben mit mir zu all diesen Symposien. Ich werde dafür sorgen, dass man dir zuhört.« Er sprach mit Nachdruck. Sie musste ihm glauben, dass er alles für sie tun würde.

»Wie willst du das tun? Erzählen, dass ich deine Assistentin bin? Sie werden darauf bestehen, dass du dir auf lange Sicht einen Mann für den Posten suchst.« Ihre Stimme klang verzagt. Wieder senkte sie den Blick.

Er trat näher an sie heran und hob sanft ihr Kinn, um sie dazu zu zwingen, ihn anzusehen.

»Nun, dann heiraten wir eben. Sie haben gesagt, dass sie Ehefrauen akzeptieren.«

Ihre Augen wurden nass. Eine Träne löste sich aus ihren Wimpern und rollte langsam ihre Wange herunter. Aber sie lächelte. Er beugte sich hinunter und küsste die Träne fort.

~

Es war schon spät, als Martha an ihre Zimmertür klopfte und ihr den neuen Brief überreichte. Ein paar Tage hatte sie kein neues Schreiben bekommen und war schon fast überzeugt gewesen, dass diese kleine prickelnde Freude ein Ende hatte. Natürlich hatte sie wach gelegen. Bei all dem, was passiert war, bekam sie ohnehin kein Auge zu. Tante Tillys Offenbarung, das Angebot Philipps, diese plötzliche Nähe zu ihm und seinem Körper, die sie nie für möglich gehalten hätte. Er fühlte sich warm und hart zugleich an. Er war muskulöser, als es auf den ersten Blick erschien. Sie hatte sich geborgen und sicher gefühlt, als er sie umarmte, dass ihr jetzt noch bei dem Gedanken daran Tränen in die Augen traten. Es war völlig egal, dass er ihr Lehrer und knapp fünfzehn Jahre älter war als sie. Diese Tatsache war mit einem Mal unerheblich.

»Ja, bitte?«, rief sie zögerlich. Es war ungewöhnlich, um diese Zeit gestört zu werden. Hoffentlich war niemandem etwas passiert und Luise ging es nicht schlechter. Schnell wischte sie sich die Tränen von den Wangen.

Martha steckte den Kopf herein.

»Dachte ich mir, dass Sie noch nicht schlafen, gnädiges Fräulein.« Marthas Stimme klang atemlos. Offenbar war sie hergerannt.

»Ist etwas passiert?« Nun bekam es Charlotte mit der Angst zu tun.

Martha schüttelte im Zwielicht der Kerze, die sie trug, den Kopf und schob die Tür weiter auf.

»Alles ist in Ordnung. Ich habe nur das hier unten auf dem Tischchen liegen sehen und dachte, dass Sie sich freuen würden, wenn ich Ihnen den schnell bringe.«

Charlotte setzte sich auf. »Wovon sprichst du?« Das Mädchen war doch nicht etwa betrunken?

Martha kam näher und zog einen Umschlag aus der Schürze. Grinsend wedelte sie damit durch die Luft. Ein

Brief! Charlotte spürte, wie ihr warm wurde. »Ist er ...«, fragte sie. Martha nickte strahlend. »Wenn mich nicht alles täuscht, ist es ein neuer Brief Ihres heimlichen Verehrers, Fräulein Charlotte.«

»Oh«, hauchte Charlotte nur. Sie musste an sich halten, damit die Tränen nicht wieder zu fließen begannen. »Wie lieb von dir, dass du ihn mir gleich gebracht hast. Könntest du meine Kerze bitte entzünden?«

»Natürlich. Ich wünsche Ihnen eine gute Nacht, gnädiges Fräulein.« Martha knickste bis über beide Ohren grinsend.

»Vielen Dank. Schlaf gut.« Charlotte sah dem Mädchen hinterher, bis es zur Tür hinaus war. Mit seligem Lächeln starrte sie auf den Umschlag.

All die Jahre hatte sie nie wirklich dazugehört. Stets war sie anders gewesen als die anderen, immer hatte sie ein wenig außerhalb gestanden. Sicher, es hatte Männer gegeben, die bestrebt waren, ihr den Hof zu machen. Das hatte allerdings einzig und allein daran gelegen, dass sie nicht vollkommen unansehnlich war. Sie wollte mehr. Sie wollte verstanden werden. Bis in ihr Innerstes.

Nun gab es auf einmal zwei Männer, die es schafften, ihr in die Seele zu sehen und sie so zu nehmen und sogar zu mögen, wie sie eben war. Sie konnte es kaum glauben.

Mit vor Aufregung zitternden Fingern riss sie den Umschlag auf. Mit durchgestrecktem Rücken lehnte sie sich näher an die Kerze, um alles lesen zu können. Ihr Bauch kribbelte aufgeregt und ihr Herz schlug schneller, als sie das Blatt auseinanderfaltete.

»*Meine Wunderbarste!*

Ich kann gar nicht ausdrücken, wie sehr ich mich nach Ihnen verzehre. Die Liebe zu Ihnen lodert in meinem Innern so heiß, dass ich mich mit der ernsthaften Sorge trage, darin zu verbrennen. Ich kann keinen klaren Gedanken mehr fassen, ohne dass ihr Gesicht darin auftaucht. Sämtliche meiner Grübeleien drehen sich um Sie, Ihr Wohlbefinden und Ihr Glück. Wie soll ich jemals wieder zu ernsthafter Beschäftigung in der Lage sein, wenn ich es nicht schaffe, das zauberhafteste Wesen, das diese Erde jemals betreten hat, zumindest für einen Augenblick aus meinen Gedanken zu vertreiben? Allerdings ist diese Zerstreuung zu meinem Bedauern so gar nicht in meinem Sinne. Ach, ich bin verloren. Sie haben mich mit der Reinheit Ihrer Gedanken und Ihrer schieren, wunderschönen und bezaubernden Existenz so bezirzt, dass ich mich verloren glaube.

In tiefer Liebe, der Ihre für ewig.«

Charlotte spürte, wie ihre Wangen glühten, als sie den Brief sinken ließ. Das war die schönste und vollkommenste Liebeserklärung, die sie je erhalten hatte. Sie berührte ihr Herz und obwohl sie keine Ahnung hatte, wer der Absender dieser glühenden Zeilen war, fühlte sie sich zu ihm hingezogen. Es war, als würde sie ein seidenes Band mit dem Schreiber verbinden, dessen Ende in der Dunkelheit lag.

Aber da war auch noch Philipp. Er hatte ihr, ohne mit der Wimper zu zucken, Hilfe angeboten. In ihrer Not hatte er sie aufgefangen, war für sie da gewesen und hatte sie geküsst. Und es hatte sich gut angefühlt.

Sorgsam legte sie den Brief auf ihren Nachttisch und blies die Kerze aus. Sie fühlte sich so erfüllt, geliebt und angenommen wie nie in ihrem ganzen Leben. Es war wie ein Traum.

~

Fast hätte Philipp das leise Klopfen überhört. Er war gerade dabei, einzuschlafen, tat sich aber aufgrund seines aufgewühlten Zustands schwer damit. Ständig flogen seine Gedanken hinüber zu Charlotte. Er konnte das Gefühl nicht vergessen, als sie in seinen Armen gelegen und ihre Lippen einander berührt hatten. Niemals hätte er angenommen, dass er zu derartigen Gefühlen in der Lage war. Er wurde schier zerrissen vor lauter Liebe zu ihr.

Er seufzte und drehte sich erneut auf die andere Seite. Wenn er sie wenigstens für ein paar Minuten vergessen könnte, damit er in den dringend benötigten Schlaf fallen könnte. In seiner Stube stand die Luft. Er war schon aufgestanden und hatte das Fensterchen geöffnet, das hinaus in den Garten ging, aber es war zu warm draußen, als dass es etwas Abkühlung gebracht hätte.

Ob er Gustav klingeln sollte, damit er ihm ein paar kühle Tücher überlegen konnte? Immer wieder fragte er sich, ob Charlotte dieselben Gefühle für ihn hegte, wie er es für sie tat. Von Henriette wusste er, dass sie viele Verehrer abgewiesen hatte. Er konnte sich einfach nicht vorstellen, dass sie ebenfalls in Liebe für ihn entflammt war. Es gab andere, die mit Sicherheit besser zu ihr passten und vom Alter her näher zu ihr standen. Sobald er von einer gemeinsamen Zukunft mit ihr träumte, hatte er das höhnische Lachen seines Vaters und seiner Stiefmutter im Ohr.

»Manche Menschen sind dazu geboren, allein zu bleiben und du gehörst zu ihnen«, hatte Else ihm eingeschärft. »Dafür brauchst du dich nicht schämen.« Ihr diabolisches Grinsen sagte etwas anderes. Sie liebte es, ihn zu piesacken und mit ihren scharfen Worten zu quälen. Und Vater amüsierte sich darüber. Philipp wusste, dass er kein ausgesprochener Adonis war, aber er war ein Mensch, obwohl er sich zu Hause, zumindest seit Else da war, selten so gefühlt hatte. Deshalb war er geflüchtet.

Nun lag er schlaflos hier auf Gut Cossin in seinen durchschwitzten Laken und lauschte auf die Geräusche aus dem Flur. Wahrscheinlich hatte er sich geirrt. Wer sollte um diese Zeit bei ihm klopfen? Selbst Gustav war mit Sicherheit schon vor einer Weile zu Bett gegangen. Und doch ... Da war etwas. Er glaubte, Atmen hinter der Tür zu hören. Vielleicht war es der Gutsherr, der ihn zur Rede stellen wollte. Aber das würde er wohl kaum zu dieser nachtschlafenden Zeit tun.

Zögernd schlug Philipp das Laken zurück und stand langsam auf. Er überlegte einen Augenblick, ob er eine Kerze entzünden sollte, aber das Mondlicht schien durch das geöffnete Fenster, sodass er ausreichend sah.

Mit leisen Schritten tastete er sich voran und lauschte. Eindeutig, da atmete jemand. Er war sich sicher. Philipp hielt die Luft an, während er die Hand auf die Türklinke legte, sie schnell herunterdrückte und die Tür aufriss. So hatte er wenigstens das Überraschungsmoment auf seiner Seite, sollte jemand vorhaben, ihn anzugreifen.

Seine Methode zeigte Wirkung, denn – wer immer es war, der da vor seiner Tür stand – machte einen Satz zurück und quietschte erschrocken.

»Charlotte?« In seiner Verwunderung rief er es laut heraus.

Sie schüttelte hastig den Kopf. »Pst! Empereur und Dauphin haben einen leichten Schlaf und sie wohnen direkt nebenan.« Ihre Stimme klang drängend und war trotz des Flüsterns gut zu verstehen.

»Was tust du hier? Um diese Zeit.« Trotz seiner Überraschung schaffte er es, seine Lautstärke zu drosseln.

Sie blickte sich hastig nach beiden Seiten um und flüsterte: »Darf ich hereinkommen?«

Philipp riss die Augen auf. »Hier?« Er sah sich hastig um. Obgleich er alles dafür gegeben hätte, sie in sein Bett zu ziehen, war unübersehbar, dass das ein anderes Kaliber war, als sie im Garten zu küssen und zu umarmen. Allerdings hatte er keine Ahnung, ob sie sich dessen ebenfalls bewusst war, denn soweit er es erkennen konnte, war ihr Gesicht tränennass und ihre Stimme wirkte aufgelöst und verwaschen. »Wollen wir vielleicht besser in den Salon gehen?«, schlug er vor.

Sie zögerte einen Moment, dann nickte sie.

Eine Minute später schlichen sie hintereinander und so lautlos, wie es bei dem knarrenden Dielenboden möglich war, über den Gang in Richtung Treppe. Keiner von ihnen hatte eine Kerze, um so wenig Aufsehen wie möglich zu erregen. Philipp kam es so vor, als dröhnten ihre Schritte durch das stille Haus und jeden Moment würde jemand eine Tür aufreißen und sie ertappen. Was tat er nur hier? Charlotte war seine Schülerin und er hätte gut daran getan, sie aufzufordern, zurück in ihr Bett zu gehen und morgen über alles zu reden. Das Problem war nur, dass sein Gehirn aussetzte, wenn er ihr gegenüberstand. Und genau aus diesem Grund hatte er keinen Augenblick gezögert, mit ihr allein des Nachts durch das stockdunkle Haus zu tappen. Wenn sie das nur beide nicht bald bereuen würden.

KAPITEL ZWÖLF

»Vielleicht lieber in den Unterrichtsraum? Der ist weiter von den Schlafzimmern entfernt.« Charlottes Stimme jagte ihm eine Gänsehaut über den Körper. Das alles hier war so unwirklich. War er vielleicht schon eingeschlafen und das hier war gar nicht real? Vorsichtig streckte er die Hand aus und berührte Charlottes offenes Haar. Doch, es war definitiv echt. Sie sah noch schöner aus als sonst, jetzt, da ihr Haar offen über den Rücken fiel. Es war unglaublich lang. Und gleichzeitig seidig. Am liebsten hätte er es ein weiteres Mal berührt und sanft an seine Wange gedrückt. Wie wunderhübsch sie war. Viel zu gut für jemand so Fehlerhaften wie ihn.

Charlotte wartete seine Antwort nicht ab, sondern ging in Richtung Unterrichtsraum. Die Wahrscheinlichkeit, dass sie dort gehört wurden, wenn sie sich unterhielten, war geringer als im Salon. Eine von Charlottes besonderen Fähigkeiten war ihr außerordentlicher Verstand. Wie scharfsinnig sie derartige Kleinigkeiten in ihre Entscheidungen miteinbezog, beeindruckte ihn.

Kurz bevor sie den Unterrichtsraum erreichten, blieb Charlotte für einen Moment stehen und lauschte. Fast wäre Philipp gegen sie gestoßen, so überrascht war er von ihrem Innehalten. Einen Augenblick später setzte sie sich wieder in Bewegung und hielt ihm die Tür auf. Jetzt zur Nachtzeit wirkte das Zimmer ganz anders. Es war nur von dem sanften Licht des Mondes erhellt. Charlotte wirkte mit ihren offenen Haaren in dieser Beleuchtung verführerisch und geheimnisvoll. Sofort spürte er wieder dieses schmerzvolle Sehnen nach ihrer Nähe in seiner Brust. Wie wundervoll wäre es, wenn sie immer an seiner Seite wäre? Freiwillig und aus eigenem Wunsch, nicht weil sie jemanden brauchte, der sie unterhielt. Obwohl er sogar bereit wäre, dieses Arrangement zu akzeptieren, würde es ihm zumindest ermöglichen, sie täglich zu sehen, auch wenn er nicht mehr als ihr Hauslehrer tätig wäre. Sie könnten zusammenarbeiten. Seite an Seite Gestein erkunden und Bodenproben untersuchen, Grabungen ausführen lassen und gemeinsam Symposien besuchen. Das wäre wundervoll. Aber am wundervollsten wäre es, wenn sie ihm eines Tages ähnliche Gefühle entgegenbringen würde, wie er sie für sie hegte.

Leise schloss er die Tür hinter sich, während Charlotte einfach mitten im Raum stehen geblieben war und ihn ansah. Das weiche Licht des Mondes hüllte alles in ein sanftes unwirkliches Ambiente. Alles war so surreal und überwältigend zugleich … Ohne Vorwarnung fiel sie ihm um den Hals und drückte mit einem unterdrückten Schluchzer ihren Kopf mit dem nach Flieder duftenden weichen Haar gegen seine Brust. Er hielt die Luft an. Träumte er das alles etwa nur?

Charlotte sagte nichts, sondern schniefte nur ab und zu leise. Was sollte er nur tun? Er wollte das hier auf keinen Fall vermasseln. Zaghaft hob er die Hand und strich ihr über das offene Haar. Sein Herz schlug ihm bis zum Hals. Diese Nähe zu ihr und die Heftigkeit der Emotionen, die ihn überschwemmten, lösten ein Schwindelgefühl in ihm aus. Es war zauberhaft, einfach zauberhaft. Nie hätte er sich eine solch wundervolle Situation erträumen können. Das hier musste die Realität sein.

Sie schwieg und er gab ebenso keinen Ton von sich. Diese Innigkeit, die zwischen ihnen in diesem Moment bestand, würde er niemals vergessen, was auch geschehen mochte. Diese stillschweigende Vertrautheit und das Gefühl ihres weichen Körpers dicht an dem seinen machten ihn so glücklich wie nie etwas in seinem Leben. Gleichzeitig spürte er Trauer über die Tatsache, dass sie sich irgendwann wieder voneinander lösen mussten.

Still standen sie da, aneinandergeschmiegt trotz der Hitze, die durch den Raum waberte, und er wünschte sich inbrünstig, dass diese Verbundenheit bis ans Ende seiner Tage andauern mochte.

Gute zwanzig Minuten später eilte Charlotte zurück zu ihrem Zimmer, ohne sich umzusehen. Sie wusste, dass Philipp dicht hinter ihr war. Sie spürte seine Nähe mit jeder Faser ihres Körpers. Aber sie wusste auch, dass, wenn sie ihn nur noch einmal ansähe, sie wieder diesen intensiven und unerklärlichen Wunsch verspüren würde, sich erneut an ihn zu drücken. Sie wollte seinen Duft einsaugen, seinen sehnigen Körper unter ihrem spüren und vor allem diese unbeschreibliche Verbindung zwischen ihnen erneut aufflammen lassen. Zum einen war da diese körperliche Anziehungskraft, die er auf sie ausübte. Zum anderen gab es die geistige Übereinstimmung zwischen ihnen, die ihn noch einmal deutlich attraktiver für sie machte und gleichzeitig eine unglaubliche Bestätigung für sie bedeutete. Unwillkürlich musste sie lächeln. Im selben Moment, als sie den neuesten Brief nach der Lektüre in ihren Schoß hatte sinken lassen, hatte sie gewusst, dass es nicht der Unbekannte war, nach dem sie sich sehnte.

Es war Philipp.

Philipp hatte ihr die Möglichkeit gegeben, sich zu öffnen und sich zuzugestehen, dass sogar sie Liebe empfinden und empfangen durfte. Ihre Leidenschaft für die Wissenschaft schloss nicht aus, dass sie ihr Herz für einen anderen Menschen öffnete. Dadurch, dass auch er etwas für die Mehrung von Wissen, Bildung, Bücher und Steine übrighatte, entfaltete er ihr ganz neue Welten. Es war, als hätte sich ein Tor für sie geöffnet, von dem sie nicht gewusst hatte, dass es überhaupt existierte.

Schnell zog sie die Tür auf, schlüpfte hinein und lehnte sich von innen dagegen. Sie schloss die Augen. Dieses Gefühl, als er mit der Hand über ihren Rücken gefahren war, war unbeschreiblich gewesen. Es hatte sich beruhigend und zur gleichen Zeit äußerst anregend angefühlt. Die Härchen auf ihren Armen hatten sich aufgestellt und ihr Bauch gekribbelt. Sie hatte mehr gewollt. Dass sie den Kopf gehoben hatte, um ihn zu küssen, war ein ganz natürlicher Prozess gewesen. Es hatte sich logisch angefühlt, obwohl sie sich selbstverständlich darüber im Klaren war, dass sie etwas Verbotenes taten.

Sie strich ihm über die Wange. Sie war ein wenig stoppelig und Charlotte spürte, wie ihr Herz zu rasen begann, als sie ihre Hände tiefer wandern ließ. Sie verharrte auf seiner Brust, spürte seinen Herzschlag und hörte, wie er schwerer atmete. Langsam tastete sie sich weiter hinab. Er keuchte auf, als sie kurz unter seinem Bauchnabel innehielt. Langsam tastete er nach ihrer Hand und verschränkte ihre Finger mit seinen.

»Wir sollten das nicht tun.« Seine Stimme klang rau und tief, ganz anders als sonst.

Sie nickte, an ihm lehnend. Er drückte ihr einen Kuss auf die Stirn und löste sich von ihr, während ihre Finger ineinander verschränkt blieben.

Nie wieder würde Charlotte diesen Unterrichtsraum mit dem gleichen Blick betrachten können wie vorher. Sie stand Philipp gegenüber. Seine Pupillen waren geweitet und seine Wangen glühten, während sein Atem schwer war.

Natürlich wusste sie, dass er recht hatte: Sie dürften gar nicht allein hier sein. Noch dazu um diese Zeit. Aber etwas hatte sich zwischen ihnen verändert und es barg die Chance, auch sie für immer zu verändern.

Als sie es endlich geschafft hatten, sich voneinander zu verabschieden, war es mitten in der Nacht gewesen. Charlotte war zu ihrem Zimmer geeilt, ununterbrochen betend, dass niemand sie entdecken würde.

Jetzt atmete Charlotte aus und stieß sich von der Tür ab, die Augen langsam wieder öffnend. Im gleichen Moment schrie sie entsetzt auf. Ein Gesicht tauchte völlig unverhofft aus der Dunkelheit vor ihr auf.

»Pst!« Luises Stimme war deutlich von der Krankheit geschwächt.

Charlotte presste die Hand auf den Mund, um nicht zu schreien. Der Schock saß tief. »Was tust du denn hier?«, brach es atemlos vor Schrecken aus ihr heraus.

»Ich musste mal raus. Da drüben fällt mir die Decke auf den Kopf.« Luise ließ sich erschöpft auf ihr Bett plumpsen.

»Und da dachtest du, es sei eine gute Idee, mitten in der Nacht durchs Haus zu spazieren und mich zu Tode zu erschrecken?«

»Ich bin schon eine Weile hier. Natürlich habe ich mich gewundert, wo du steckst, wenn du eigentlich ruhig in deinem Bett schlummern solltest. Du siehst also, dass ich gar keine andere Wahl hatte, als hier zu warten, bis du endlich wieder auftauchst.«

»Aber warum muss deine Ausflugsfreude gerade in der Nacht erwachen? Du hast Glück, dass ich vor Entsetzen nicht ohnmächtig geworden bin.«

»Am Tag kann ständig Martha vorbeikommen. Da hätte ich gar keine Möglichkeit, für eine Weile unbemerkt zu entkommen. Aber jetzt zu dir: Wo bitte warst du so lange? Sag bloß, du hast dich heimlich mit deinem Brieffreund getroffen? Martha hat mir erzählt, dass du mehr Briefe von ihm bekommen hast.«

Charlotte spürte, wie sie über und über errötete. Sie war dankbar, dass Luise ebenfalls darauf verzichtet hatte, eine Kerze zu entzünden, da so zumindest die Möglichkeit bestand, dass sie es nicht bemerkte. Aber die Augen ihrer Schwester waren scharf, selbst bei dem schwachen Mondlicht.

Begeistert schlug sie die Hände zusammen. »Ich habe recht. Wer ist es? Du musst mir alles über ihn erzählen. Du glaubst nicht, wie unglaublich langweilig es ist, den ganzen Tag allein im Bett herumzuliegen und als einzigen Besucher Martha zu haben, die aber ständig gehetzt ist.«

»Vielleicht ist es besser, wir reden morgen darüber«, beeilte sich Charlotte, sie abzulenken. »Du solltest dich nicht gleich so überanstrengen, nachdem du so lange krank warst. So dauert die Genesung nur länger.«

»Du willst doch nur alles für dich behalten«, konterte Luise in beleidigtem Ton. »Nun sag schon. Ich bin ausgehungert nach Neuigkeiten.«

Charlotte, deren Beine nach dem Schrecken endlich aufgehört hatten zu zittern, schüttelte entschlossen den Kopf. »Morgen ist auch noch ein Tag. Du musst ins Bett, und zwar sofort.« Sie packte Luise bei den Schultern und schob sie in Richtung Tür.

Als Luise endlich ihr Zimmer verlassen hatte, atmete Charlotte erleichtert auf. Für heute hatte sie es geschafft, ihr Geheimnis für sich zu behalten. Allerdings war klar, dass Luise sich morgen nicht mehr vertrösten lassen würde. Sie würde darauf bestehen, alle Fakten über Charlottes Verschwinden haarklein zu erfahren. Und Charlotte bezweifelte, dass ihr bis dahin etwas anderes einfallen würde, mit dem sie ihre Schwester vertrösten konnte. Darum würde sie sich morgen sorgen. Jetzt musste sie endlich ins Bett, obwohl ihr Herz nicht aufhörte, aufgeregt zu klopfen. Inzwischen war es bestimmt schon nach zwei Uhr!

Trotz der späten Stunde fand Charlotte keinen Schlaf. Sie wälzte sich in ihrem verknautschten Laken unruhig von einer Seite zur anderen, während ihre überreizten Nerven ihre Gedanken von einer Sache zur anderen springen ließen. War es klug, sich erneut der Hoffnung hinzugeben, dass sie dieses Mal an dem Symposium teilnehmen konnte? Sie wusste, wie gut ihre Abhandlung über den Rosenquarz war. Philipp hatte es ihr mehrfach bestätigt. Und er meinte es ernst, das hatte sie ihm angesehen. Sein Gesichtsausdruck hatte sich beim Lesen verändert. Als er mit dem Lesen fertig gewesen war, ließ er das Notizbuch, in das sie ihre Aufzeichnungen gekritzelt hatte, sinken und nickte ihr mit respektvollem Lächeln zu.

»Alle Achtung, Charlotte, da haben Sie eine hervorragende Arbeit verfasst.«

Charlotte, die angespannt auf jede Änderung seines Ausdrucks geachtet hatte, während er ins Lesen vertieft gewesen war, hätte fast jubiliert vor Freude. Die Tatsache, dass da endlich jemand war, der den Wert ihrer Arbeit erkannte und sie nicht als verrücktes Geschreibsel abtat, wie es ihre Familie häufig tat, war Balsam für ihre Seele. Wie schön wäre es, wenn jemand, der sie nicht kannte, ihre wissenschaftliche Arbeit ebenso schätzen würde. Aber konnte das gelingen? Würde sie überhaupt ein anderer Forscher lesen? Immerhin war Charlotte die Urheberin und sie war nun einmal kein Mann.

Seufzend drehte sie sich auf den Bauch. Wenn sie nicht endlich einschlief, würde der morgige Tag hart werden. Doch da waren diese seltsamen, unbekannten Gefühle, die sich in ihrer Brust ausgebreitet hatten und sie verwirrt zurückließen. Vor einigen Wochen noch hätte sie jeden ausgelacht, der ihr prophezeite, dass sie mitten in der Nacht durchs Haus schleichen würde, um ihren Lehrer zu wecken, heimlich zu umarmen und zu küssen. Sie erkannte sich selbst nicht wieder. All ihre Grundsätze, die sie die letzten Jahre so gut geleitet hatten, waren auf einmal ins Wanken geraten. Und sie fragte sich, ob das, was gerade alles in ihrem Leben passierte, tatsächlich das war, was sie wollte.

Hatte sie sich nicht geschworen, sich von den Männern fernzuhalten und sich stattdessen der Wissenschaft zu widmen? Nicht nur durch Philipps Auftauchen in ihrem Leben, sondern auch durch das des unbekannten Briefeschreibers, war alles durcheinandergekommen. Sie drehte sich zurück auf den Rücken. Kam es ihr nur so vor oder war die Hitze in ihrem Zimmer mittlerweile unerträglich? Der Schweiß auf ihrer Haut fühlte sich so an, als wäre sie nach dem wöchentlichen Bad frisch aus dem Badezuber gestiegen und hätte ihre Haut nicht wieder trocken gerubbelt. Luft! Sie brauchte Luft.

Erneut stand sie auf und tappte blind durch die Dunkelheit. Sie musste unbedingt die Fensterläden öffnen. Ob sie die Tür für einen Moment offen stehen ließ? Vielleicht würde ja ein Luftzug aus dem Flur kommen.

Notdürftig zog sie im Dunkeln die Laken so glatt, wie sie es vermochte, bevor sie sich wieder hinlegte. Sie musste daran denken, die Tür wieder zu schließen, damit sie nicht morgen Früh von der herumwirbelnden Martha geweckt würde, die als Erste aufstand, um die Kamine auszufegen und anzufeuern und Wasser zu erwärmen, damit sich alle waschen konnten.

Und plötzlich übermannte sie eine Erkenntnis mit einer solchen Vehemenz, dass sie das Gefühl hatte, ihr Bett würde sich wie ein Kreisel immer schneller um sich selbst drehen. Selbst wenn sie es schaffte, an Philipps Seite auf das Symposium zu kommen, würde sie nur als sein Anhängsel wahrgenommen werden. Der Ruhm ihrer Arbeit würde ihm zufallen. Würde sie überhaupt dazu kommen, ihre Ausarbeitung vorzustellen? So war ihre Welt nun einmal. Das führte ihr jeder Ballbesuch vor Augen: Männer hatten eine völlig andere Rolle als Frauen. Und Charlotte passte mit ihrem ständigen Hunger auf Wissen und ihrem Interesse an der Wissenschaft in keine der beiden Gruppen.

KAPITEL DREIZEHN

Am nächsten Morgen erwachte Charlotte von einem lauten Klappern. Sie riss die Augen auf, während sie sich hastig aufsetzte. War jemand unerlaubt in ihr Zimmer eingedrungen?

Die Tür stand offen und es dauerte einen Augenblick, bis sie realisierte, dass das Geräusch von Martha und ihren Wassereimern stammte, die durchs Haus huschte und alles für die Familie vorbereitete.

Charlotte ließ sich zurück in ihre Kissen fallen und stöhnte dumpf auf. In ihrem Kopf drückte ein bleierner Schmerz. Kein Wunder! Sie hatte höchstens drei oder vier Stunden geschlafen, so sehr hatten ihre Gedanken und Gefühle in ihrem Kopf getobt.

Die Fensterläden standen weit offen und das Sonnenlicht gleißte so hell in den Raum, dass es ihr Kopfschmerzen verursachte, obwohl sie die Augen geschlossen hielt. Das war der Preis dafür, dass sie eine nächtliche Ewigkeit in den Armen eines Mannes verbracht hatte. Sie spürte, wie sie rot wurde. So ging das nicht weiter! Es war an der Zeit, aufzustehen und alles abzuschütteln, was sie belastete. Manchmal half es, die Dinge aus einer neuen Perspektive zu betrachten.

Charlotte schwang die Beine über die Bettkante und bemühte sich, den dumpf bummernden Schmerz in ihrem Kopf zu ignorieren. Mit schnellen Schritten lief sie zu ihrer offen stehenden Tür und griff nach dem davorstehenden Krug, den Martha mit heißem Wasser gefüllt hatte. Es dampfte sogar noch. Mit der Hacke ihres linken Fußes schloss sie sehr undamenhaft die Tür hinter sich, den Blick unablässig auf das Wasser gerichtet. Fabian hatte sich vor Kurzem verbrüht und seitdem waren alle besonders vorsichtig damit. Behutsam trug Charlotte das Gefäß zu ihrem Toilettentisch und goss den Inhalt in ihre Waschschüssel. In ein paar Minuten würde das Wasser so weit abgekühlt sein, dass sie sich damit waschen konnte.

Sie setzte sich wieder auf ihre Bettkante, ließ die nackten Füße baumeln und dachte nach. Wie würde sie sich verhalten, wenn erneut ein Brief von dem Unbekannten einträfe? Würde er sie nach der letzten Nacht wieder derartig aus der Fassung bringen oder war sie sich ihrer Gefühle für Philipp nun sicher?

Sie hörte Stimmen aus Luises Zimmer nebenan. Wahrscheinlich schaute Martha nun nach ihr und half ihr, sich frisch zu machen. Oje, Luise würde heute eine Antwort über ihre nächtlichen Eskapaden von Charlotte verlangen. Allerdings war sich Charlotte nicht sicher, ob sie schon bereit dazu war, über ihre verwirrten Gefühle für Philipp zu sprechen. Vielleicht schaffte sie es irgendwie, ein Zusammentreffen mit ihrer Schwester weiter hinauszuzögern. Wenn sie Maman von ihren Kopfschmerzen erzählte, würde sie bestimmt nicht wollen, dass sie auf Luise traf. Viel zu groß war die Gefahr, dass diese sich auf ihrem Genesungsweg mit einer anderen Krankheit infizierte. Maman legte seit jeher sehr großen Wert darauf, Kranke vom Rest der Familie zu separieren. Sie glaubte, dass auf diesem Wege weitere Ansteckungen zu verhindern wären. Aber das würde bedeuten, dass Charlotte aufgrund ihrer Kopfschmerzen vom Unterricht und den gemeinsamen Essen ausgeschlossen würde. Sie könnte dann Philipp nicht sehen. Dieser Gedanke behagte ihr nicht, denn sie hoffte, sich über ihre konfusen Gefühle klar zu werden, wenn sie Zeit mit ihm verbrachte.

Seufzend erhob sie sich und streifte langsam ihr Nachthemd von den Schultern.

Ihr würde schon etwas einfallen.

Als Charlotte eine halbe Stunde später ins Esszimmer trat, saßen alle an ihren Plätzen. Maman sah sie mit gerunzelter Stirn an und schüttelte missbilligend den Kopf.

»Bist du heute unter die Langschläfer gegangen?«, fragte Vater heiter. Er war selten schlechter Laune und seine gute Laune war meist ansteckend, aber heute fühlte sich Charlotte dadurch irgendwie gekränkt.

»Im Gegenteil. Ich habe ziemlich schlecht geschlafen«, gab sie zurück und setzte sich schnell und ohne Entschuldigung für ihre Verspätung auf ihren Platz. Sie sah Philipp nicht an, sondern starrte angestrengt auf ihren leeren Teller. Sie war nicht in Stimmung, gerade mit irgendwem zu kommunizieren, wollte aber gleichzeitig nicht allein in ihr Gemach gesperrt werden, weil sie jemanden anstecken könnte.

Das Essen stand heute auf dem Tisch. Martha und die Mamsell waren offensichtlich zu beschäftigt, um bei Tisch zu servieren. Charlotte griff nach der Platte mit den Eiern, die schräg vor ihr stand. Sie hatte zwar überhaupt keinen Appetit, aber Maman würde misstrauisch werden, wenn sie überhaupt nichts aß. Philipp, der ihr gegenübersaß, griff im selben Moment danach, sodass sie, ohne darüber nachzudenken, aufblickte. Er lächelte sie sanft an. Sofort wurde ihr Körper von einem warmen Gefühl geflutet. Charlotte spürte, wie sie zu zittern begann. Sie konnte es gar nicht steuern. Es war, als würde ihr Körper ihr nicht mehr gehorchen, sondern nur von seiner Anwesenheit gelenkt werden. Schnell zog sie die Hand wieder zurück. Wenn er sie jetzt berührte, wäre sie zu keinem klaren Gedanken mehr in der Lage.

Maman, die am anderen Ende des Tisches saß, hatte von dem kurzen Augenblick zwischen ihnen dankenswerterweise nichts bemerkt.

»Luise geht es bedeutend besser. Der Doktor hat erlaubt, dass sie wieder Besucher empfängt. Allerdings nur kurz und nicht zu viele. Sie hat nach dir verlangt, Charlotte. Du darfst also nach dem Frühstück direkt zu ihr gehen, wenn Herr von Lotz damit einverstanden ist, dass du ein wenig später zum Unterricht erscheinst.«

Abrupt sah Charlotte auf. Sie warf Philipp einen schnellen Blick zu und errötete umgehend. Was es auch war, das seine Augen so leuchten ließ, es machte sie verlegen. »Das wird nicht nötig sein«, sagte sie schnell, während sie geschäftig eine Scheibe Brot nahm und begann, sie mit Butter zu bestreichen. »Ich kann nach dem Unterricht zu ihr gehen.«

»Nun gut, wenn es dir so lieber ist.« Mutters Stimme

klang überrascht. »Ich dachte nur, es wäre nett, da ihr euch so lange nicht gesehen habt.«

»Ich werde es mir nicht nehmen lassen, bei ihr vorbeizusehen«, versicherte Charlotte. »Aber wir haben jetzt so lange gewartet, da werden die paar Stunden nichts ausmachen.« Sie bemühte sich, ihre Stimme so entschieden wie möglich klingen zu lassen. Die räumliche Nähe zu Philipp machte sie nervös. Er lächelte sie so offensichtlich an, dass es jemandem aus der Familie früher oder später auffallen musste. Dabei war sogar die in ihr Zimmer eingesperrte Luise schon misstrauisch geworden. Mehr neugierigen Nachfragen war Charlotte heute, müde wie sie war, nicht gewachsen. Als sie den Blick schweifen ließ, sah niemand zu ihr hinüber. War es vielleicht möglich, dass diese außerordentliche Energie zwischen ihr und Philipp von der Familie unbemerkt blieb?

Einen Augenblick später waren eilige Schritte auf dem Flur zu hören und die Mamsell trat knicksend ein. In der Hand trug sie ein Bündel Briefe. Charlotte achtete nicht weiter auf sie.

Da rief Vater schon lachend. »Lottie, du hast schon wieder Post von deinem heimlichen Verehrer.« Ohne dass sie es wollte, huschte ein Lächeln über ihr Gesicht. Sie blickte auf und bemerkte, dass Philipp sie die ganze Zeit prüfend angesehen hatte. Das Lächeln war aus seinem Blick verschwunden und einer forschenden Intensität gewichen. Die Härchen an ihren Unterarmen stellten sich auf. Sie konnte den Blick nicht von seinem wenden. Aus den Augenwinkeln sah sie, wie Vater mit dem Umschlag in der Luft herumwedelte und hörte, dass ihre Brüder hinter vorgehaltener Hand kicherten. Wahrscheinlich waren die Zeilen des Schreibers wieder so hingebungsvoll und einfühlsam wie sonst, aber die Verzückung, welche die Briefe zu Beginn in ihr ausgelöst hatten, war seit vergangener Nacht deutlich gedämpft. Der Briefeschreiber war wie ein Luftschloss ihrer Fantasie. Er schmeichelte ihr und rührte sie, aber er war nicht greifbar. Philipp dagegen war real. Er war hier und seine Nähe hatte eine zunehmend fesselnde Wirkung auf sie.

Vater war aufgestanden und legte den Brief nun mit einer übertriebenen Verbeugung direkt neben ihren Teller. Charlotte bedankte sich knapp und biss wieder in ihr Butterbrot, ohne einen weiteren Blick darauf zu werfen. Die ganze Zeit spürte sie Philipps wachsamen Blick auf sich. Als sie aufsah, lächelte er sie an. Er schien erfreut darüber, dass sie nicht mehr in euphorische Begeisterung über die Schreiben ausbrach. Instinktiv lächelte sie zurück.

Nach Unterrichtsende hatte sie keine Ausrede mehr, warum sie Luise nicht besuchen konnte. Maman hatte Charlotte beim Mittagessen erneut mitgeteilt, dass ihre Schwester sie unbedingt zu sehen wünsche.

Eigentlich wäre Charlotte viel lieber in ihr Zimmer gegangen, als vor Luises Raum anzuhalten und nach einem tiefen Durchatmen kurz zu klopfen. Doch Luises aufgeregtes »Herein« ließ sie diese ketzerischen Gedanken vergessen. Ihre Schwester durfte endlich wieder Besuch empfangen und verlangte nach ihr. Allein diese Liebesbezeigung hätte ihr Herz rühren müssen. Allerdings war Charlotte sehr bewusst, dass eher Luises beißende Neugier dahintersteckte. Charlotte wusste, dass es an der Zeit war, Farbe zu bekennen. Sie wollte Luise erklären, wohin es sie in der Nacht getrieben hatte. Und vor allem, wem ihr Herz gehörte. Das Problem war nur, dass sie es selbst nicht hundertprozentig wusste. Eigentlich hatte sie heute Früh beim Frühstück gedacht, dass ihr die Zeilen des Briefeschreibers nichts mehr bedeuteten und Philipp es war, der ihr Herz erobert hatte. In einer kurzen Pause zwischen den Unterrichtsstunden hatte sie sich dann aber davongestohlen und hastig den Brief aufgerissen und überflogen. Seitdem war sie erneut hin- und hergerissen. Das war besonders bedauerlich, da sie sonst sehr genau wusste, was sie wollte. Ja, manchmal nannte Maman sie sogar ihren *tête de mule*, dabei sah sie sich selbst keineswegs als sturen Esel. Charlotte stand vor Luises Zimmer und hielt die Hand auf der Klinke. Bisher hatte sie es nicht über sich gebracht, sie herunterzudrücken und einzutreten, obwohl Luise bereits mehrfach ungeduldig ihr »Herein« wiederholt hatte.

Nun aber bewegte sich die Klinke unter ihren Fingern und die Tür wurde von innen mit einem Ruck aufgerissen. Luise stand mit aus dem langen Flechtzopf quellenden Haaren da und funkelte sie mit roten Wangen böse an.

»Warum trittst du nicht endlich ein? Ich brülle mir hier die Kehle aus dem Leib.« Luises Stimme klang entrüstet und schon viel kräftiger als gestern Nacht. Mit einem mürrischen Kopfschütteln wandte sich Luise ab und lief auf ihr Bett zu. »Ich habe den ganzen Tag auf dich gewartet«, stellte sie vorwurfsvoll fest.

»Jetzt bin ich ja da«, beruhigte Charlotte ihre jüngere Schwester und zog die Tür leise hinter sich zu.

»Ich weiß, was dich aufgehalten hat.« Luise hatte ihr Bett erreicht und setzte sich grinsend auf die Kante.

»Umso besser. In diesem Fall bedarf es ja keinerlei Erklärungen mehr«, sagte Charlotte lächelnd.

Luises Gesicht wurde wieder schlagartig ernst. »So

kommst du mir nicht davon, Charlotte! Denk ja nicht, dass du dieses Zimmer verlässt, bevor du mir nicht ausführlich alles erzählt hast.«

Charlotte war ihrer Schwester langsam gefolgt und setzte sich nun in den kleinen Sessel vor dem Toilettentisch.

»Leg dich wieder ins Bett. Dieses ganze Rumgehopse im Nachthemd kann nicht gut sein in deinem Zustand«, ermahnte sie Luise. Diese rollte mit den Augen, kam aber ihrer Aufforderung ansonsten anstandslos nach.

Sie zog sogar die Decke bis zum Hals hoch, setzte sich aber aufrecht hin und nickte Charlotte auffordernd zu. »Nun sag schon: Was hast du heute Nacht getrieben?«

Jetzt war es an Charlotte, die Augen zu verdrehen. Sie zuckte mit den Schultern und sagte schlicht: »Ich habe mich mit Philipp getroffen.«

Luise riss die Augen auf. »Mit Herrn von Lotz? Ich dachte ... ich ... Oh!«

»Was tust du denn so überrascht? Du hast gesagt, du wüsstest es.«

»Keineswegs!« Luise schüttelte heftig den Kopf. »Ich habe gesagt, ich kann mir denken, warum du es vermieden hast, mich aufzusuchen, aber dass du dich mit unserem Lehrer triffst ... Er ist fast doppelt so alt wie du!« Ihr Entsetzen war klar herauszuhören.

»Das ist doch völlig unerheblich.« Schon wieder rollte Charlotte mit den Augen, um Luise zu zeigen, wie unpassend sie ihre Bemerkung fand.

»Ich habe gedacht, du hättest ein heimliches Stelldichein mit deinem schönen Unbekannten, dem Briefeschreiber. Weißt du inzwischen, wer es ist?«

Charlotte schüttelte den Kopf. »Ich habe leider überhaupt keine Ahnung, wer es sein könnte. Insgeheim hatte ich ja lange Ferdinand von Nauenstetten im Verdacht, aber langsam glaube ich, dass sein Wortschatz nicht so weitreichend ist wie der des Absenders. Heute hat er schon wieder geschrieben.«

»Das ist so ungeheuer romantisch! Was schreibt er? Dass er dich heimlich bei Mondlicht treffen will? Wie wäre es mit der alten Eiche hinten im Garten? Dort kann euch niemand sehen.« Luise klatschte begeistert die Hände zusammen.

»Das ist Unfug. Ich weiß nicht mal, wer er ist, da werde ich mich nicht mit ihm bei Nacht und Nebel im dunklen Garten treffen.«

»Stattdessen verabredest du dich mit Herrn von Lotz.« Luises Stimme klang ernüchtert. »Hast du nicht gesagt, dass dein Herz ausschließlich der Wissenschaft gehört und du keinerlei Interesse an Männern hast? Und jetzt hast du an jeder Hand einen anderen.«

»Aber so ist das gar nicht!« Charlotte war ehrlich entsetzt über die Worte der Jüngeren. Während sie bisher halbwegs bequem im Sessel gelümmelt hatte, setzte sie sich jetzt kerzengerade auf, um Luise zu bedeuten, dass sie zu weit gegangen war. Diese verstand die Zeichen sogleich.

»Verzeihung«, murmelte sie. »Ich hätte nur nicht gedacht, dass du und Herr Lotz ...«

»Pst«, rief Charlotte entsetzt. Sie war nicht so weit, diese Worte ausgesprochen zu hören. Zumal sie sich bezüglich des Altersunterschieds keineswegs so sicher war, wie sie es Luise gegenüber behauptet hatte. Luise hatte durchaus recht: Er war ihr Lehrer und deutlich älter als sie. Davon abgesehen, war sie eine schlechte Wissenschaftlerin, wenn sie sich von ein wenig Kribbeln im Bauch stante pede von ihren jahrelang gefassten Plänen abbringen ließ. Sie hatte sich von der Leidenschaft hinreißen lassen. Natürlich war ihre Situation jetzt, da Tante Tilly nicht mehr für ihren Unterhalt aufkommen konnte, schwieriger, aber sie würde mit ein wenig Anstrengung hoffentlich einen anderen Weg finden können. Was, wenn sie ihre Abhandlungen unter einem männlichen Pseudonym veröffentlichen ließe? Da könnte sie sicher ein paar Taler verdienen. Sie musste sich die Optionen gründlich durch den Kopf gehen lassen.

»Was ist eigentlich mit Tante Tilly los?«, fragte Luise. Überrascht blickte Charlotte sie an. Konnte ihre Schwester etwa ihre Gedanken lesen? Oder sah man ihr an der Nasenspitze an, worüber sie nachdachte? »Sie war vorhin hier und gab sich so geheimnisvoll. Irgendwie seltsam.«

»Ähm, nichts, soweit ich weiß. Sie möchte erst einmal für eine Weile hierbleiben.«

»Oje!«, entfuhr es Luise, doch sie lächelte spitzbübisch, als sie mit der Hand ihren Mund zuhielt. »Hat sie denn keine Verpflichtungen zu Hause in Frankreich? Muss sie nicht nach einem ihrer Schlösser sehen oder irgendwo einen Ball abhalten?«

Charlotte konnte sich ein Grinsen nicht verkneifen. Es war jedes Mal das Gleiche mit Tante Tilly: Nur Maman und sie freuten sich, wenn die Tante da war. Dass sie aufgrund ihrer veränderten Situation dieses Mal länger bleiben würde als sonst, würde Vater und ihre Geschwister nicht erfreuen. Da Charlotte weder blind noch taub war, erkannte sie natürlich, wie Tilly Charlottes Schwestern und Brüder häufig mit ihren Ermahnungen und ihrem Hang, sich in jede Kleinigkeit einzumischen, gängelte. Aus diesem Grunde war der Widerwille Luises nicht unverständlich.

»Vielleicht tut sie das ja später. Wahrscheinlich braucht

sie einfach ein wenig Zeit, um sich zu erholen und neue Pläne zu schmieden.«

»Ja, vielleicht …« Luises Stimme klang mutlos.

»Du brauchst jetzt Ruhe. Ich komme morgen wieder vorbei«, entschied Charlotte.

Luise, die tatsächlich erschöpft von all den Neuigkeiten zu sein schien, widersprach nicht, sondern ließ sich in ihre Kissen zurückgleiten. Charlotte lief zu ihr hinüber und richtete ihre Decke, bevor sie ihr einen Kuss auf die Stirn drückte und zur Tür ging.

Nicht nur Tante Tilly musste sich sammeln. Auch sie benötigte Zeit, um sich alles in Ruhe durch den Kopf gehen zu lassen.

KAPITEL VIERZEHN

Der nächste Morgen begann deutlich früher als gewöhnlich. Zu Philipps Erleichterung hatten Charlottes Eltern noch gestern Abend beschlossen, ihre Forderung nach einer umgehenden Hochzeit zunächst zurückzustellen. Ihm selbst hätte es nichts ausgemacht, Charlotte sofort zu ehelichen. Aber ihn beschlich zunehmend das Gefühl, dass ein solches Arrangement über den Kopf der Braut hinweg nicht rechtschaffen wäre. Es war ihm wichtig, dass Charlotte ihren eigenen Wünschen und Träumen folgen konnte. Daher versicherte er den Cossins, dass er, sollte es die Ehre ihrer Tochter erfordern, selbstverständlich bereit sei, sich umgehend mit ihr zu verloben. Anschließend erklärte er ihnen, warum es ihm aus ritterlichen Erwägungen heraus dennoch lieber sei, nichts zu überstürzen, sondern sich die Dinge entwickeln zu lassen. Herr von Cossin sah ihn mit gerunzelter Stirn an, doch der zunächst nachdenkliche Blick von Charlottes Mutter hellte sich auf, während sie Philipp lächelnd zugenickt hatte. Und schließlich hatte auch der Gutsherr sein Einverständnis erklärt, allerdings unter der Bedingung, dass eine etwaige Verlobung in keinem Fall mehr erwähnt würde, solange das nicht tatsächlich der Fall wäre.

Philipp hatte nach dieser Aussprache gut geschlafen und Gustav war ihm zur Hand gegangen, sodass er pünktlich zur vereinbarten Zeit an der Kutsche war. Sie hatten zugunsten einer rechtzeitigen Ankunft in Berlin im Vorfeld beschlossen, auf ein ausgedehntes Frühstück zu verzichten und stattdessen während der Fahrt zu speisen. Das war zwar ein recht unübliches Vorgehen, aber die Mamsell hatte auf Charlottes Bitten hin versprochen, ihnen einen Picknickkorb zu packen und so hatte er zugestimmt.

Trotz der frühen Uhrzeit knurrte sein Magen. Philipp war gewohnt, bald nach dem Aufstehen und Ankleiden zu frühstücken, aber als er Charlottes aufgeregtes Gesicht erblickte, während sie zur Tür hinausschlüpfte, war aller Hunger vergessen. Wären nicht Gustav und der Kutscher anwesend gewesen, wäre er versucht gewesen, ihre blassen Wangen zwischen die Hände zu nehmen und ihr einen Kuss auf die Stirn zu hauchen. Stattdessen lächelte er sie nur an und hielt ihr den Schlag auf, damit sie die Kutsche besteigen konnte.

Sie sagte keinen Ton, sah ihn nicht einmal an, griff aber nach seiner dargebotenen Hand und richtete ihren Rock, bevor sie sich setzte. Er spürte das inzwischen fast vertraute Flattern im Magen, das ihn erfasste, wenn er in ihrer Nähe war. Er konnte es kaum erwarten, sie als seine Verlobte einzuladen, um ihr das heimische Schloss zu zeigen. Vater und Else würden Augen machen, wenn er ihnen Charlotte als seine Braut vorstellte. Das glückliche Lächeln, das mittlerweile häufig auf seinen Zügen lag, wenn er sie sah, erhellte sein Gesicht. Wann war er jemals zuvor so zufrieden und erfüllt gewesen?

Schnell schlüpfte er hinter Charlotte in die Kalesche und nahm ihr gegenüber Platz. Sie fuhren mit einem leichten vierrädrigen Zweispänner mit Faltverdeck. Neben Charlotte stand ein ausladender Korb. Die Mamsell hatte Wort gehalten. Wenn dieses Mal nur alles gut ging. Er wusste, wie viel Charlotte dieser Tag bedeutete und er konnte sich nichts Schöneres vorstellen, als ihr ein Lächeln aufs Gesicht zu zaubern. Kaum hatte der Kutscher den Schlag geschlossen und Gustav ihnen verabschiedend zugenickt, griff Philipp schon begierig nach ihrer Hand. Ihre Finger waren so zartgliedrig und fein. Sie nahm sie zurück, ohne ihn anzusehen.

Verwirrt zog Philipp für einen Augenblick die Augenbrauen zusammen. Die Kutsche fuhr mit einem Ruck an und da er immer noch leicht nach vorn gebeugt war, hatte er Mühe, ihr nicht direkt in den Schoß zu fallen.

»Verzeihung«, murmelte er verschämt.

»Es ist nichts passiert«, versicherte sie ihm schnell. »Wollen Sie etwas essen?« Sie beugte sich geschäftig über den Korb, ohne eine Antwort abzuwarten.

Warum gab sie sich ihm gegenüber so förmlich? Sie waren doch allein. Nun, wenn ihr das ein Gefühl von Sicherheit gab, würde er selbstverständlich mitspielen. Allerdings musste er wissen, woran er war. Er zog sanft ihre Hand vom Korb weg und zwang sie so, ihn endlich anzusehen.

»Stimmt etwas nicht?«, fragte er zärtlich. Am liebsten hätte er sie an sich gedrückt, ihr die sichtliche Anspannung durch Liebkosungen genommen, aber er wollte sie nicht überrumpeln. »Ich habe mich so auf die gemeinsame Zeit mit Ihnen gefreut«, gestand er leise, als sie anstelle einer Antwort die Augen niederschlug. »Sie nicht?«

Sie blickte auf. »Doch, durchaus!« Ihre Stimme klang ergriffen.

»Sie brauchen nichts zu befürchten: Sobald wir wieder zurück sind, werde ich ganz formal um Ihre Hand anhalten. Sodann können wir jede freie Minute miteinander verbringen, ohne dass irgendjemand etwas dagegen vorbringen kann. Nicht einmal Ihre gestrenge Tante.« Der Zusatz mit der Tante war ihm spontan eingefallen, in der Hoffnung, dass der kleine Scherz geeignet wäre, ihr endlich ebenfalls ein Lächeln auf die Züge zu zaubern. Zu seiner Überraschung fuhr sie aufgebracht hoch.

»Nein!«, rief sie erregt aus und fuhr mit gedämpfter Stimme fort. »Nein, das geht nicht.«

Ungläubig sah Philipp sie an. Was sagte sie denn da? Für ihn war es eine ausgemachte Sache gewesen, dass sie sich verloben würden. Nach allem, was zwischen Ihnen geschehen war, hatte er keinerlei Zweifel daran gehegt.

»Aber Charlotte ...«, begann er, brach aber aus Mangel an passenden Worten, die seine Gefühle beschrieben, ab.

Nun sah sie ihm zum ersten Mal heute direkt in die Augen. Ihre Wangen waren bleich. »Es tut mir schrecklich leid, aber das ist unmöglich«, flüsterte sie so leise, dass er sie bei dem lauten Rattern der Räder fast nicht verstanden hätte.

Philipp spürte, wie ihn ein Schwindelgefühl gepaart mit Übelkeit überkam. Das hier war alles so unwirklich. Vor ein paar Minuten war er förmlich wie auf Wolken geschwebt, so glücklich war er durch das geglaubte Wissen um ihre Zuneigung gewesen. Aufgewühlt suchte er in ihren Augen nach Antworten. Meinte sie das ernst? Und was konnte sie zu diesem Sinneswandel getrieben haben? Der Schmerz in ihren Augen ließ ihn zusammenzucken. Eines der Kutschräder erwischte einen Stein und die Kalesche schlingerte, bevor August wieder die Kontrolle darüber erlangte. All das war unerheblich angesichts dessen, dass er gerade in ein tiefes, tiefes Loch fiel, ohne einen Halt zu finden. Else und Vater hatten offensichtlich recht: Er war nicht liebenswert genug, um das Herz einer Frau für sich zu gewinnen. Deshalb würde er für den Rest seines Lebens allein bleiben.

Charlotte sprang auf und hämmerte gegen das zugeklappte Dach der Kutsche. Sie konnten nicht weiter nach Berlin fahren und so tun, als wäre alles in Ordnung. Er sah so verletzt aus, so geknickt und voller Schmerz, dass es ihr unmöglich schien, ihn zu dieser Fahrt zu zwingen, die er nur für sie arrangiert hatte. Das hatte er nicht verdient. Nicht jetzt, nachdem sie ihm offensichtlich das Herz gebrochen hatte. Er hatte nicht einmal aufgeblickt, als sie sich erhoben hatte. Immerhin hatte August ihre Rufe gehört, denn sie hörte sein lautes »Ho ... Ho« und spürte, wie die Kutsche langsamer wurde. Philipp hatte sich mit geschlossenen Augen in die Ecke gelehnt und wirkte so, als müsse er sich in Kürze übergeben. Er schien von ihrem Ausbruch schwer getroffen. Das war auch gar nicht ihr Plan gewesen. Sie war sich nicht einmal bewusst gewesen, dass sie überhaupt eine Entscheidung getroffen hatte, aber die Worte waren über ihre Lippen gepoltert, bevor sie sich hatte fassen können. Seine Ankündigung, sich offiziell mit ihr verloben zu wollen, hatte ein Gefühl der Panik in ihr ausgelöst, welches ihr die Contenance geraubt hatte. Dadurch hatte ihre Ablehnung stärker gewirkt als beabsichtigt.

Nun war die Kutsche vollständig zum Stehen gekommen und Charlotte nestelte an der Tür, um sie zu öffnen und August ihre Befehle zurufen zu können. Bevor sie dazu kam, auszusteigen, wurde das Stoffdach zurückgeschoben und das rotwangige Gesicht des Stallmeisters erschien über ihren Köpfen.

Philipp lehnte reglos und mit geschlossenen Augen in der Ecke. Selbstredend wäre sie unglaublich gerne zu dem Symposium gefahren. Aber unter diesen Umständen brachte sie es nicht über sich, Philipp auf den Schreck ihrer Absage hin auch das noch zuzumuten. Charlotte warf ihm einen beunruhigten Blick zu und sagte: »Kehren Sie bitte um, August. Herr von Lotz fühlt sich nicht wohl.«

Die buschigen Augenbrauen des knorrigen Mannes zogen sich argwöhnisch zusammen, aber er nickte nur und murmelte etwas, das sich anhörte wie: »Schon recht.«

Er zog das Verdeck wieder zu und Charlotte konnte hören, wie er es arretierte, während sie sich auf ihrer Bank zurücklehnte und angestrengt hinausstarrte. Sie brachte es nicht über sich, Philipp weiter so leiden zu sehen. Ob sie ihm sagen sollte, dass sie ihn weiterhin mochte, doch eine Entscheidung zugunsten der Wissenschaft getroffen hatte? Nein, das würde ihm unter Umständen nur Hoffnung machen, dass ihr Entschluss vielleicht nicht so fest war. So weit durfte es nicht kommen, denn sie war sich nicht sicher, ob sie stark genug wäre, dabei zu bleiben, wenn er sie jetzt wieder umarmen würde. Sie hatte sich so unsagbar geborgen in seinen Armen gefühlt! Und ein Teil von ihr sehnte sich danach, allerdings musste sie sich und den einmal getroffenen Beschlüssen treu bleiben. Sonst erreichte sie gar nichts.

Die Kutsche fuhr langsam ruckelnd wieder an. Sie bemerkte, wie August die Kutsche wendete und atmete insgeheim auf. So sehr sie sich auf das Symposium gefreut hatte, so sicher war sie sich, dass die Umkehr die richtige Entscheidung war. Philipp brauchte Ruhe und sie Abstand von ihm, um nicht erneut an ihrem Entschluss zu zweifeln.

Sie legte den Kopf an die Wand und schloss die Augen. Ihr Leben hatte gerade eine neue Wendung genommen und das erfüllte sie gleichzeitig mit Freude, aber gleichzeitig mit unerwartet viel Trauer.

Als sie auf dem Hof einfuhren, war Vater gerade dabei, vom Haus in Richtung Stall hinüberzuschlendern. Er blickte überrascht auf die Kutsche und rief August irgendetwas zu. Die Kalesche kam zum Stillstand und ein paar Sekunden später war Vater an deren Seite und öffnete den Schlag.

»Das war aber ein kurzes Vergnügen«, sagte er und ließ forschend den Blick von einem zum anderen wandern. »Entweder ihr seid nach Berlin und zurück geflogen oder irgendetwas ist vorgefallen«, stellte er mit gerunzelter Stirn fest.

Bevor er dazu kam, genauer nachzuforschen, bat Charlotte: »Könnten wir bitte aussteigen?«

Vater sah sie verwundert an, trat aber einen Schritt zurück und klappte den Tritt herunter. »Nur zu, wertes Fräulein«, sagte er ironisch und blinzelte Philipp zu. Charlotte wagte es nicht, den Kopf zu wenden, aber sie hörte, wie Philipp sich hinter ihr anschickte, aufzustehen.

»Sie müssen entschuldigen, Herr von Cossin«, sagte

Philipp nun mit schwacher Stimme. »Ich scheine mich bei Luise angesteckt zu haben.«

Charlotte spürte ein warmes Gefühl der Dankbarkeit durch ihren Körper fluten. Mit seiner Bemerkung hatte er Vaters Inquisitionen den Wind aus den Segeln genommen.

»Das tut mir sehr leid«, sagte Vater bedauernd. Er reichte erst Charlotte und anschließend Philipp die Hand, um ihnen aus der Kutsche zu helfen.

»Sie verzeihen, wenn ich mich gleich zurückziehe?« Philipps Stimme klang brüchig.

Charlotte warf ihm nur einen kurzen Blick zu, doch es war offensichtlich, warum Vater ihm glaubte. Der Arme war ganz grün im Gesicht und seine Bewegungen waren deutlich verlangsamt.

»Ich werde gleich nach dem Doktor schicken lassen«, sagte Vater besorgt.

Philipp widersprach ihm nicht, sondern ging mit schweren Schritten zur Treppe.

Charlotte blieb stehen und sah ihm hinterher. Er tat ihr so unendlich leid. Warum nur fühlte sie sich jetzt, nachdem sie diesen schwierigen Entschluss gefasst hatte, nicht deutlich besser als sie es gerade tat?

Maman sah ihr mit hochgezogenen Brauen entgegen. Sie saß allein im Salon und war mit einigen Papieren beschäftigt, die sie schnell beiseiteschob, als Charlotte eintrat.

»Hast du erkannt, dass dieses Hirngespinst mit den Symposien ein Ende haben muss?«, fragte sie und bedeutete Charlotte mit einem mitfühlenden Lächeln, ihr gegenüber Platz zu nehmen.

»Keineswegs!« Charlotte schüttelte empört den Kopf. »Herr von Lotz fühlte sich nur auf einmal unwohl.«

Sie errötete leicht. Obgleich sie nur Philipps kleine Notlüge weiterführte, hatte sie ein schlechtes Gewissen dabei. Maman sah sie mit erhobenem Kinn prüfend an. »Soso«, erwiderte sie betont langsam.

»Du glaubst mir nicht?«, fuhr Charlotte auf. »Du kannst ihn jederzeit fragen. Er hat sich auf sein Zimmer zurückgezogen. Vater hat schon nach dem Arzt geschickt.«

Maman zog eine Augenbraue hoch, wohl um ihr zu signalisieren, dass sie trotz allem Zweifel an der Geschichte hatte. Doch sie brachte immerhin die Güte auf, mitzuspielen. »Ich bitte die Mamsell gleich, etwas Tee und Gebäck zu ihm zu bringen, damit er sich stärken kann.«

»Das ist sicher eine gute Idee. Wir sind nicht zum Essen gekommen.«

»Ihr wart wohl beschäftigt«, stellte Maman fest.

Wieder wurde Charlotte heiß. Ihre Wangen waren bestimmt feuerrot. »Wo steckt eigentlich Tante Tilly heute Morgen? Ist sie noch nicht auf?«, bemühte sie sich, das Gespräch auf ein anderes Thema zu lenken.

Mamans Gesicht verzog sich für einen Augenblick, dann straffte sie die Schultern und drückte den Rücken durch. Ein Zeichen, dass ein Thema für sie abgeschlossen war. »Sie bereitet ihre Abreise vor«, sagte sie schmallippig und wandte den Blick ab. Von ihrem Platz auf dem Sofa konnte sie den gesamten Hof überblicken. Charlotte folgte ihrem Blick und konnte sehen, wie Benno die Tränkeeimer für die Pferde am Brunnen befüllte und zurück zum Stall zuckelte.

»Aber wo will sie denn hin?«

»Nach Hause.« Mamans Stimme war tonlos.

»Wollte sie nicht hierbleiben, jetzt wo ...« Charlotte hielt inne. Maman drehte blitzschnell ihren Kopf um. Ihre Augen funkelten wütend.

»Sie ist eben ein dummes Huhn. Unbelehrbar, c'est incroyable!«

»Ich verstehe nicht ganz«, stammelte Charlotte. »Was will sie denn jetzt dort, solange ihre Finanzen nicht …«

»Heiraten!« Maman schnaubte empört. »So ein dummes Ding! Dabei kennt sie den Mann kaum. Es geht ihr nur darum, dass ihre Verbindlichkeiten so schnell wie möglich aus der Welt sind.« Mamans Stimme war flach vor lauter Zorn über ihre Schwester.

»Das ist … das ist …« Charlotte rang nach Worten. »Ungeheuerlich? Dämlich? Kurzsichtig? Such dir eins davon aus. Alle passen.« Maman sprang auf und begann so schnell auf- und abzulaufen, dass ihre Röcke raschelten. Offenbar versuchte sie, die Wut auf Tilly durch Bewegung abzumildern. »Sie sagte mir ins Gesicht, dass ich naiv sei, anzunehmen, derartige Probleme ließen sich aus der Welt schaffen, ohne dass man seine weiblichen Vorzüge einsetze. Incroyable!« Ihre Stimme wurde mit jedem Wort lauter.

»Warum verkauft sie nicht eines ihrer Schlösser? Das sollte doch fürs Erste genügen, um ihre Schulden zu tilgen.« Charlotte sah Maman fragend an. Doch diese rang nur die Hände und schüttelte den Kopf, während sie ihren Marsch durch den Salon fortsetzte.

Charlotte sah ihr staunend zu. Sie konnte sich nicht erinnern, Maman schon einmal derartig erregt erlebt zu haben. Noch immer setzte diese ihren aufgebrachten Weg durch den Salon fort. Nach ein oder zwei Minuten erhob sich Charlotte. Sie passte ab, dass Maman wieder ihre Seite des Zimmers erreicht hatte und legte ihr schnell die Hand auf die Schulter, um sie aufzuhalten.

»Warte ab. Vielleicht ist ihre Wahl gar nicht so schlecht und ihr neuer Gemahl sogar ganz nett.«

Maman, die einen halben Kopf kleiner war als sie, schnaubte ein weiteres Mal missbilligend. Gleich darauf aber zuckte sie mit den Schultern und sagte: »Ich kann sie nicht vor jedem Fehler bewahren. Sonst hätte sie diese kläffenden Wollknäule nicht, glaub mir.« Ihre Augen funkelten.

Charlotte biss sich auf die Unterlippe, um nicht über die Spitze ihrer Mutter zu lachen. Niemand hier mochte Dauphin und Empereur, aber Tante Tilly liebte ihre ungezogenen Schoßhunde heiß und innig.

»Vielleicht lässt ihr zukünftiger Bräutigam ja von den Heiratsplänen ab, wenn er die beiden kennenlernt.« Charlotte grinste.

Maman hob drohend den Zeigefinger, aber ihr eben noch wütendes Gesicht wirkte nicht mehr ganz so angespannt. Und schließlich gluckste sie los. Charlotte stimmte ein, erleichtert über die Tatsache, dass sie es erfolgreich geschafft hatte, Maman aufzuheitern und von dem heiklen Thema ihrer überstürzten Rückkehr abzulenken.

Philipp lag bei vorgezogenem Vorhang und mit knurrendem Magen auf seinem Bett und presste die Hand über die Augen. Er wollte nichts sehen oder hören. Vor ein paar Minuten hatte Gustav geklopft und ihm frischen Tee und einen Brief gebracht. Er hatte Philipp angeboten, etwas Gebäck oder Obst zu bringen, aber Philipp hatte entschieden den Kopf geschüttelt. Sein Hunger unterstrich nur, wie er sich gerade fühlte. Er wollte ihn nicht betäuben, denn sein verletztes Herz ließ sich eben nicht so einfach kitten. Und er wollte auch nicht über das Vorgefallene reden. Noch nicht einmal mit Gustav.

»Kann ich Ihnen etwas anderes bringen, mein Herr? Ein leerer Magen lässt einem viele Probleme größer erscheinen, als sie letztendlich wirklich sind«, gab sein Kammerdiener zu bedenken.

Philipp schüttelte entschlossen den Kopf. »Lassen Sie nur den Tee hier. Alles andere kann fort. Meine Probleme lassen sich nicht so einfach mit Völlerei lösen.« Seine Stimme klang flach und teilnahmslos. Er bemerkte Gustavs mitleidigen Blick und drehte sich daraufhin demonstrativ in Richtung Wand.

»Sie können gehen«, ließ Philipp ihn wissen und schloss die Augen, um sich ganz seinem tiefsitzenden Kummer hingeben zu können.

Gustav zögerte einen Moment, dann räusperte er sich und sagte leise: »Die Zuneigung zu einem anderen Menschen bringt nicht immer nur Höhen mit sich mich. Manchmal muss man auch Täler durchwandern, um sich der Schönheit der Gipfel wirklich bewusst zu werden.« Damit öffnete er endlich die Tür und trat hinaus in den Korridor.

Unwillig schnaubte Philipp, als er wieder die Augen öffnete, sich aufsetzte und nach der Teetasse griff. Gustav mochte ein kluger Mann sein, aber diese ominösen Vergleiche seines Herzschmerzes mit einer Berglandschaft führten ihn hier in der brandenburgischen Ebene auch nicht weiter.

Der Tee, den er schnell heruntergestürzt hatte, war viel zu heiß gewesen. Er hatte sich die Zunge verbrannt und leise geflucht. Nichts funktionierte heute. Gar nichts. Er hatte sich den Tag deutlich anders vorgestellt, als er bis jetzt verlaufen war. Eigentlich sollte er jetzt mit einer glücklichen Charlotte auf diesem Symposium in Berlin sein. Sie sollten verliebte Blicke austauschen und heimlich Händchenhalten, wenn keiner hinsah. Stattdessen lag er allein und hungrig in seinem Bett und grämte sich. Und dann war da dieser Brief. Er kannte die Handschrift. Es war die seines Vaters. Einerseits war er gerührt, dass ihm Vater endlich einmal schrieb, denn Philipp konnte sich nicht erinnern, jemals Post von seinem Vater erhalten zu haben. Nicht einmal in der Zeit, als er bei Verwandten in England geweilt hatte, um seine Fremdsprachenkenntnisse auszubauen, hatte Vater ihm geschrieben. Nun aber war da dieser Brief und Philipp fragte sich, warum Vater ihm gerade jetzt schrieb. Ob er ihn vermisste und ihn bat, nach Hause zu kommen, weil ihm aufgefallen war, dass mit Else und dem neuen Kind allein zu sein, nicht die Erfüllung seiner Träume war?

Natürlich konnte es in die andere Richtung losgehen: Womöglich verhöhnte Vater ihn in diesem Brief nur weiterhin, wie er das in den letzten Wochen getan hatte. Das würde er heute definitiv nicht auch noch ertragen. Charlottes Abfuhr hatte ihn aus allen rosa Wolken fallen lassen, in denen er sich seit jener Nacht wähnte, als sie sich im Unterrichtszimmer geküsst hatten. Ein weiterer emotionaler Rückschlag würde ihn zerbrechen, so befürchtete er. Zwar mochte er auf seine Umwelt kühl und manchmal überakkurat wirken, aber in seinem Inneren sah es ganz anders aus. Das steife Festhalten an Etikette und Vorschriften diente vor allem dem Schutz seines sensiblen Innenlebens. Er zog sich lieber zurück, als die Konfrontation zu suchen. Bevor er mit jemandem über seine Gefühle sprach, musste er schon außerordentliches Vertrauen zu seinem Gegenüber gefasst haben. Eigentlich hatte er gedacht, dass Charlotte so jemand wäre, dem man vertrauen konnte. Es hatte sich herausgestellt, dass er sich darin geirrt hatte. Das war zwar nicht das Ende der Welt, hatte ihn aber deutlich aus der Fahrspur gebracht. Und nun war da dieser unerwartete Brief. Er selbst hatte sich in den Wochen, die er bereits hier war, nicht ein einziges Mal bei Vater und Else gemeldet. Allerdings war davon auszugehen, dass sie Gustav bei seinem kurzen Aufenthalt zu Hause zur Genüge über alles ausgequetscht hatten, was sie wissen wollten.

Unschlüssig nahm Philipp den Brief erneut auf und drehte ihn zwischen seinen Fingern hin und her. Er hob ihn dicht vor seine Augen, aber in der Dunkelheit, die sein Zimmer beherrschte, konnte er nichts erkennen. Stöhnend stand er auf und öffnete den Vorhang. Licht strömte hinein, dennoch konnte er nichts durchschimmern sehen, als er den Brief dagegenhielt. Das teure Briefpapier der Familie von Lotz ließ nichts durchscheinen.

So musste sich Charlotte beim Erhalt ihrer Briefe gefühlt haben: Die Ungewissheit zerfraß einen förmlich. Kurzentschlossen riss er den Umschlag auf und entfaltete mit angehaltenem Atem das Papier. Eilig überflog er die Zeilen und bemerkte zu seiner Verwunderung, dass er gerührt war. Erneut las er den Brief und ein warmes Gefühl breitete sich in seiner Brust aus.

Er war nun also großer Bruder. Und das sogar gleich zweimal. Else hatte gesunde Zwillinge zur Welt gebracht. Einen Jungen und ein Mädchen. Vater war sehr glücklich, beklagte sich aber darüber, dass jetzt unaufhörlich Kindergeschrei durchs Haus tönte und Else ständig ein Kind im Arm hätte und erwarte, dass er es ihr nachtat. Ein Grinsen schlich sich auf Philipps Gesicht. Offenbar war es nicht so einfach, auf seine alten Tage eine so viel jüngere Frau zu heiraten und erneut Vater zu werden. Und gleich zweifach. Vielleicht sollte Philipp nach Hause zurückzukehren, um die Geschwister kennenzulernen und dort seine Studien fortzusetzen. Es hörte sich so an, als wären sowohl Vater als auch Else inzwischen so beschäftigt, dass sie ihn in Ruhe lassen würden.

Am liebsten hätte sich Charlotte nach dem Gespräch mit Maman noch einmal hingelegt. Sie hatte in dieser Nacht wenig geschlafen und der Morgen war so aufreibend gewesen, dass sie sich erschöpft fühlte. Außerdem würde heute ohnehin kein Unterricht mehr stattfinden. Aber sie fürchtete, dass ihre aufgewühlten Gedanken ihr hier drinnen keine Ruhe lassen würden. Sie musste raus ins Sonnenlicht. Die frische Brise, die heute zu ihrer Erleichterung wehte, würde ihr die Sorgen aus dem Kopf vertreiben. Natürlich war sie nach Mamans Enthüllungen über Tante Tilly sofort zu ihr gegangen. Sie war von der Hoffnung getrieben gewesen, die Beweggründe der Tante besser zu verstehen oder sie im besten Fall sogar davon abzuhalten, sich einem Wildfremden an den Hals zu werfen, um ihre finanziellen Probleme loszuwerden. Tante Tilly zeigte allerdings keinerlei Bereitschaft, über ihre Pläne zu reden. Stattdessen gab sie ihrem Mädchen in so schneller Folge Anweisungen, das Charlotte der Kopf brummte. Währenddessen Charlotte war damit beschäftigt, die beiden unbändigen Hündchen abzuwehren.

Charlotte hatte einsehen müssen, dass die Tante nicht

einmal auf sie hören wollte. Tante Tilly hatte sich ihre Pläne in den Kopf gesetzt und wollte keine Einwände hören. Nicht einmal von Charlotte.

Daher war Charlotte unverrichteter Dinge in ihr Zimmer gegangen, um das Nötigste für einen ausgedehnten Ausflug zusammenzupacken. Sie hoffte, dass eine Exkursion sie ablenken und sie mit etwas Glück sogar einen außergewöhnlichen Stein finden würde. Der Picknickkorb stand unangetastet in der Halle und würde ihr dabei gute Dienste leisten.

Als sie an Luises Gemach vorbeiging, lauschte sie kurz, ob sie ihr vorher einen Besuch abstatten konnte, doch regelmäßige Atemzüge verrieten ihr, dass ihre Schwester schlief. Das war gut. Sie war nicht völlig gesundet und brauchte jede Kraftquelle, derer sie habhaft werden konnte. Schlaf war eine der besten. So leise wie möglich lief sie weiter.

Im Flur begegnete sie Rochus, der kräftig nieste. Seine Augen waren fast zugeschwollen.

»Kommst du aus dem Stall?«, fragte Charlotte mitfühlend.

Ihr Bruder nickte und nieste ein weiteres Mal.

»Was soll das werden, wenn du das Gut eines Tages erbst, aber jedes Mal, wenn du in die Nähe des Stalles kommst, eine Erkältung bekommst?«

Rochus zuckte mit den Schultern. »Ich kann mir durchaus nettere Dinge vorstellen, als täglich in den Stall zu gehen und auszumisten. Wenn Vater nicht beständig darauf bestehen würde …«

»Spül dir am besten die Augen und die Nase aus. So wird es sicher besser.« Sie sah den Fünfzehnjährigen mitleidig an, griff dann nach dem Picknickkorb und machte sich daran, das Haus zu verlassen.

»Du kannst nicht alles allein nehmen. Fabian und ich haben uns schon die ganze Zeit darauf gefreut, seit wir gehört haben, dass ihr wieder da seid«, protestierte Rochus.

Charlotte drehte sich um und lächelte ihm zu. »Na los, sieh schnell nach, was euch beiden gefallen könnte und den Rest nehme ich mit.«

Ein Lächeln breitete sich auf den verquollenen Zügen ihres Bruders aus, als sie den Korb wieder hinstellte und er begann, begierig darin zu kramen. Er zog zwei Hähnchenschenkel und einen kleinen Napfkuchen heraus und ging strahlend mit seinen Schätzen in Richtung seines Zimmers.

»Aber gib Fabian etwas ab«, erinnerte Charlotte ihn, während sie sorgsam das verrutschte Tuch zur Abdeckung wieder in den Korb steckte. »Und vergiss nicht, deine Augen auszuspülen.«

»Mach ich. Und vielen Dank noch mal!« Rochus drehte sich um und winkte ihr mit dem Napfkuchen zu.

Charlotte klemmte sich den Korb erneut unter den Arm und trat endlich hinaus in den Sonnenschein.

Mit schnellen Schritten lief sie am Haus vorbei in Richtung Garten. Eigentlich wollte sie viel weiter, um an einer geeigneten Stelle ein paar Grabungen auszuführen. Fürs Erste musste sie jedoch ihren Hunger stillen. Ihr Magen krampfte sich zusammen und erinnerte sie daran, dass er heute bisher leer geblieben war.

Als sie sich ihrem Lieblingsplätzchen neben den Pflaumenbäumen näherte, sah sie voller Erstaunen, dass es besetzt war. Philipp saß dort und sah ihr entgegen.

»Charlotte, was für eine Überraschung.« Er verzog keine Miene. Sie hatte keine Idee, ob ihn ihre Begegnung erfreute oder er sich durch ihr Erscheinen gestört fühlte.

»Geht es dir besser?«, fragte sie zögernd. Sollte sie jetzt

hierbleiben oder wäre es günstiger, sich einen anderen Ort zu suchen, damit es nicht wieder zu peinlichen Momenten zwischen ihnen käme? Im Grunde genoss sie sowohl seine Gesellschaft als auch die Gespräche mit ihm und sie war für gewöhnlich keine, die vor schwierigen Situationen davonlief.

»Viel besser. Danke der Nachfrage.« Philipps Mundwinkel zuckten leicht. Er wirkte wie verwandelt im Vergleich zu heute Morgen in der Kutsche.

»Das freut mich zu hören. Stört es dich, wenn ich mich zu dir geselle?«

»Es würde mich sogar sehr froh stimmen.« Er lächelte ihr zu. Sie konnte Lachfältchen in seinen Augenwinkeln erkennen.

»Vielleicht möchtest du sogar mit mir gemeinsam picknicken?« Charlotte begann, die Leckereien, die Rochus zurückgelassen hatte, auf dem Tischchen zu verteilen. Ein frisches Brot war dabei, ein ordentliches Stück Käse, zwei Äpfel und ein kleiner Bottich mit Marmelade.

»Da sage ich nicht nein. Mein Magen rumort inzwischen schon so laut, dass ich meine eigenen Gedanken kaum mehr hören kann.«

Charlotte lachte auf. »Mir geht es ganz genauso. Die Jungen haben sich ebenfalls ein wenig gütlich getan, aber ich denke, es ist genug übrig, um uns bis zum Mittagessen über Wasser zu halten.«

Er nickte mit einem verschmitzten Grinsen. »Da bin ich mir fast sicher.«

Schweigend schnitt er ein paar üppige Scheiben von dem Brot ab, während Charlotte damit beschäftigt war, diese mit Marmelade zu bestreichen. Als genügend Brot geschnitten war, trennte er einige Stücke von dem Käse ab, bevor er das Messer gründlich an dem Tuch abwischte und sorgsam wieder einwickelte. Die Mamsell hatte an alles gedacht, obwohl Charlotte bei dem Gedanken, dass sie das Brot in der wackelnden Kutsche hätten schneiden müssen, zugleich heiß und kalt wurde.

Sie biss genießerisch in ihr Brot und schloss die Augen.

»Es tut mir leid, wenn ich dich inkommodiert habe. Nichts lag mir ferner«, hörte sie plötzlich seine leise Stimme.

Sie öffnete die Augen. Sein Blick ruhte auf ihr. Eilig schüttelte sie den Kopf. »Das hast du keineswegs. Ich bin es, die sich entschuldigen muss. Meine gefühllosen und unnötig harschen Worte haben dir offensichtlich Kummer bereitet.«

»Es ist nicht leicht für mich, über meine Gefühle zu sprechen.«

»Das ist es für Niemanden. Zumindest kann ich es mir nicht vorstellen.«

»Wollen wir es noch einmal versuchen? Ich würde es dir so gerne ermöglichen, ein Symposium zu besuchen.«

Sie zögerte. Die Neugier, einmal mitzuerleben, was dort geschah, nagte nach wie vor an ihr. Sie würde für ihr Leben gerne dort über ihre Erkenntnisse sprechen und sich mit Gleichgesinnten austauschen. Andererseits wollte sie ihm nicht den Eindruck vermitteln, dass sie von ihrer Entscheidung abweichen würde.

»Das ist überaus freundlich von dir …«, begann sie.

Sofort fiel er ihr voller Begeisterung ins Wort: »Tun wir es doch. Morgen wird die heutige Veranstaltung fortgesetzt und man erwartet uns weiterhin.«

Seine blauen Augen blitzten freudig. Und bevor sie es sich versah, spürte Charlotte, wie sie lächelnd nickte.

KAPITEL FÜNFZEHN

*I*m Morgengrauen des nächsten Morgens saßen sie wieder in der Kutsche. Die Mamsell hatte zwar ein wenig geschimpft, als Charlotte sie erneut gebeten hatte, ihnen einen Picknickkorb zu bereiten, doch nun stand das gute Stück verheißungsvoll neben ihr auf der Bank.

Philipp war fest entschlossen, dass dieses Mal alles glatt gehen musste. Es war ihr dritter Anlauf, endlich ein Symposium zu besuchen, und dieses Mal würde nichts schiefgehen. Er zumindest würde jedes heikle Thema zwischen ihnen meiden, bis Charlotte ihren Traum endlich erlebt hatte. Zu seiner großen Erleichterung verlief die Kutschfahrt unkompliziert. Sie frühstückten ausgiebig und redeten über ungefährliche Belanglosigkeiten, beobachteten die an ihnen vorüberziehende Landschaft und vertieften sich in die mitgebrachte Lektüre.

Pünktlich um neun Uhr fuhren sie vor dem beachtlichen Palais, in dem das Symposium heute stattfinden sollte, vor.

Philipp spürte, wie ihn die vorher verdrängte Nervosität unerbittlich überfiel. Hoffentlich würden sie beide problemlos eingelassen werden. Er wollte Charlotte eine unangenehme Szene wie beim letzten Mal unbedingt ersparen. Dieses Mal hatte er den Brief, der ihnen beiden die Teilnahme zusicherte, gefaltet in seiner Westentasche dabei. Was sollte also schon schiefgehen?

Er bemühte sich, Charlotte nichts von seiner Anspannung merken zu lassen. Sie sollte den Tag genießen, soweit es ging und sich nicht von seiner Aufregung anstecken lassen.

So galant wie möglich half er ihr aus der Kutsche, ängstlich darum bestrebt, ihr nicht zu zeigen, wie sehr seine Hände zitterten. Charlottes Finger bebten und er drückte sie sanft, bevor er sie wieder freigab und ihr seinen Arm reichte, um sie zum Portal zu führen.

Bevor sie den Eingang erreicht hatten, schoss ein junger Mann eifrig herbei.

»Sind Sie wegen des Symposiums hier?«, fragte er Philipp mit schrägem Blick auf Charlotte an seiner Seite.

Philipp blieb gar nicht erst stehen, um dem Bürschchen zu signalisieren, dass er sich nicht aufhalten lassen würde.

»Von Lotz. Man erwartet uns.« Angesichts seines inneren Aufruhrs klang seine Stimme überraschend fest.

»Herr von Lotz!« Der Mann strahlte auf. »Wir haben Sie bereits gestern erwartet. Schön, dass Sie es einrichten konnten.« Er lief aufgeregt hin und her. Um ein Haar wäre Philipp zu Fall gekommen, hätte er nicht rechtzeitig sein Tempo gedrosselt. Direkt am Eingang des Palais kamen sie zum Stehen. »Das ist meine Begleiterin, Fräulein von Cossin.« Er deutete mit einem Nicken auf die an seinem Arm hängende Charlotte. Sie war erschreckend blass. Auch ihr war ihre letzte Abfuhr offenbar überaus präsent in ihrer Erinnerung. Der Jüngling nickte ihr hastig zu, vermied es dabei aber, sie anzusehen. »Ich werde Bescheid geben, dass Sie angekommen sind«, wandte er sich wieder an Philipp.

»Nicht nötig, das können wir selbst tun. Hier entlang?« Philipp deutete mit dem Kinn in Richtung der ausladenden Freitreppe, um deren Läufe Blumen gewunden waren. Charlotte gab keinen Ton von sich. Sie schien eingeschüchtert von dem eindrucksvollen Rahmen, in dem das Symposium abgehalten wurde. Wenn nur alles gut ginge und sie heute Abend zufrieden wieder in die Kutsche steigen könnten!

»Ganz richtig. Die Treppe hoch und gleich rechts. Sie können es kaum verfehlen.« Man konnte dem jungen Mann ansehen, wie gerne er vor ihnen her die Treppe emporgestürmt wäre und ihre Ankunft verkündet hätte. Ein weniger fulminanter Auftritt erschien Philipp besser, vor allem angesichts der Tatsache, dass Charlotte an seiner Seite von Minute zu Minute nervöser zu werden schien und sie als eine von wenigen Frauen ohnehin schon für ausreichend Aufsehen sorgen würde.

Als sie gemäßigten Schrittes die Treppe erklommen, drückte er beruhigend ihre Hand. Sie sah zu ihm auf. Ihre Züge waren so angespannt, wie er sie nie erlebt hatte. Das arme Ding! Hätte er geahnt, welche Aufregung das ganze Unterfangen für sie bedeuten würde, hätte er ihr wahrscheinlich geraten, Abstand davon zu nehmen.

Er beugte sich zu ihr hinüber und flüsterte: »Alles wird gut. Man wird beeindruckt sein von deinen Erkenntnissen über die Zusammensetzung des Rosenquarzes.«

Sie kniff die Lippen aufeinander und nickte nervös.

Inzwischen hatten sie den Treppenabsatz erreicht und

schritten den Läufer entlang, der zu zwei geschlossenen Flügeltüren führte, hinter denen zahlreiche aufgebrachte Stimmen zu hören waren.

Philipp nickte Charlotte ein letztes Mal ermutigend zu, dann drückte er die Klinke herunter. Charlotte neben ihm erstarrte. Er konnte es ihr nicht verdenken: Eine große Menschenmenge wogte durch die Stuhlreihen. Offenbar war gerade ein Vortrag beendet worden und man hatte das Bedürfnis, sich in kleineren Gruppen darüber auszutauschen. Das Gedränge erinnerte Philipp an ein emsiges Bienenvolk.

»Welches Thema steht als Nächstes auf dem Plan?«, wandte er sich an einen vorbeilaufenden älteren Mann, dessen Hose reichlich zerknittert wirkte.

Dieser zuckte nur mit den Schultern. »Das wird wohl etwas dauern. Zunächst mal diskutieren alle über den Unsinn, den der letzte Redner über Quarze verzapft hat.« Er schüttelte den Kopf, wohl um seine Fassungslosigkeit über den Inhalt des eben Gehörten zum Ausdruck zu bringen.

»Ach, wie ärgerlich, dass wir das verpasst haben. Meine Assistentin, Fräulein von Cossin, hat gerade eine sehr interessante Abhandlung über Rosenquarze verfasst.«

Der Mann blinzelte sie über seine herabgerutschten Brillengläser verblüfft an. Nun kam wieder Leben in die erstarrte Charlotte. Das Wort *Rosenquarz* schien sie aus ihrer Erstarrung gelöst zu haben.

»Wussten Sie, dass Rosenquarz durch die Einwirkung von Sonnenlicht seine Farbe verlieren kann? Ich hege ja die Vermutung, dass dadurch das Mineral, das ihm seine Farbe verleiht, abgebaut ...«, sprudelte es aus ihr heraus, bis der Mann mit der Brille sie scharf unterbrach. »Vielen Dank.

Ich muss weiter. War nett, Sie kennenzulernen, Herr ...« Er blickte Philipp mit erwartungsvoll gehobenen Brauen an.

»Lotz. Philipp von Lotz.« Er deutete eine knappe Verbeugung an. Das Gesicht des Mannes, das sich bei Charlottes Worten mehr und mehr verschlossen hatte, strahlte auf. »Ach, doch nicht der von Lotz, der diese interessanten Überlegungen über die unterschiedlichen Fossilien in den Erdschichten geschrieben hat? Ich freue mich sehr, endlich Ihre Bekanntschaft zu machen. Mein Name ist Meyersdorff.«

»Ja, das ist von mir«, gab Philipp zu. Es ärgerte ihn, wie dieser Kerl Charlotte vollkommen ignorierte.

Herr Meyersdorff riss plötzlich den Arm in die Höhe, winkte hektisch und rief laut: »Hier ist Philipp von Lotz und er hat interessante Neuigkeiten über die Lichtempfindlichkeit von Rosenquarz.«

»Nein, das ist nicht wahr. Die Entdeckungen hat Fräulein von Cossin ganz allein gemacht«, beeilte sich Philipp zu erklären, aber Herr Meyersdorff hörte ihm gar nicht zu. Immer mehr Menschen strömten auf sie zu. Nervös drehte er sich zu Charlotte um, die sich aus seinem Arm gelöst hatte und ein paar Schritte in Richtung Wand zurückgewichen war.

Niemand beachtete sie. Stattdessen schüttelten ihm Wildfremde plötzlich die Hand. Namen prasselten auf ihn ein und man klopfte ihm auf die Schulter. Er blickte sich suchend nach Charlotte um, konnte jedoch nur einen Zipfel ihres Kleides erkennen, nicht aber ihr Gesicht.

Das hier hatte er nicht kommen sehen. Es war nicht richtig. Sie waren hierhergereist, damit Charlotte ihren Auftritt haben konnte, nicht er!

Philipp straffte die Schultern und sagte laut: »Einen

Augenblick bitte, meine Herren!« Verblüffte Blicke trafen ihn. »Charlotte, würdest du freundlicherweise zu mir kommen?« Es war das erste Mal, dass er sie in aller Öffentlichkeit duzte. Langsam öffnete sich die Phalanx von Körpern, die ihn umgab und machte den Weg frei für die neben all den Männerkörpern fast schmächtig wirkende Charlotte.

Er lächelte ihr zu und breitete den Arm aus, um ihr zu bedeuten, sich zu ihm zu gesellen. Sie erwiderte das Lächeln nicht. Ihr Gesicht wirkte ernst und verschlossen. Es lag in seiner Hand, das zu verändern.

»Sie sehen eine begabte Wissenschaftlerin vor sich, die überaus interessante Hintergründe über die Färbung der Rosenquarze aufgedeckt hat. Wir sind hier, damit Sie alle von diesen außerordentlichen Erkenntnissen erfahren können.«

Er nickte Charlotte aufmunternd zu. Ein nervöses Lächeln huschte über ihre Züge, als sie ihn dankbar ansah. Sie räusperte sich und setzte gerade an, etwas zu sagen, als sie von einem der Männer unterbrochen wurde: »Es wäre uns lieber, diese Dinge direkt von Ihnen zu hören, Herr von Lotz!« Zustimmendes Gemurmel erfüllte den Raum. Philipp schüttelte hastig den Kopf. »Es sind allein die Forschungsergebnisse von Fräulein von Cossin, daher wäre es *mir* lieber, sie würde die Präsentation …«

»Aber bitte, werter Herr Kollege, wir wissen ohnehin alle, dass Sie dahinterstecken müssen.« Ein älterer Mann mit ausladendem Schnurrbart, klopfte ihm lachend auf die Schulter.

»Nein, keineswegs«, beteuerte Philipp eilig, doch er kam nicht durch mit seinem Anliegen. Die Männer waren nicht bereit, Charlotte anzuhören. Sie stand neben ihm, aber sie schien erkannt zu haben, dass ihr Traum, eine Rede auf einem Symposium zu halten, weiter weg erschien als jemals zuvor. Er hatte es zwar geschafft, sie hierherzubringen, aber er hatte seinen Einfluss auf die anderen Teilnehmer massiv überschätzt. Es war eine Sache, ihr auf trickreiche Weise den Zutritt zu verschaffen, allerdings eine ganz andere, die verkrusteten Strukturen aufzubrechen und die absolut männerbeherrschte Wissenschaftswelt dazu zu bringen, sie anzuhören.

Philipp hob entschlossen das Kinn und legte beschützend den Arm um Charlotte. Sie wirkte so zerbrechlich wie eine dieser zarten Porzellanfiguren, die man auf Kaminsimsen sah.

»Lass uns gehen«, raunte er ihr zu und sie nickte eilig mit gesenktem Kopf.

Unbehelligt von der Menge, die sich schon zerstreute, erreichten sie die Tür. Bevor sie hindurchtreten konnten, um die Treppe hinunter zu nehmen, trat ein junger Mann auf sie zu. Die wachen Augen hinter seinen blitzenden Brillengläsern blickten sie aufmerksam an.

»Wollen Sie schon gehen? Ich hätte sehr gerne einen Blick auf Ihre Abhandlung geworfen. Seit Längerem arbeite ich ebenfalls auf dem Gebiet der Quarze und der Rosenquarz ist eines meiner liebsten Forschungsgebiete.« Seine Stimme klang überraschend hell in dem Gemurmel um sie herum und ein paar der anderen Besucher drehten sich nach ihnen um. Erfreut löste Philipp den Arm von Charlottes Schultern, um ihr die Freiheit zu geben, die Papiere aus der mitgebrachten Tasche zu ziehen. Sie zögerte, während sie den Mann aufmerksam anblickte, als wollte sie überprüfen, ob er seine Worte tatsächlich ernst meinte. Philipp nickte ihr aufmunternd zu.

Der Jüngling aber schüttelte hastig den Kopf. »Wir wissen doch alle, dass der Aufsatz von Ihnen stammen muss, Herr von Lotz. Keine Frau wäre in der Lage, ein derartig umfassendes Thema überhaupt zu erfassen.« Er lächelte Philipp über Charlottes Kopf gönnerhaft zu und nickte bedeutsam.

Aus den Augenwinkeln bemerkte Philipp, wie Charlotte neben ihm gleichsam zu Eis gefror. Ihr Blick wurde starr und sie regte sich nicht mehr. Er musste sie hier herausbringen. Und zwar so schnell wie möglich. Die hier versammelten Ignoranten waren viel zu erfüllt von der eigenen Herrlichkeit, als dass sie anerkennen konnten, dass eine Frau sehr wohl dazu in der Lage sein konnte, ihnen das Wasser zu reichen. Sanft griff er sie bei den Schultern und schob sie hinaus, ohne dem Quarz-Mann einen weiteren Blick zu schenken. Es war ihm egal, was er von ihm denken mochte. Wichtig war jetzt nur, Charlottes Seele zu schützen. Sie hatte heute mit so viel Missachtung und Zurückweisung umgehen müssen, dass ihre Selbstachtung empfindlich hatte leiden müssen.

Ohne ein Wort liefen sie die Treppe hinunter und aus diesem unsäglichen Palais hinaus an die frische Luft. Als sie die Straße erreicht hatten, brach Charlotte in leises Schluchzen aus, das ihre ganze schmale Gestalt erzittern ließ und Philipp das Gefühl gab, sein Herz zerrisse. Er war es, der ihr all diesen Kummer eingebrockt hatte. Ohne ihn wäre sie gar nicht erst zu diesem unseligen Symposium gekommen und hätte all diese Schmähungen nicht erlebt.

∼

Während der Rückfahrt sprachen sie nicht mehr als höchstens fünfzehn oder zwanzig Wörter miteinander. Sie waren erschöpft von dem, was sie auf dem Symposium erlebt hatten. Charlotte hatte sich in die Ecke der Kutsche gedrückt und die Augen geschlossen, kaum hatte Philipp die Kalesche herbeigewunken. Sie war dankbar, dass er es geschafft hatte, sie so schnell dort hinauszubugsieren und in die Kutsche zu bringen, denn lange hätte sie ihre Tränen nicht mehr zurückhalten können. Sie waren weniger dem Kummer über die rüde Abfuhr geschuldet, die ihr entgegengeschlagen war, als darin begründet, dass sie sich über sich selbst ärgerte. Wie hatte sie so naiv sein können, anzunehmen, dass sie einfach in ein Symposium voller männlicher Wissenschaftler marschieren und ernsthaft erwarten konnte, dass man sie anhören würde?

Sie hatte Philipp Mühe bereitet, als sie ihn förmlich gedrängt hatte, mit ihr eine solche Veranstaltung aufzusuchen. Er hatte alle Hebel in Bewegung gesetzt, um ihrem Wunsch nachzukommen und keine Mühe gescheut bei dem Versuch, sie vor dem Männerkollegium ins rechte Licht zu rücken. Niemand dort hatte überhaupt in Erwägung gezogen, sie anzuhören. Niemand war interessiert an ihren Entdeckungen. Sie war Traumgespinsten hinterhergejagt, hatte sich trügerischen Hoffnungen hingegeben und darauf ihre Zukunft aufbauen wollen. Was war sie für ein Schaf gewesen!

Sie öffnete die Augen, um zu sehen, wie es Philipp erging. Er hatte sie vor aller Augen geduzt und in den Arm genommen. Eigentlich hätte es ein glücklicher Tag für sie als Frau sein sollen. Doch sie war so viel mehr als das. Sie war nicht nur ein kleines Weibchen, das sich nach männlichem Beistand sehnte, sondern in ihr tobte der verzweifelte

Wunsch, ihrem stets hungrigen Geist Nahrung zu geben. Ihrer Neugier auf alles nachzugeben und tiefgründiges Wissen über die Geologie zu erwerben. Damit war sie heute jedoch krachend gescheitert.

Philipp saß mit nachdenklichem Gesichtsausdruck da und sah zum Fenster hinaus. Seine Stirn war in Falten gelegt. Sie hatte ihm in ihrem Eifer Gram bereitet. Am liebsten hätte sie ihre Hand über seine gelegt, die achtlos in seinem Schoß lag, aber sie wollte ihn nicht ermutigen, über alles zu reden. Dafür fehlte ihr die Kraft. Sie wollte nicht an diese Schmach erinnert werden. Nie wieder, wenn es nach ihr ging. Aber das konnte nicht gelingen. Ihre Familie würde sie, kaum dass sie zurück wären, mit ihren neugierigen Fragen überfallen und sie wollte sie nicht enttäuschen. Denn wenn sie davon erführen, wie sie heute behandelt worden war, würden sie verhindern wollen, dass sie ihr Herz weiterhin der Wissenschaft schenkte. Mehr noch, sie würden alles daransetzen, sie davon abzuhalten, jemals wieder ein Symposium zu besuchen oder überhaupt wissenschaftlich zu arbeiten, damit sie nicht erneut brüskiert würde. Aber diesen Gedanken ertrug sie nicht. Sie war nicht dafür gemacht, ein ruhiges Dasein als Ehefrau zu führen und sich den gesellschaftlichen Gepflogenheiten zu beugen. Sie schloss die Augen erneut und seufzte leise. Das, was einer der glücklichsten Tage ihres Lebens zu werden versprach, endete in einem desaströsen Durcheinander von verletzten Gefühlen und Orientierungslosigkeit.

Ihr Seufzer ließ ihn auffahren. Es war kein anklagendes Seufzen, wie er es von daheim kannte. Dennoch hatte er das

Gefühl, dass es seine Schuld war, dass sie jetzt derartig belastet war. Das Schweigen zwischen ihnen bedrückte ihn. Allerdings wusste er nicht, was er hätte sagen sollen, um es zu beenden. Alle Worte erschienen ihm so nichtssagend und unpassend für ihre Situation, die wirklich verfahren war. Er konnte Charlottes Bildungshunger und ihren Wunsch, in der Wissenschaft Fuß zu fassen und mit den eigenen Erkenntnissen die Ansicht auf gewisse Dinge zu verändern, allzu gut nachvollziehen. Auch sein Leben war von derartigem Streben geprägt gewesen. Der Unwille der Wissenschaftler, sie überhaupt nur anzuhören, musste an Charlotte nagen. Er selbst hielt ihre Beobachtungen und Schlüsse bezüglich des Rosenquarzes für bahnbrechend und bemerkenswert. Was brachten ihr all ihre klugen Schlussfolgerungen und Erkenntnisse, wenn niemand, der diesen zu mehr Reichweite verhelfen konnte, sie anhören wollte?

Er hätte ahnen müssen, dass es so kommen würde. Aber er hatte sich von seiner Verliebtheit und dem Bedürfnis, ihr eine Freude zu machen, blenden lassen. So gerne hätte er sich ihr erklärt, hätte ihr gesagt, dass er sie liebte und für eine großartige Wissenschaftlerin hielt, unablässig an sie dachte und ihr Lachen ihn beglückte. Allerdings wäre das nach diesem Tag unpassend gewesen. Sie könnte derartige Beteuerungen womöglich als höhnisch oder arrogant ansehen und diesen Eindruck wollte er auf jeden Fall vermeiden. Sie sah so verletzlich aus, wie sie an die Seitenwand der Kutsche gelehnt dasaß, die Augen fest zusammengepresst, als wollte sie den Rest der Welt von ihrem verwundeten Inneren ausschließen.

Sie trug die gleichen Wunden mit sich, wie er selbst es tat. Beide waren gelenkt von dem Eindruck, sich selbst immerfort beweisen zu müssen und als Mensch nicht genug zu sein. Die Wissenschaft bildete die einzig verlässliche Komponente. Hier war seine soziale Unbeholfenheit kein Thema, sondern nur Verstand und Wissen relevant. Aber dieser Ausweg war der armen Charlotte verwehrt. Er hob die Hand, um sie auf ihre zu legen und liebevoll zu drücken, doch kurz bevor seine Hand die ihre erreicht hatte, zog er sie wieder zurück.

Natürlich kam es genauso, wie Charlotte es im Vorfeld befürchtet hatte: Die gesamte Familie wartete ungeduldig auf ihren Bericht, nachdem sie aus der Kutsche gestiegen waren und sie eigentlich nur still auf ihrem Zimmer Ruhe suchen wollte. Mit kargen Worten vertröstete sie die Geschwister und Eltern auf später und zog sich in ihr Gemach zurück. Sie wollte niemanden mehr sehen, nichts essen, mit niemandem reden. Alles, was sie wollte, war allein mit ihren Gedanken zu sein und sich alles gründlich durch den Kopf gehen zu lassen. Es war an der Zeit, ihre Zukunftspläne zu überdenken. Offensichtlich war, dass es ihr kaum gelingen würde, sich einen Namen als Wissenschaftlerin zu machen. Als Frau könnte sie das nie erreichen, darüber machte sie sich keine Illusionen mehr. Nicht einmal mit Philipp an ihrer Seite hatte man sie anhören, geschweige denn überhaupt zu Wort kommen lassen wollen. Ihre Ziele waren irrelevant. Sie gehörte dem weiblichen Geschlecht an und war damit für alle Zeit nicht mehr als ein Anhängsel.

Allerdings würde die Sache anders aussehen, wenn man sie für einen Mann hielt. Wenn sie ihr Frausein verheimlichte und unter einem männlichen Synonym ihre Abhandlungen veröffentlichte, konnte sie unter Umständen ernsthaft wissenschaftlich arbeiten und damit vielleicht sogar Geld verdienen. Aber würde sie sich mit dieser Verstellung auf lange Sicht wohlfühlen? Der Besuch eines Symposiums war so natürlich undenkbar, aber sie könnte Ausarbeitungen über Steinarten machen, konnte im Verborgenen Ausgrabungen durchführen, diese dokumentieren und irgendwo nur unter ihren Initialen oder einem anderen Namen einreichen.

Sie knabberte nachdenklich auf ihrer Unterlippe herum. Das war nicht die schlechteste Möglichkeit und doch ... Irgendetwas störte sie an der ganzen Sache. Sie sprang auf und begann im Zimmer auf- und abzulaufen.

Lag es an Philipp? Oder an den Briefen ihres unbekannten Verehrers? Ihr fiel auf, dass inzwischen seit einigen Tagen kein neues Schreiben mehr eingetroffen war. Seltsamerweise ließ sie diese Erkenntnis nach all der anfänglichen Aufregung über diese unverhofften Nachrichten erstaunlich unberührt. Natürlich war es nett gewesen, diese Zeilen zu lesen, die sie über die Wolken hoben und ihr so sehr schmeichelten, dass sie schon fast versucht war, dem Namenlosen zu glauben. Sollte sie also nicht ein Gefühl des Verlusts erleben, wenn die Briefe nunmehr ausblieben? Sie blieb neben ihrem Toilettentisch stehen und betrachtete sich selbst im Spiegel.

Da war nichts. Die Briefe fehlten ihr nicht. Die Distanz zu Philipp, die seit ihrer Rückkehr nach Gut Cossin zwischen ihnen zu spüren war, belastete sie dagegen sehr. Die Demütigungen auf dem Symposium hatten sie beide in einer Sprachlosigkeit zurückgelassen, aus der sie sich nicht zu retten wussten. Wahrscheinlich hatten die Reaktionen der Teilnehmer ihm die Augen geöffnet und

Philipp erkennen lassen, dass er sich in ihr getäuscht hatte. Er hatte mehr Geist, mehr Esprit in ihr vermutet, als da war und nun war er enttäuscht. Genauso musste es sein.

Eine Träne lief ihre vor Scham glühende Wange hinab. Schnell wischte Charlotte sie weg. Sie wollte nicht schwach sein, aber noch weniger wollte sie, dass er sie als inkompetent ansah. Philipps Zustimmung bedeutete ihr so viel mehr als die der anderen Wissenschaftler. Ob er nun seine Stelle als ihr Lehrer aufgeben würde? Sie schwankte, als sie mit unsicheren Schritten hinüber zu ihrem Bett wankte. Dann warf sie sich mit voller Körperlänge darauf und ließ den Tränen ihrer Verzweiflung freien Lauf.

Philipp saß bewegungslos auf dem Stuhl in seiner Kammer und starrte mit blindem Blick nach draußen. Er nahm nichts von dem, was er sah, wahr. Dafür war er viel zu intensiv mit seinem Innenleben beschäftigt. Warum nur hatte er es nicht über sich gebracht, Charlotte in der Kutsche die Hand zu streicheln, etwas zu sagen oder in irgendeiner sonstigen Form Mitgefühl auszudrücken? Nun, da sie ohne ein Wort in ihr Zimmer verschwunden war, erschien ihm der Krater, der sich zwischen ihnen aufgetan hatte und sich minütlich mehr und mehr ausbreitete, fast unüberwindlich.

Würden sie jemals wieder so unbeschwert miteinander reden und lachen können, wie sie es früher getan hatten? Er hatte sie in eine unangenehme Situation gebracht. Zwar hatte er mit allen ihm zur Verfügung stehenden Mitteln versucht, sie auf diesem Symposium in den Mittelpunkt zu rücken und die Anwesenden zu zwingen, ihr zuzuhören, aber keinen Erfolg verbuchen können.

Stattdessen saß sie nun gedemütigt und voller Gram in ihrem Schlafraum und hasste ihn dafür. Was würde er dafür geben, ihr sagen zu können, was sie ihm bedeutete. Er wollte wieder mit ihr reden und nicht diese quälende Stille zwischen ihnen aushalten.

Diese Sprachlosigkeit erinnerte Philipp an seine Kindheit allein mit seinem Vater. An die Zeit, als seine Mutter noch lebte, hatte er so gut wie keine Erinnerung. Nur an seinen letzten Besuch an ihrem Krankenbett konnte er sich erinnern. Sie war schon sehr schwach gewesen, hatte ihn nur mit Tränen in den Augen angelächelt und sanft ihre Hand auf seine Wange gelegt. Am nächsten Morgen war sie tot. Nur leider verschwand mit ihr auch sein Vater. Kaum einmal hatte dieser in den folgenden Jahren ein Wort an Philipp gerichtet, der allein mit wechselnden Kinderfrauen im Kindertrakt lebte. »Lass deinen Vater in Ruhe, er hat Kummer«, war er wieder und wieder vertröstet worden, wenn er nach ihm gerufen hatte. »Durch den Tod deiner Mutter ist er ein gebrochener Mann«, hatten sie ihm erklärt.

Sie war gestorben, als er gerade einmal vier Jahre alt gewesen war. Vorher hatte sie ein gutes Jahr krank im Bett gelegen, sodass Philipp sie kaum gesehen hatte.

Erst als viele Jahre später Else ins Haus kam, war sein Vater wieder aufgetaut. Philipp konnte sich nicht erinnern, ihn jemals zuvor lachen gesehen zu haben. Nun aber giggelte er ständig mit ihr. Selbst seine ständigen Ermahnungen an Philipp vergaß er über Elses Anwesenheit. Ein paar Wochen hatte Philipp geglaubt, dass nun alles gut wäre. Dann aber hatte Else damit begonnen, ihn zu necken.

Sie zog ihn mit seiner hölzernen Art auf, nannte ihn einen *Stein* und wies Vater immer wieder darauf hin, wie unbeholfen sein Sohn sei. Und Vater stimmte erst in ihr Lachen und später in die unablässigen Neckereien ein, bis Philipp das Gefühl gehabt hatte, dort nicht mehr atmen zu können und sich eine Stelle als Hauslehrer gesucht hatte.

Vom ersten Tag an hatte er eine Verbundenheit zu Charlotte gespürt. Sie war ihm in vielen Dingen so ähnlich, dass es sich einfach richtig anfühlte, sie um sich zu haben. Und jetzt liebte er sie. Von ganzem Herzen und vollkommen. So wie er noch nie jemanden geliebt hatte. Dummerweise brachte er es nicht über sich, es ihr zu sagen. Dennoch hatte er einen Weg gefunden, seine Gefühle ihr gegenüber auszudrücken. Er hatte ihr geschrieben, aber auf eine Unterschrift verzichtet. Zunächst war es bezaubernd gewesen, anzusehen, wie sie errötete, wenn sie seine Zeilen las. Sein Herz hatte entzückte Sprünge gemacht, als er das aufgeregte Zittern ihrer Hände bemerkte, wenn sie einen der Umschläge öffnete. Er musste an sich halten, nicht aufzuspringen und ihr einen Kuss auf die Lippen zu drücken, wenn ein bezauberndes Lächeln sich auf ihnen ausbreitete, weil sie von den Worten gerührt war. Von seinen Worten. Nur, dass sie das nicht wusste.

Er hatte allerdings bemerkt, dass sie sich in den unbekannten Briefeschreiber verliebt hatte, dass sie den Episteln entgegenfieberte und beglückt war, wenn einer von ihnen eintraf.

Zur gleichen Zeit hatte ihn das Gefühl beschlichen, dass sie für ihn lediglich eine Art akademisches Interesse aufbrachte. Die jüngsten Erlebnisse hatten die Kluft, die sich zwischen ihnen aufgetan hatte, vertieft. Er hatte sich in eine Hoffnung verrannt, die jenseits allem lag, das er erwarten konnte.

Niemals würde sie, eine wunderschöne, intelligente Frau, jemanden wie ihn als Ehemann in Erwägung ziehen, konnte sie doch jeden anderen haben. Er fuhr sich mit der Hand über die stoppelige Wange und schloss die Augen. Vielleicht war es an der Zeit, seine Niederlage einzugestehen und zurück nach Hause zu gehen. Aber war er bereit, jegliche Hoffnung fahren zu lassen? Philipp seufzte tief und sank in seinem Stuhl zusammen. Wenn der Gedanke daran, Gut Cossin für alle Zeit zu verlassen, nur nicht so schmerzhaft wäre.

KAPITEL SECHZEHN

Am nächsten Morgen kam Charlotte mit voller Absicht zu spät herunter. Sie hatte gewartet, bis alle mit dem Frühstück fertig waren und hatte sich erst dann auf den Weg gemacht. Das hatte vor allem den Zweck, ein Treffen mit Philipp zu vermeiden, auch wenn ein weiterer Vorteil war, keine Blicke auf ihrem vom Weinen verquollenen Gesicht spüren zu müssen.

Das Esszimmer war leer. Nur Maman stand am Fenster und blickte hinaus. Sie schien auf sie gewartet zu haben. Charlotte seufzte innerlich und trat mit festem Schritt ein. Ein einzelnes Gedeck stand auf dem Tisch. Maman, die gehört haben musste, wie sie hereingekommen war, wandte nicht den Kopf, sondern stand bewegungslos da und starrte in den Hof.

Charlotte schluckte trocken. Ihre Kehle fühlte sich nach der vielen Weinerei wie ausgedörrt an. »Guten Morgen, Maman«, krächzte sie.

Maman zögerte einen Augenblick, bevor sie sich halb

umwandte, das Geschehen auf dem Hof aber im Auge behielt.

»Guten Morgen, mein Kind. Hast du gut geschlafen?«

Charlotte nickte. Sie wollte Maman nicht von dem Gefühlsaufruhr erzählen, mit dem sie den gestrigen Abend und einen guten Teil der Nacht gekämpft hatte. Draußen ertönten Rufe und man hörte, das Quietschen einer sich in Bewegung setzenden Kutsche.

»Wer ist das? Reist jemand ab?«, fragte Charlotte überrascht. Ihr war nicht zu Ohren gekommen, dass irgendjemand heute die Kalesche benutzen wollte. Machte Tante Tilly etwa wirklich ihre seltsamen Heiratspläne wahr? Es würde doch nicht Philipp sein, der sie ohne Abschied verließ? Bei dem Gedanken wurde ihr schwummrig. Schnell setzte sie sich auf den nächstgelegenen Stuhl, während Maman der davonfahrenden Kutsche hinterherblickte. Endlich drehte sie sich mit einem Ruck ganz zu Charlotte um, so als müsse sie sich dazu zwingen, ihren Blick von der Kutsche zu lösen. Sie war blass. Etwas schien sie zu belasten.

»Es ist Tante Tilly«, sagte Maman knapp. Ihre Stimme war kühl. Sie zog den Stuhl heraus, der neben Charlotte stand und setzte sich.

»Aber sie hat sich gar nicht von mir verabschiedet«, fuhr Charlotte empört auf.

»Du hast dich nach deiner Rückkehr sofort auf dein Zimmer zurückgezogen und bist heute Morgen nicht zum Frühstück erschienen. Wie hätte sie das tun sollen?« Mamans Stimme klang betont sachlich.

»Aber hätte sie nicht auf mich warten können?«, fragte Charlotte leise. Jetzt zog sich auch noch Tante Tilly von ihr zurück.

»Sie hatte es sehr eilig. In sechs Tagen findet ein Ball zu Ehren des neuen Brautpaars statt.«

»Oh«, war alles, was Charlotte über die Lippen kam. Mamans Schmerz über die Entscheidung ihrer Schwester war deutlich zu spüren. Sie schien überzeugt, dass Tilly etwas Dummes tat, aber was hätte sie dagegen tun sollen? Tante Tilly und Charlotte waren sich ähnlich, weshalb sie sich wahrscheinlich früher so gut verstanden hatten: Wenn sie sich etwas in den Kopf gesetzt hatten, ließen sie sich nur schwer davon abbringen. Sie machten den Menschen, die ihnen nahestanden, das Leben nicht leicht. Spontan lehnte sich Charlotte hinüber zu Maman und nahm sie fest in den Arm.

»Ich hoffe, du bist noch so euphorisch, wenn du mit uns auf den Ball bei Friederike und Leopold gehst.«

Charlotte ließ die Arme fallen und richtete sich auf. »Oh, bitte nicht!« Sie seufzte. »Du weißt, wie ich es verabscheue, mich von allen begaffen zu lassen und darauf zu warten, dass irgendein Fremder mich zum Tanzen auffordert.«

»Das ist dieses Mal gar nicht nötig.« Maman lächelte geheimnisvoll.

»Warum nicht?«, fragte Charlotte argwöhnisch.

»Weil du einen festen Tanzpartner hast.« Noch immer war da dieses sphinxgleiche Lächeln. Natürlich gingen Charlottes Gedanken sofort zu Philipp, aber sie konnte sich nicht vorstellen, dass Maman von ihm sprach.

Charlotte kniff die Augen zusammen. »Habe ich?«, fragte sie langsam. »Du willst mich doch nicht mit Waldemar verkuppeln, nachdem Friederike ihn hat abblitzen lassen?«

Maman lachte auf. Offenbar gefiel sie sich in der Rolle

der Geheimnisträgerin. »Ach was, ihr beiden passt überhaupt nicht zusammen. Das wäre, wie wenn du eine deiner Buddeleien mit einer Kuchengabel durchführen würdest.«

»Grabungen«, verbesserte Charlotte sie sofort. »Wer ist es dann? Du weißt doch, dass ich nicht an einer Verbindung interessiert bin.« Kaum hatte sie die Worte ausgesprochen, dröhnten die Zweifel laut in ihrem Kopf. Ja, sie hatte durchaus beständig geglaubt, dass es so sei, aber ihre Ansichten hatten sich in den letzten Wochen verändert. Es gab Umstände, unter denen sie sich möglicherweise vorstellen konnte …

»Der Herr, mit dem du tanzen wirst, macht einen guten Eindruck, sagt Friederike. Sie hat ihn auf einem ihrer Züchtertreffen kennengelernt und gleich daran gedacht, dass er der geeignete Mann für dich sein könnte. Sie meinte, er sei ein sehr solider Mensch, der auf der Suche nach einer ansprechenden Kandidatin als Ehefrau ist. Und eine gute Partie obendrein. Natürlich ist er nicht so wohlhabend wie unser Leopold, aber das sind die Wenigsten.«

»So, meint sie das?« Charlotte starrte Maman mit zunehmender Empörung im Bauch an. »Wie kommt sie nur darauf? Sie weiß, dass ich nicht beabsichtige, zu heiraten. Und schon gar nicht einen Mann, den ich kaum kenne.« Ihre Stimme war mit jedem Wort lauter geworden. Sie wusste, dass sie sich unhöflich benahm, aber sie schaffte es nicht, ihre aufquellende Empörung zu mäßigen. Sie war wütend. Auf Friederike, auf Maman, auf Tante Tilly und auf Philipp.

»Du hast ja bei Friederikes Ball die Möglichkeit, ihn kennenzulernen. Gib ihm eine Chance und sieh ihn dir erst einmal an. Nach Friederikes Ansicht ist er als durchaus schneidig anzusehen«, bemühte sich Maman, sie zu beschwichtigen.

Aber Charlotte wollte sich gar nicht beruhigen. »Ich will ihn aber nicht kennenlernen!« Charlottes Wangen wurden heißer und heißer. »Ich werde meine Ideale nicht aufgeben. Schon gar nicht für einen Mann! Sieh dir Tante Tilly an: Möchtest du, dass ich es ebenso mache und mich einem Fremden anbiedere, damit ich versorgt bin?« Die Worte polterten aus ihrem Mund, bevor sie darüber nachdenken konnte. Kaum waren sie heraus, merkte sie schon, dass sie übers Ziel hinausgeschossen war.

Maman, die bisher erstaunlich geduldig auf ihre Vorbehalte reagiert hatte, lief krebsrot an. Mit Unheil verkündendem Gesicht erhob sie sich steif von ihrem Stuhl und flüsterte zischend: »Geh auf dein Zimmer. Immédiatement!«

Charlotte hielt den Kopf aufrecht und blickte sie standhaft an. Sie hatte sich im Ton vergriffen, ja, aber den Inhalt ihrer Aussage revidierte sie trotzdem nicht. Maman musste verstehen, dass sie nun einmal kein Interesse an einer arrangierten Verbindung hatte.

Mamans Augen blitzten so wütend, dass Charlotte es für besser hielt, fürs Erste ihrer Aufforderung nachzukommen und auf ihr Zimmer zu verschwinden, obwohl ihr Magen inzwischen so laut knurrte, als wollte er das Gespräch mit Maman fortsetzen.

Mit wehendem Rock drehte sie sich um und trat den Rückzug an.

～

Wenn es nach Philipp gegangen wäre, hätte er auf den Besuch des Balls auf Schloss Ritteysen gerne verzichtet. Er war nicht gut, wenn es um das soziale Parkett ging. Dafür hatte er weder ausreichend Erfahrung auf diesem Gebiet noch Interesse daran. Im Grunde fühlte er sich als einfacher Hauslehrer deutlich entspannter und er besaß keine Motivation, die Familie daran zu erinnern, welchen Rang er eigentlich bekleidete. Das würde nur Irritationen hervorrufen, obwohl alle bis auf Charlotte davon zu wissen schienen. Am wohlsten fühlte er sich allerdings in Bibliotheken oder in der freien Natur. Derartige Situationen wie einen Ball hatte er nach Möglichkeit gemieden. Allein die Tatsache, dass er nicht wusste, worüber er dort reden sollte, lag ihm für gewöhnlich schon im Vorfeld der Veranstaltung schwer auf dem Magen.

Die Cossins schienen gar nicht in Erwägung zu ziehen, ihn nicht mitzunehmen. Madame von Cossin fragte ihn nicht, ob es ihm genehm sei, sie zu begleiten, sondern teilte ihm lediglich mit, dass er mit ihr in der Kutsche dorthin fahren könne, wenn er nicht wie alle anderen zu Pferde zum Schloss reiten wolle. Aber vielleicht war es gar nicht so ungünstig, den Ball zu besuchen. Immerhin würde sich dabei hoffentlich eine Möglichkeit ergeben, mit Charlotte zu reden. Denn seit ihrer Rückkehr von dem katastrophalen Symposium vor zwei Tagen, schien sie es ängstlich zu vermeiden, mit ihm allein zu sein. Sie erschien nicht mehr zum Unterricht, umgab sich beim Essen und der Zeit im Salon ständig mit einem ihrer Geschwister und wich seinem Blick aus. Die Beobachtung, dass sie sich gegenüber ihrer Mutter ähnlich verhielt, beruhigte ihn ein wenig. Denn das hieß, dass sie nicht nur ihm aus dem Weg ging. Er musste ihr unbedingt signalisieren, dass er die Meinung der

Symposiumsteilnehmer keineswegs teilte. Wieder und wieder war er im Geiste diesen unseligen Tag durchgegangen und hatte sich geärgert, dass er die Chance auf ein klärendes Gespräch in der Kutsche hatte verstreichen lassen.

Gustav war ihm beim Anziehen der Weste behilflich und machte sich an Philipps Revers zu schaffen. Der Kammerdiener sah Staub, der Philipp nie aufgefallen wäre. Aber es war gut, wenn er tadellos aussah. Er würde Charlotte bei der ersten Gelegenheit, die sich bot, zur Seite nehmen, um mit ihr zu reden. Im Notfall würde er sie einfach zum Tanz auffordern. Oder er würde sie bitten, sich mit ihm gemeinsam die Beine ein wenig zu vertreten. Natürlich würden sie in der Nähe des Hauses und in Sichtweite anderer Besucher bleiben, damit niemand ihnen vorwerfen konnte, sich unschicklich zu verhalten. Obwohl das lachhaft war. Hätte er die Absicht gehabt, sich ihr gegenüber anstößig zu verhalten, hätte er es mit Sicherheit schon bei einer ihrer gemeinsamen Kutschfahrten getan.

»Au.« Der Kragen saß viel zu fest. Er gab Gustav ein Zeichen und der Kammerdiener lockerte ihn sofort. Wenn Charlotte weiterhin nicht bereit wäre, ihn anzuhören, würde er ihr erneut einen Brief schreiben und ihn dieses Mal unterzeichnen. Allerdings würde ihm das deutlich weniger zusagen als endlich persönlich mit ihr zu sprechen. Was er ihr zu sagen hatte, musste von Angesicht zu Angesicht geschehen.

Gustav half ihm in seinen aufgebügelten Frack und steckte ihm sorgsam das kleine Anstecksträußchen an, das die Mamsell gebunden hatte. Philipp stand währenddessen aufrecht vor dem Spiegel und starrte sich selbst in die Augen. Wieder zupfte Gustav für Philipp nicht sichtbare

Staubflusen von dem Stoff, ruckte hier und zerrte dort, bis er endlich mit dem Ergebnis zufrieden war.

»Fertig?«, fragte Philipp. Eine ungewohnte Ruhe war in den letzten Minuten über ihn gekommen. Endlich war es so weit und er würde sich mit Charlotte aussprechen können. Alles würde wieder gut zwischen ihnen sein. Zumindest hoffte er das. Am liebsten wäre es ihm gewesen, wenn sie die Zeit zurückdrehen könnten zu dem Punkt, als sie nachts bei ihm geklopft hatte.

Gustav öffnete die Tür zum Flur. »Viel Glück, mein Herr.« Er nickte ihm aufmunternd zu.

Philipp nickte zerstreut und trat dann hinaus in den Korridor. Mit erhobenem Haupt schritt er die Treppe hinunter und setzte den Fuß in den glänzend geputzten Schuhen auf die Außentreppe. Die Kutsche stand reisefertig davor und der Stallbursche war gerade dabei, zwei Pferde aus dem Stall zu führen. Von Charlotte war keine Spur zu sehen. Sein Herz schlug schneller bei dem Gedanken an sie. Dieser Abend würde über seine Zukunft und sein gesamtes Leben entscheiden und er war bereit!

Während des ganzen Ritts hinüber zu Schloss Ritteysen war Charlotte angespannt. Maman hatte ihr Vorhaben, sie an einen der Züchter zu binden, seit Charlottes Ausbruch nicht wieder erwähnt. Allerdings hätte Charlotte natürlich keine Wahl, wenn sie um einen Tanz gebeten würde. Dieser Ball war der Höhepunkt der Züchtertagung, die Friederike gerade auf Schloss Ritteysen abhielt und es wäre ein fürchterlicher Affront, würde Charlotte als ihre jüngere Schwester einen Tanz mit einem der Teilnehmer ablehnen. Die Zucht war die gemeinsame Unternehmung von Vater und Friederike und somit war Vater seit zwei Tagen dort und nahm an der Tagung teil.

Eigentlich hatte Maman mit Charlotte und Luise gemeinsam in der Kutsche zum Ball fahren wollen. Bei den Zwillingen kam es noch nicht so sehr darauf an, dass sie in einem makellosen Aufzug dort erschienen, sodass Henriette und Emmeline gemeinsam mit den Brüdern hinüberreiten sollten. Charlotte hatte demonstrieren wollen, wie viel ihr ihre Freiheit bedeutete und darauf bestanden, zusammen mit den Geschwistern zu Schloss Ritteysen zu reiten.

Sie wollte Maman damit beweisen, dass sie nun einmal nicht den gesellschaftlichen Erwartungen an Frauen entsprach und einen Teufel tun würde und sich in die Arme eines ihr völlig Unbekannten zu werfen. Aber Maman hatte das scheinbar nicht sonderlich interessiert. Sie hatte nur mit den Schultern gezuckt und sich wieder anderen Dingen zugewandt.

Was Charlotte nicht bedacht hatte, waren die Mühen, die es sie kostete, im Ballkleid auf den Pferderücken zu kommen, ohne dass alles voller Haare wurde. Es war schwierig, den ausladenden Rock ihres tiefroten Kleides so zu ordnen, dass er sie nicht beim Reiten behinderte und den recht tiefen Ausschnitt so zu halten, dass er nicht ungebührlich verrutschte. All das war zwar kompliziert, aber es war die Mühen wert, die es kostete. Der Wind, der um ihre hochgesteckten Haare pfiff, während das Pferd über die staubigen Feldwege flog, und das überwältigende Freiheitsgefühl, das sie erfasste, waren so viel angenehmer, als zusammengepfercht in einer Kutsche über die unebenen Wege zu holpern und panisch darüber nachzudenken, ob ihr beim nächsten Stoß das viel zu eng geschnürte Korsett endgültig die Luft abdrücken würde.

Außerdem musste sie so nicht an die letzte Fahrt mit Philipp denken.

Sie hatte ihn für einen kurzen Augenblick von hinten gesehen, als er in die Kutsche gestiegen war. Er hatte sie nicht bemerkt, denn sie war, so schnell sie konnte, hinten um die Kutsche herum geschlüpft und hatte von Benno ihr Pferd entgegengenommen. Der kurze Blick auf Philipp hatte genügt, um ihr Herz einen Tick schneller schlagen zu lassen. Charlotte hatte keine Ahnung, warum es so war, aber gleichzeitig spürte sie eine tiefe Sehnsucht in sich aufflackern. Wie schön war es gewesen, als zwischen ihnen alles so unkompliziert und heiter gewesen war. Sie vermisste die gemeinsamen Gespräche, ihr Lachen, die angeregten Diskussionen mit ihm. Seit dem Symposium war alles anders zwischen ihnen. Es war, als hätte er jegliches Interesse an ihr verloren. Als wäre sie an diesem furchtbaren Vormittag für ihn gestorben. Eine Erkenntnis, die ihr fast die Luft nahm, so heftig traf sie Charlotte. Sie zügelte ihr Pferd. Das Atmen fiel ihr schwer und ihr war mit einem Mal übel. Heftig sog sie die Luft ein, während das Pferd unter ihr so abrupt abbremste, dass sie fast kopfüber hinuntergefallen wäre. Langsam beruhigte sie sich und es wurde besser. Sie schloss die Augen. Das, was sie sich hier antat, konnte nicht gesund sein. Sie musste sich endlich von diesen verräterischen Gefühlen verabschieden, die sie für Philipp hegte. Indem er nichts gegen die zwischen ihnen bestehende Distanz seit dem Symposium unternommen hatte, hatte er ihr zu verstehen gegeben, dass er kein Interesse an ihr besaß. Ihr Verhältnis war jetzt so, wie es eigentlich von einer Lehrer-Schülerin-Beziehung erwartet wurde. Es war nur ein schöner Traum gewesen, dass sie ihren Seelengefährten gefunden hatte. Seine Interessen mochten ihren ähnlich sein, doch er brauchte eine bessere und weniger von ihren Emotionen getriebene Frau, als sie es war. Sie musste lernen, sich von ihm auf Dauer fernzuhalten, so wie sie es die letzten Tage getan hatte. Wenn sie ihr Herz nicht schützte, würde es an seiner plötzlichen Zurückhaltung und Kühle zerbrechen. Es war an der Zeit, keine Schwächen mehr zuzulassen. Sie durfte ihr Gesicht und die Achtung vor sich selbst nicht vollständig verlieren. Vielleicht würde sie Tante Tilly eine Weile besuchen, wenn die Hochzeitsfeierlichkeiten vorüber waren. Dort konnte sie bestimmt auf andere Gedanken kommen und sich ihrer Ziele wieder bewusst werden. Charlotte ließ den Blick schweifen und starrte in die Ferne. Trotzdem gelang es ihr nicht, die aufsteigenden Tränen vollends zu unterdrücken.

Egal, was das Schicksal für sie vorgesehen haben mochte: Sie war eine Kämpferin. Sie würde es schaffen, über all das hier hinwegzukommen. Es war nur eine mädchenhafte Schwärmerei. Mehr nicht. Obgleich sie sich zwischendurch eingeredet hatte, mehr für ihn zu empfinden. Die dümmliche Verzückung einer Schülerin für ihren Lehrer. Ja, das war es. Sie würde darüber hinwegkommen. Irgendwann ...

Sie straffte die Schultern und trieb ihr Pferd wieder an. Ihre Geschwister mussten inzwischen angekommen sein. Sie hatte das Schlusslicht ihrer kleinen Gruppe gebildet, sodass wahrscheinlich keiner von ihnen bemerkt hatte, dass sie zurückgeblieben war. Hastig rieb sie sich mit dem Handrücken über die tränennassen Wangen. Sie würde sich nichts anmerken lassen, sondern erhobenen Hauptes auf Schloss Ritteysen einreiten und sich dem stellen, was dort auf sie warten mochte.

~

Philipp hatte im Schlosshof auf Charlotte gewartet. Als ihre Geschwister ohne sie einritten, war er augenblicklich in heller Aufregung. Ihr musste etwas passiert sein. Etwas Schlimmes. Er musste sie retten! Just in dem Moment, als er sich eines der verschwitzten Pferde schnappen wollte, mit denen die Zwillinge und die Jungen gekommen waren, spürte er eine Hand auf dem Unterarm. War das womöglich …?

Er riss den Kopf herum. Nein, es war nicht Charlotte, sondern die recht blasse Luise. Sie schüttelte den Kopf, als hätte sie seine Gedanken lesen können.

»Sie wird sicher gleich da sein«, flüsterte sie ihm zu.

Er nickte unsicher. Wenn Luise recht hätte, hatte sie ihn eben vor einer äußerst peinlichen Überreaktion gerettet, über die sich sämtliche Anwesenden sicher noch Jahre später mit Recht lustig gemacht hätten. Was aber, wenn sie sich irrte? Er wusste natürlich, dass Charlotte als zweitälteste Tochter eines Gestütsbesitzers quasi auf dem Pferderücken aufgewachsen und dadurch eine sehr sichere Reiterin war. Doch auch sie war nicht vor unvorhergesehenen Unfällen gefeit. Vielleicht hatte sich ihr Pferd erschreckt und war durchgegangen. Möglicherweise lag die arme Charlotte gerade irgendwo verletzt auf dem harten Boden oder rang mit einem Straßendieb. In diesem Fall würden ihr die besten Reitkenntnisse nichts nutzen.

Unruhig blickte er hinüber zu den inzwischen abgetrockneten Pferden, die nach und nach in den Stall geführt wurden. Ob er nicht besser einmal nachsah, ob er eine Spur von ihr fand? Im selben Moment ertönte das Klappern von

Hufen aus Richtung des ausladenden Tors, das den Schlosshof von den umliegenden Feldern trennte.

Es war Charlotte und auf den ersten Blick wirkte sie, als wäre alles in Ordnung. Erleichtert atmete er auf. Luise warf ihm einen amüsierten Blick zu, den er sich bemühte, zu ignorieren. Er unterdrückte den Impuls, zu Charlotte hinüberzulaufen und ihr vom Pferd zu helfen. Es war gar nicht nötig, denn sie glitt so elegant an dessen Seite herunter, wie es ihm nie gelungen war. Sofort war ein Stallbursche neben ihr und griff nach den Zügeln. Sie gab ihm einige kurze Anweisungen, strich sich das Kleid glatt und marschierte erhobenen Kopfes in Richtung Eingang. Nicht einmal einen Blick hatte sie für ihn übrig. Luise sah ihn an und nickte bedeutungsvoll, aber er tat so, als hätte er die implizierte Aufforderung nicht bemerkt. Es brauchte einen unauffälligeren Moment, Charlotte zur Seite zu nehmen, als den jetzigen, bei dem alle auf dem Hof herumstanden und jeden Neuankömmling neugierig begafften. Außerdem ging es Luise kaum etwas an, ob und wann er mit Charlotte sprach.

Entschlossenen Schrittes ging Charlotte in die große Empfangshalle. Er folgte ihr. Jetzt gleich würde er zu ihr hinübergehen und … Frau von Cossin, die im Saal war und sich mit ihrer ältesten Tochter Friederike und einem großgewachsenen brünetten Schönling unterhielt, winkte Charlotte zu sich hinüber. Es war Charlotte deutlich anzusehen, dass sie darüber nicht erfreut war, dennoch leistete sie der Aufforderung ihrer Mutter Folge.

Philipp stellte sich ein Stück von ihnen entfernt hin und winkte einem der Kellner, ihm ein Glas Champagner zu bringen, während er die kleine Gruppe im Auge behielt. Sobald deren Gespräch beendet war, würde er die Gelegenheit ergreifen und ... Nun deutete ihre Mutter mit ihrem Fächer auf Charlotte, das Gesicht zu einem breiten Lächeln verzogen. Der Schönling nickte ebenfalls lächelnd und sagte irgendetwas, was Philipp auf die Entfernung nicht verstand. Jetzt aber zückte Charlotte ihr Tanzkärtchen und hielt es dem Mann unter die Nase. Na, da hörte sich aber alles auf! Sie konnte doch nicht mit einem Wildfremden tanzen! Da sollte ihre Mutter ein Auge darauf haben. Wobei ... Sie war es ja gewesen, die den Kontakt zwischen den beiden angebahnt hatte. Insofern tat Charlotte nichts Unrechtes. Allerdings war es überflüssig, dem Kerl ein derartig liebreizendes Lächeln zu schenken. Er bekam doch schon den Tanz von ihr. Hoffentlich war es nicht gleich der erste, damit er selbst eine Chance bekam, das Gespräch mit ihr zu suchen.

»Herr Graf, welche Überraschung, sie einmal auf einem Ball anzutreffen«, hörte er plötzlich eine weibliche Stimme hinter sich. Sofort errötete er. Er fühlte sich ertappt. Es war die Gräfin von Kürmperg mit ihren Freundinnen. Obwohl er ein so seltener Besucher von gesellschaftlichen Ereignissen war, wusste er, dass sie für ihre spitze Zunge bekannt war und man sich besser davor hütete, ihr allzu viel Vertrauliches zu gestehen. Sie war zu Vater und Elses Hochzeit geladen gewesen und der kurze Eindruck, den Philipp dabei von ihr gewonnen hatte, genügte ihm.

»Sind Ihr Vater und seine wundervolle kleine Frau ebenfalls hier?« Sie reckte suchend den Kopf.

»Nein«, sagte er schnell. Er musste sie loswerden, denn sie hielt ihn davon ab, das Geschehen um Charlotte und diesen jungen Mann zu verfolgen. »Ich bin mit den Cossins hier.«

Die Gräfin riss in gespielter Überraschung die Augen

auf. Er konnte sich nicht vorstellen, dass sie nicht wusste, dass er derzeit nicht zu Hause wohnte, denn sein Auszug vor einigen Wochen hatte auf dem gesellschaftlichen Parkett erhebliche Wellen geschlagen, zumindest hatte Gustav ihm das zugetragen. Philipp hatte keine Ahnung, woher dieser davon wusste, aber er war sich sicher, seinem Kammerdiener vertrauen zu können.

Die Gräfin Kürmperg wandte sich inzwischen ihren Begleiterinnen zu und schlug theatralisch die Hand vor die Stirn. »Ach, ich Dummchen, ich vergaß völlig, dass Sie als Hauslehrer bei dieser Familie arbeiten. Ihre Mutter schrieb mir davon.« Den letzten Satz sprach sie seltsam gedehnt aus. Sie wollte sich über ihn lustig machen, das war eindeutig! Und sie hatte Erfolg: Ihre Begleiterinnen, deren Namen ihm entfallen waren, lachten gekünstelt auf. Philipp spürte, wie ihm heiß wurde. Bestimmt war sein Gesicht inzwischen dunkelrot angelaufen.

»Sie ist nicht meine Mutter«, sagte er gepresst.

Natürlich war ihr bewusst, dass er es als Erbe des amtierenden Grafen von Lotz nicht nötig hatte, als Hauslehrer zu arbeiten, aber er würde den Teufel tun und diesen Weibsbildern darlegen, warum es für ihn nötig gewesen war, dem väterlichen Haushalt Hals über Kopf zu entfliehen und eine Anstellung als Hauslehrer anzunehmen.

»Nun«, fuhr die unermüdliche Gräfin fort. »Wie fühlt es sich denn an, Schüler aus einem so einfachen Haushalt zu unterrichten?« Sie zog lächelnd die Augenbrauen empor.

Philipp setzte an, um sie für diese unpassende Bemerkung zurechtzuweisen, aber im gleichen Moment setzte die Musik ein und er sah, wie der Unbekannte Charlotte den Arm bot und sie auf die Tanzfläche führte. Das Schlimmste aber war, dass sie die Gesellschaft dieses Schönlings zu genießen schien, denn sie strahlte ihn an, während er ihr etwas erzählte. Jetzt lachte sie sogar herzlich und ihre Augen blitzten auf, so wie sie es getan hatten, wenn Philipp etwas Lustiges gesagt hatte.

Er spürte einen stechenden Schmerz in seinem Innern. Es fühlte sich an, als würde jemand ein Messer mitten in sein Herz stechen. Abrupt drehte er sich von der Gräfin und ihren Kumpaninnen weg und stürzte in Richtung Ausgang. Dieses unwürdige Schauspiel hier konnte er nicht mitansehen. Ansonsten würde sein armes Herz in tausend winzige Stücke zerbrechen.

KAPITEL SIEBZEHN

Charlotte nahm das ganze Geschehen nur am Rande wahr. Sie bemerkte aus den Augenwinkeln, dass Philipp eilig den Saal verließ. Doch ihre Aufmerksamkeit war zu sehr davon in Beschlag genommen, dass Theodor von Dürrnstadt, der Mann, mit dem Friederike und Maman sie verkuppeln wollten, nach ihrer Hand griff, als die Musik einsetzte. Er sah deutlich besser aus, als sie angenommen hatte. Gute zwei Köpfe größer als sie, dunkle, fast schwarze glänzende Haare und ein kräftiges Kinn, das auf Durchsetzungsvermögen schließen ließ. Allerdings war er für ihren Geschmack ein wenig zu sehr von sich eingenommen, was aber auch nur der erste, ein wenig ungenaue Eindruck sein konnte. Sein Griff um ihre Finger war fest, ganz anders als der Philipps, der zwar bestimmt, aber nicht so hart zuzugreifen pflegte. Theodor von Dürrnstadt packte so hart zu, als hätte er Sorge, sie könne ihm davonlaufen. Es fühlte sich an, als quetschte er ihre Hand langsam platt wie ein Stück Papier. Sie zwang sich, dennoch zu lächeln. Er war eben ein

Pferde- und Schafzüchter. Da ging es schon mal ein wenig härter zu und man musste entschlossen zugreifen können, wenn es die Situation verlangte. Allerdings war sie weder ein durchgehendes Pferd noch ein aufgebrachtes Schaf, sondern sie war lediglich hier, um zu tanzen.

Als er ablaufbedingt zur nächsten Tanzpartnerin wechselte, atmete sie insgeheim auf. Er mochte ein netter Kerl sein, allerdings war sie sich bereits nach den wenigen Minuten Unterhaltung sicher, dass er nicht zu ihr passte. Je mehr sie darüber nachdachte, desto empörter war sie, dass Friederike überhaupt auf die Idee gekommen war, dass sie miteinander harmonieren könnten.

Mit zusammengekniffenen Brauen sah sie zu ihr hinüber. Friederike stand gerade inmitten einer Gruppe hochgewachsener Männer und schien in ein angeregtes Gespräch vertieft. Charlotte hüpfte und lächelte beim Tanz, wie Maman es von ihr erwartete, aber am liebsten wäre sie aus der springenden Reihe ausgeschert und hätte sich auf die Suche nach Philipp gemacht. Wenn er diesen formellen Frack trug, wirkte er noch eindrucksvoller als sonst. Allein durch seine Bildung und feine Art besaß er eine Ausstrahlung, die für ihr Dafürhalten die eines jeden anderen übertraf.

Nun war ihr Tanzpartner wieder im Reigen bei ihr angekommen und mit ihm sein fester Griff. Als die Musik endete und alle klatschten, atmete sie erleichtert auf, denn so war Theodor von Dürrnstadt ebenfalls gezwungen, ihre Finger wieder freizugeben.

Nervös sah sie sich um, doch von Philipp war keine Spur zu entdecken. Sie winkte Luise zu sich heran, die mit einigen jungen Mädchen an der Seite der Tanzfläche stand und darauf wartete, von einem Mann aufgefordert zu werden. Im Gegensatz zu Charlotte liebte sie es, zu tanzen und auf Bälle zu gehen.

»Was ist denn? Wenn ich nicht sichtbar dort hinten stehe, wird mich niemand auffordern«, raunte sie Charlotte ungehalten zu, als sie sie erreicht hatte.

»Wo ist Philipp?«, flüsterte Charlotte zurück.

»Philipp?« Über das Gesicht ihrer nur ein Jahr jüngeren Schwester huschte ein erstauntes Grinsen. »Ihr seid also schon per Du?«

Charlotte schüttelte unwirsch den Kopf. Für solche Kindereien fehlte ihr gerade die Zeit. »Wo ist er hingegangen?«

Luise zuckte mit den Schultern. »Keine Ahnung. Ich habe weder mit ihm gesprochen, geschweige denn ihn gesehen.«

Charlotte stöhnte auf. »Könntest du ihn bitte für mich suchen gehen?«, bat sie und deutete mit den Augen hinüber zu der Kapelle, die gerade wieder die Instrumente anhob. »Ich habe dem Dürrnstadt dummerweise die ersten drei Tänze versprochen.«

»Aber er sieht ganz ansehnlich aus und scheint überaus männlich zu sein.« Luise sah mit halb gesenktem Kopf hinüber zu Theodor von Dürrnstadt.

»Ein wenig zu männlich für meinen Geschmack«, entgegnete Charlotte, bevor ihr Tanzpartner erneut sehr entschlossen nach ihrer Hand griff. Sie nickte Luise auffordernd zu. Dann begann sie in der komplizierten Choreografie, die der Tanz forderte, erst zu knicksen und anschließend so elegant wie möglich von einem Tänzer zum nächsten zu hüpfen.

Philipp war mit vor Wut geballten Fäusten in den Stall gestolpert und hatte nach einem Pferd verlangt. Da er jedoch nicht geritten, sondern in der Kutsche gekommen war, gab es kein Tier, das ihm gehörte. Auf Nachfrage des Stallburschen zeigte er auf das Pferd, mit dem Charlotte angereist war. Sie würde ebenso gut an seiner Stelle in der Kutsche nach Hause fahren können. Wenn sie überhaupt plante, die Nacht auf Gut Cossin zu verbringen ... Vielleicht würde sie ja geradewegs mit ihrem neuen Verehrer zu dessen Besitzungen wechseln.

Das war Unsinn und er wusste es. Niemals würde sie sich Hals über Kopf in eine Beziehung stürzen. Dafür war sie nicht der Typ. Sie war zu bedacht, zu verkopft, um einen solchen Schritt zu wagen, vor dem sie ja ohnehin ihre Eltern bewahren würden. Trotzdem erschien es ihm in seiner Wut nur gerecht, derartige Vermutungen anzustellen. Ihr Verhalten in den letzten Tagen und speziell heute hatte ihn zutiefst verletzt. Sie hatte ihm nicht einmal die Chance zu einer Aussprache gegeben, sondern hatte sich willig an den Hals dieses großgewachsenen Adonis geworfen. Nicht einmal einen Blick hatte sie für ihn übriggehabt. Keinen einzigen!

Er riss dem Stallburschen fast die Zügel aus der Hand, so erregt war er. Sein Ärger galt allerdings weniger Charlotte als sich selbst. Hätte er es nicht besser wissen müssen? Wie hatte er auch nur einen Augenblick annehmen können, dass sie sich allen Ernstes für ihn interessierte? Er war ein verknöcherter Einsiedler und unbeholfen in sozialen Situationen, wie es ihm die Gräfin Kürmperg gemeinsam mit ihren Freundinnen heute Abend wieder allzu deutlich vor Augen geführt hatte. Er war ein Sonderling, der sich in Träumereien verloren hatte.

Das Pferd warf unwillig den Kopf. Es spürte, wie aufgewühlt er war. Trotzdem schaffte er es problemlos, sich auf den Rücken des Tieres zu schwingen. Er drückte seine Fersen in die Seiten des Pferdes, dessen Namen er nicht einmal kannte und es preschte los, sodass ein Paar, das eng nebeneinander über den Hof flaniert war, auseinanderstiebte.

Eigentlich hätte er absteigen und sich entschuldigen müssen, aber das brachte er gerade partout nicht über sich. Was, wenn es womöglich Charlotte und ihr Galan gewesen waren, die er bei einem Tête-à-Tête gestört hatte? Nein, diesen Anblick könnte er nicht ertragen. Stattdessen trieb er sein Pferd weiter an. Es war an der Zeit, sich zurückzuziehen. Er hatte die Signale im Vorfeld kommen sehen. Seit ihrem Besuch des Symposiums war nichts mehr so, wie es gewesen war. Wenn er weiter auf Gut Cossin verweilen und er das Erblühen einer möglichen Romanze zwischen Charlotte und dem ihm unbekannten Mann mitansehen müsste, würde ihn das verrückt machen. Jetzt schon erschien ihm der Schmerz unerträglich. Zum ersten Mal in seinem Leben hatte er das Gefühl gehabt, bei einem Menschen angekommen zu sein, sich nicht mehr beweisen zu müssen, sondern einfach er selbst sein zu dürfen. Es war ein Trugschluss gewesen. Sie erwiderte seine starken Gefühle nicht, das konnte er klar aus ihrem Verhalten herauslesen.

Das Pferd galoppierte durch die Dunkelheit. Er hätte daran denken sollen, eine Laterne mitzunehmen, denn hier draußen war die Nacht so schwarz, dass er nicht einmal die Hand vor den Augen erkennen konnte. Er musste darauf vertrauen, dass das Pferd den Weg kannte und sein Instinkt ihn nach Hause zum heimischen Stall führen würde. Philipp selbst hatte keine Ahnung, wo sie sich befanden. Wenn das

Pferd strauchelte und sich verletzte oder ein Wegelagerer sie überfiele, wäre er verloren. Und niemand wusste, wo er war. All das war ihm egal. Nichts erschien ihm im Moment ähnlich bedrohlich wie der Verlust, den er gerade erlitten hatte: Er hatte den einzigen Menschen verloren, der ihm etwas bedeutete. Charlotte hatte sein Herz im Sturm erobert und Hoffnungen in ihm geweckt, die nun zerschmettert auf dem Boden lagen. Das Pferd scheute plötzlich und stieg. Um ein Haar hätte Philipp zusammen mit den Bruchstücken seines Herzens auf der Erde gelegen. Er schaffte es im letzten Moment, sich an den Hals des Tieres zu klammern.

Schwer atmend blieb das Pferd stehen. Philipp lauschte, konnte jedoch kein auffälliges Geräusch ausmachen. In der Dunkelheit konnte er nichts erkennen, das dem Schimmel Angst gemacht haben könnte. Er seufzte tief und legte seinen Oberkörper flach auf den Hals des Pferdes. Ihm fehlte die Kraft, es erneut anzutreiben oder irgendetwas anders zu machen, das geeignet wäre, ihn aus der derzeitigen Situation zu bringen. Er war genauso wie sein Herz verloren.

Als Charlotte am nächsten Vormittag spät ins Esszimmer kam, sah sie ihre Eltern im Gespräch mit Philipp. Mit ihm hatte sie ohnehin ein Hühnchen zu rupfen: Nicht nur, dass er Hals über Kopf aus dem Ballsaal gestürmt war, er hatte die Dreistigkeit besessen, ihr Pferd, die gute Jenki, zu nehmen.

Das hatte zur Folge gehabt, dass sie gezwungen gewesen war, mit Maman und Luise zurück in der

Kutsche zu fahren und sich reichlich Sticheleien und neugierige Nachfragen zu Theodor von Dürrnstadt anhören zu müssen. Dabei hatte sie mit diesem eitlen Gockel schon seit Stunden innerlich abgeschlossen gehabt. Charlotte hatte alles darangesetzt, ein anständiges Gespräch mit ihm zu führen, hatte ihm etwas über ihre Steinsammlung und ihre Liebe zu Quarzen im Besonderen erzählt, aber er hatte nur laut herausgelacht und sie ein *Schäfchen* genannt, weil sie sich für *langweilige, dumme Brocken* interessierte. Spätestens in diesem Moment war ihr klar gewesen, dass sie Mamans und Friederikes Hoffnungen, ohne mit der Wimper zu zucken, würde erschüttern müssen.

Sie warf einen neugierigen Blick hinüber zu Philipp und ihren Eltern, während sie sich an ihren Platz setzte und nach einem Brötchen griff. Die drei standen in der Ecke und hatten die Köpfe zusammengesteckt. Offenbar ging es um etwas Ernstes. Maman hatte erschrocken die Augen aufgerissen und Vater blickte ernst.

Außer ihr war nur noch Fabian im Raum, der mit verschlafenen Augen gerade einen Quark mit Äpfeln und etwas Getreide löffelte. Charlotte biss in ihr Brötchen und sah neugierig hinüber. Sie hätte so einiges darum gegeben, zu wissen, worüber sie sprachen, konnte allerdings nur Bruchstücke ihrer Unterhaltung verstehen. Philipp sprach offenbar über die Wissenschaft und sie hörte etwas wie

»den Glauben daran verloren«. Woran glaubte er nicht mehr? Ob es etwas mit seinem überstürzten Aufbruch gestern Abend zu tun hatte? Am liebsten wäre sie aufgesprungen und hätte sich zu ihnen gesellt, doch das schickte sich natürlich nicht. Irgendetwas schien vorgefallen zu sein, das Philipp verärgert oder zumindest beunruhigt hatte.

Etwas, das ihn dazu brachte, sich nun mit den Eltern zu unterhalten.

Jetzt schüttelte Vater unwillig den Kopf und sagte laut: »Das ist schade, Herr von Lotz.« Sein Gesicht war rot angelaufen, wie immer, wenn ihn etwas bewegte.

Maman legte ihm beruhigend die Hand auf den Unterarm und sagte mit ebenfalls deutlich lauterer Stimme als eben: »So reg' dich doch nicht auf, Max. Es ist sehr rücksichtsvoll von Herrn von Lotz, uns seine Beweggründe so ausführlich darzulegen. Wir müssen seine Entscheidung schweren Herzens akzeptieren. Ich habe allerdings eine Bitte, Herr von Lotz: Weihen Sie die Kinder bitte persönlich ein.«

Charlotte hatte aufgehört zu kauen und starrte nunmehr unverhohlen zu ihnen hinüber. Fabian hatte seine Schüssel abgestellt und sah neugierig dorthin.

Philipp, der so stand, dass er in ihre Richtung blickte, schüttelte abwehrend den Kopf auf Mamans Bitte. Gleich darauf aber hob er das Gesicht und sah Charlotte direkt an. Ihr blieb die Luft weg. Sein Blick war voller Schmerz und Verletzung. Und es schien irgendwie mit ihr zusammenzuhängen. Verwirrt blinzelte sie und sah ihn an, als würde er ihr jeden Moment die Antwort auf ihre Frage zurufen. Philipp aber hatte den Blick wieder gesenkt. Er nickte. Offenbar hatte er sich Mamans Vorschlag noch einmal überlegt.

Voller Neugier ging Charlotte gleich nach dem Frühstück mit Fabian hinüber zu ihrem Unterrichtsraum. Sie hatte ein mulmiges Gefühl im Bauch. Gleich nach Abschluss seines

Gesprächs mit Maman und Vater war Philipp sehr aufrecht aus dem Esszimmer gegangen, ohne ein weiteres Mal zu ihr hinüberzusehen. Ob bei ihm daheim irgendetwas Schlimmes passiert war? Oder hatte es irgendetwas mit ihr zu tun?

Sie musste es jetzt endlich wissen. Wenn sie es auf die Entfernung recht verstanden hatte, wollte er nach Mamans Aufforderung Charlotte und ihre Geschwister persönlich über irgendetwas unterrichten. Seit diesem desaströsen Vormittag in Berlin hatte sie es nicht mehr gewagt, wieder in den Unterricht zu gehen. Sie hatte viel zu viel Angst davor gehabt, zu spüren, dass seine Achtung vor ihr, ihrem Wissen und ihrem Bildungshunger mit den Erkenntnissen dieses Tages verschwunden war. Charlotte hatte es nicht über sich gebracht, ihm in die Augen zu sehen, obwohl sie den Unterricht schmerzlich vermisst hatte. Nun aber siegte ihre Neugier über die Scham. Zu ihrer Überraschung standen Henriette, Emmeline, Luise und Rochus neben ihren Bänken. Sogar Philipp war schon da. Er sah ihnen mit aufrechtem Blick entgegen. Sein Gesicht war blass und er wirkte, als hätte er in der letzten Nacht nicht gut geschlafen. Doch er scheute nicht davor zurück, ihr direkt in die Augen zu blicken, als sie neben ihrer Bank Aufstellung nahm. Charlottes Bauch kribbelte.

Philipp räusperte sich und sagte mit rauer Stimme: »Nehmt bitte Platz. Ich habe euch etwas zu sagen.« Scheinbar ruhig wartete er ab, bis sich alle an ihre Bank gesetzt hatten.

Erneut erhob er das Wort: »Ich komme gerade von einem Gespräch mit euren Eltern. Ich habe Ihnen mitgeteilt, dass ich mich leider nicht mehr in der Lage sehe, euch zu unterrichten.« Er hielt einen Moment inne, vermied es aber offensichtlich, Charlotte anzusehen. »Ich habe mich aus persönlichen Gründen entschlossen, Gut Cossin zu verlassen und bitte euch, ebenso fleißig und lernbegierig zu bleiben, wie ihr es bei mir wart. Sicher wird sich schon bald ein Nachfolger für mich finden. Es war mir eine Ehre und Freude, euch zu unterrichten. Jetzt ist es jedoch an der Zeit, meinem Leben eine neue Wendung zu geben.« Er seufzte und blickte sie an.

Charlotte schaute mit entsetzt aufgerissenen Augen zurück. Niemals hätte sie damit gerechnet, dass er weggehen würde. Was seine Beweggründe sein mochten, es rechtfertigte nicht, dass er sie einfach so verließ. Sie spürte, wie Tränen in ihren Augen drückten und schluchzte kurz auf, presste sich aber die Hand vor den Mund. Sie konnte hier nicht bleiben. Alle ihre Geschwister sahen irritiert zu ihr hinüber. Sie sprang auf. Ihr Rock blieb am Stuhl hängen. Irgendwie hatte er sich dort verhakt. Sie zerrte hektisch daran, schaffte es aber nicht, den Stoff davon zu lösen. Es war egal, sie musste weg. Mit einem Ruck drehte sie sich um und das unangenehme Geräusch von reißendem Stoff drang in ihr Ohr. Sie flüchtete mit hektischen Schritten in den Korridor. Weg von ihm, fort von den fragenden Blicken ihrer Geschwister. Sie konnte ihnen keine Antworten geben. Sie wusste ja selbst nicht, was mit ihr eigentlich los war. Sie spürte nur, dass sie Philipps Ankündigung fürchterlich verletzt hatte. Mit tränenblinden Augen stürmte sie durch Flur und zur Tür hinaus in den sonnendurchfluteten Hof.

~

Direkt nachdem Charlotte aus dem Raum gerannt war, beendete Philipp die letzte Unterrichtsstunde. Es gab nichts mehr zu sagen. Er hatte geplant, noch heute abzureisen und Gustav schon damit beauftragt, all seine Habseligkeiten zusammenzupacken. Nur eine Sache hatte er heute Früh an sich genommen: den Turmalin. Charlotte hatte ihn ihm zurückgegeben, nachdem sie von ihrer Mutter dazu angehalten worden war, aber er hatte dabei die Trauer in ihrem Blick gesehen. Auch wenn es sich vielleicht nicht schickte, wollte er, dass sie diesen Stein behielt. Er bedeutete ihr so viel und machte sie glücklich. Und das war es, was er ihr wünschte: dass sie stets glücklich sein möge.

Eigentlich hatte er ihn ihr gleich vorhin geben wollen, nachdem er den Cossins seine Entscheidung mitgeteilt hatte. Er hatte in dieser Nacht nicht geschlafen. Lange hatte er nach dem abrupten Halt irgendwo zwischen Schloss Ritteysen und Gut Cossin draußen auf dem Pferderücken gelegen, die Augen geschlossen und ohne jeglichen Funken Energie. Das Tier hatte mitgespielt und war brav stehen geblieben, sodass er sich in der Stille der Nacht seiner Verzweiflung hatte hingeben können. Niemand konnte hier draußen seine Schreie hören. Keiner würde ihm ansehen, wie gebrochen er sich fühlte. Keine Menschenseele würde ihm Fragen stellen, auf die er selbst keine Antworten besaß. Als er sich später mühselig wieder aufgerichtet und das Pferd angetrieben hatte, hätte er ebenfalls keine zufriedenstellende Rückmeldung darüber geben können, warum genau er so furchtbar verzweifelt war. Er wusste nur, dass das hier ein Ende haben musste, wenn er nicht vollkommen am Boden enden wollte. Philipp konnte nicht um Charlotte kämpfen. Bei so etwas hatte er kein Glück. Sie würde mit dem anderen zufriedener werden, als sie es mit ihm je sein würde. Er wollte ihr nicht im Weg stehen, sondern dem Nebenbuhler ermöglichen, sie an seiner Stelle glücklich zu machen. Sie hatte es verdient.

Es war ihm bewusst, dass er sich gegen die Liebe entschied, allerdings gab es zum jetzigen Zeitpunkt keine andere Möglichkeit. Zumindest hatte Philipp sich das wieder und wieder selbst versichert, während er sich schlaflos, wenngleich völlig übermüdet in seinem Bett herumgewälzt hatte. Er hatte Angst. Er fühlte sich besiegt, am Boden, zerstört. Aber so war das Leben nun einmal.

Jemand wie er siegte nicht.

Es waren stets die anderen, die die Trophäe nach Hause brachten.

KAPITEL ACHTZEHN

Charlotte saß allein im Garten. Anstatt sich auf die Bank zu setzen, hatte sie sich unter ihren Lieblingsapfelbaum verkrochen und presste den Rücken an seinen Stamm. Die Äpfel waren fast reif und hingen schwer von den Zweigen. Philipp würde nicht mehr hier sein, wenn sie geerntet wurden. Wahrscheinlich fuhr er heute ab. Wenn sie ihm überhaupt noch einmal begegnen würde, wäre es bei einem dieser formellen gesellschaftlichen Ereignisse, die sie beide so sehr hassten. Der Schmerz, der seit seiner Eröffnung im Unterrichtszimmer in ihrer Brust tobte, ließ nicht nach. Es fühlte sich an, als wollte er sie innerlich zerreißen.

Sie starrte vor sich hin, ohne irgendetwas von dem wahrzunehmen, was sie sah. Alles erschien ihr auf einmal trostlos und grau. Sie hörte eine Hummel, die um ihren Kopf herumtanzte, beachtete sie jedoch nicht. Es war sein gutes Recht, weiterzuziehen. Es fühlte sich nur an, als hätte er das verraten, was möglicherweise zwischen ihnen gewesen war. Es war, als hätte er Verrat an ihrer Freundschaft begangen. Hatten ihm denn all die Gespräche mit ihr nichts bedeutet? Hatte er vielleicht des Abends heimlich darüber gelacht, was sie ihm alles anvertraut hatte? Aber warum hatte er so viel darangesetzt, ihr den Besuch des Symposiums in Berlin zu ermöglichen? Sie hatte zu viel in sein Verhalten interpretiert. Hatte sich erhofft, dass sie ihm nicht egal sei, doch sie hatte sich geirrt. Sie war wirklich ein Schaf, genauso wie Theodor von Dürrnstadt es gesagt hatte und sie war entgegen all ihrer Überzeugungen weich geworden. Dabei war sie nun einmal keine typische Frau. Sie war nicht dafür gemacht, glücklich zu sein. Weder an der Seite eines Mannes noch als Wissenschaftlerin.

Auf einmal fiel ein Schatten auf Charlotte und sie schrak auf. Sie hatte gar nicht gehört, dass jemand gekommen war. Sie blinzelte einige Male gegen das Licht, dann fuhr sie auf, als hätte etwas sie gebissen.

Es war Philipp.

Er stand vor ihr und hielt ihr den Turmalin hin. »Ich wollte dir vor meiner Abreise etwas geben.« Seine Worte waren leise.

»Ich kann ihn nicht annehmen. Maman will nicht …«

Er winkte ab. »Sie braucht es nicht zu wissen. Der Stein gehört zu dir. Ich könnte ihn nicht einfach wieder mitnehmen. Es wäre nicht richtig.« Er schluckte.

»Aber …«, setzte sie erneut an, doch er schüttelte bestimmt den Kopf und drückte ihr den wunderschönen Stein in die Hand. Sanft schloss er ihre Finger darum und sagte: »Bitte! Ich bestehe darauf.«

Sie forschte in seinem Gesicht nach Antworten auf die vielen Fragen, die sein Rückzug in ihr ausgelöst hatte, aber sie konnte nur seinen eigenen Schmerz entdecken. Niemals hätte sie damit gerechnet, dass er gehen würde. Vor allem nicht so schnell. Selbstverständlich konnte er nicht für immer bleiben, aber dennoch … Es war, als hätte sie die letzten Wochen auf irgendwelchen Wolken geschwebt und würde plötzlich zwischen Regentropfen und Hagelkörnern hart auf die Erde fallen. Sie wollte ihn davon abhalten, zu gehen, wollte ihn davon überzeugen, dass es besser war, auf Gut Cossin zu bleiben. Kein Ton kam über ihre Lippen. Sie brachte es nicht einmal über sich, sich für den Turmalin zu bedanken. Es war, als wären alle Worte der Welt aus ihrem Geist verschwunden. Er neigte den Kopf und lächelte ihr für einen winzigen Augenblick traurig zu, dann drehte er sich um und ging. Charlotte aber blieb zurück, unfähig, ihm Abschiedsworte hinterherzurufen oder gar ihm nachzulaufen.

Mit festem Schritt verließ Philipp den Garten. Er wollte nicht, dass Charlotte auch nur einen Hauch von seiner Verzweiflung ahnte, denn er wusste, dass er keine andere Wahl hatte. Es war ihr anzusehen gewesen, dass ihr sein Abschied ebenfalls nicht leichtfiel. Trotzdem war das, was er jetzt tat, der richtige Schritt. Ohne Zweifel liebte er Charlotte. Vom tiefsten Grund seines Herzens. Er würde sie für den Rest seines Lebens lieben. Die Sehnsucht, ihr nahe zu sein, sie zu spüren und an seiner Seite zu wissen, würde immer ein Teil von ihm bleiben. Dennoch hatte er sich schweren Herzens eingestehen müssen, dass das nicht der Weg war, der für ihn und sie vorherbestimmt war. Sie würde an der Seite von Theodor von Dürrnstadt glücklich werden, selbst wenn sie jetzt vielleicht noch ein wenig darunter litt, dass er sie verließ. Es würde nicht lange dauern und sie hätte ihn vergessen. Ihm würde das nicht gelingen.

Philipp hatte das Haus erreicht und warf noch einmal einen wehmütigen Blick die Fassade hinauf. War es tatsächlich erst einige Wochen her, dass er mit Gustav hier angekommen war? Er erinnerte sich allzu gut an die Nervosität, die in seinem Magen gegrummelt hatte wie ein in die Enge getriebenes wildes Tier. Inzwischen neigte sich der Herbst schon langsam dem Ende zu. Es war frisch geworden. Charlotte sollte besser nicht zu lang dort unter dem Baum hocken bleiben, damit sie nicht krank würde. Darum sollte er sich jetzt nicht mehr sorgen. Niemals hätte er sich bei seiner Ankunft damals vorstellen können, wie viel Freude ihm das Unterrichten bereiten würde. Und dass er so wundervolle Menschen treffen würde …

Nein! Er durfte nicht rührselig werden. Er hatte seine Entscheidung getroffen und sie würde das Richtige für alle Beteiligten sein, dessen war er sich sicher. Zumindest auf lange Sicht. In erster Linie musste er sein verwundetes Herz beschützen.

Ein letztes Mal stieg er die Treppen zu seinem Kämmerchen hoch. Dieses Haus war in den Monaten, die er hier zugebracht hatte, wie ein zweites Zuhause für ihn geworden. Es hatte sich zeitweise heimeliger angefühlt als sein Vaterhaus. Nun aber war es an der Zeit, Abschied zu nehmen.

Als er den oberen Flur erreichte, in dem die Gästezimmer lagen, war Gustav gerade damit beschäftigt, die gepackten Taschen hinauszustellen. Ein Kloß bildete sich in seiner Kehle. Nun wurde es Wirklichkeit.

Er und Gustav würden zunächst zurück zum väterlichen

Anwesen reiten und dort ein paar Tage verbringen. Philipp würde endlich seine kleinen Geschwister kennenlernen und Else als Mutter erleben. Eine seltsame Vorstellung. Danach aber würde er auf Reisen gehen. Er hatte sich entschlossen, Italien zu erkunden. Dort sollte es landschaftlich sehr malerisch und schön sein und im Winter nicht so heiß. Er war allerdings eher an den Bodengegebenheiten interessiert. Vielleicht würde er auch ein paar hübsche Steine finden. In seinen geheimen Träumen hatte er sich zwar eigentlich vorgestellt, dort mit Charlotte hinzufahren, vielleicht sogar auf ihrer Hochzeitsreise. Aber das hatte sich als irrige Hoffnung erwiesen. Nun würde er allein dorthin fahren. Er würde die Welt auf eigene Faust erkunden. Nicht einmal Gustav sollte ihn begleiten. Philipp wollte ungestört mit seinen Gedanken und Gefühlen sein und entdecken, was ihm wichtig im Leben war. Außer Charlotte. Er wollte die Chance nutzen, sein wundes Herz zu heilen. Dafür brauchte er den Abstand. Er trug die Sorge in sich, dass er ansonsten, wenn ihn die Sehnsucht nach ihr überwältigte, einfach auf ein Pferd steigen und nach Gut Cossin reiten würde. Das würde für eine Heilung nicht hilfreich sein. Er sah sich noch einmal in dem kleinen Flur um und steckte den Kopf in sein ehemaliges Zimmer, in dem sein Kammerdiener fleißig umherlief und Philipps Habseligkeiten in eine weitere Tasche packte.

»Können wir?«, fragte er Gustav.

»Nur noch fünf Minuten, gleich ist alles bereit.«

»Gut.« Philipp seufzte und sah sich unschlüssig um. »Ich werde mich jetzt von der Familie verabschieden. Ich erwarte Sie unten.«

»Sehr wohl ... Herr Graf.« Er legte fragend den Kopf schief, als wartete er auf Philipps Zustimmung nach der langen Zeit, in der er seinen Titel in der Anrede nicht hatte nutzen dürfen.

Philipp nickte ihm erschöpft zu. Jetzt, da der Abschied vor der Tür stand, fühlte er sich auf einmal entsetzlich müde.

Er war weg. Charlotte hatte ihn in der Ferne gesehen, als sie endlich die Kraft aufgebracht hatte, sich zu erheben und zurück zum Haus zu gehen. Ihre Finger waren rot vor Kälte und sie zitterte. Allerdings hätte sie nicht sagen können, ob es an der Kälte lag oder daran, dass Philipp nicht mehr da war. Sie starrte den beiden Pferden hinterher, den Turmalin fest mit beiden Händen umklammert und an ihr Herz gedrückt. Er fehlte ihr jetzt schon. Es fühlte sich so an, als hätte er einen Teil ihres Herzens mit sich genommen.

Sie war zweiundzwanzig Jahre alt und sie fühlte sich wie eine alte Frau. Gebrochen. Einsam. Wie hatte es überhaupt so weit kommen können? Was war mit ihrem Schwur, ihr Leben lang ungebunden bleiben zu wollen? Insofern musste sie ihm eigentlich dankbar sein, dass er ihr weitere Entscheidungen abgenommen hatte.

Als sie mit schweren Schritten ins Haus trat, lag dort ein Brief. Für einen winzigen Moment hüpfte ihr Herz und sie hoffte, dass Philipp ihn hinterlassen hatte. Oder dass er wenigstens von ihrem unbekannten Verehrer stammte. Aber er war von Theodor von Dürrnstadt. Unwillig schüttelte sie den Kopf. Hatte sie ihm nicht unmissverständlich klargemacht, dass sie nicht an einem näheren Kontakt mit ihm interessiert sei? Sie ließ den Brief auf dem Tischchen in der Halle liegen und ging langsam den Flur hinunter zu ihrem Zimmer. Ihre Erinnerungen und der Turmalin waren alles, was ihr von ihm blieb. Er sollte sicher geschützt sein, aber gleichzeitig einen Ehrenplatz erhalten, von dem aus sie ihn gut sehen konnte. Auf dem Fenstersims würde er sicherlich gut zur Geltung kommen. Allerdings befürchtete Charlotte, dass er vielleicht, genauso wie der Rosenquarz, durch die Sonneneinstrahlung eines Tages die Farbe wechseln würde. Das wollte sie natürlich keinesfalls riskieren. Der Stein sollte seine einzigartige Schönheit behalten und immer so aussehen, wie zu dem Zeitpunkt, als Philipp ihn ihr geschenkt hatte. Nun, dann würde er eben erneut auf ihrem Nachttischchen seinen Platz finden müssen. Dieses Mal konnte Maman sie nicht dazu zwingen, ihn wieder zurückzugeben. Abgesehen davon würde Charlotte das ohnehin nicht zulassen.

Vorsichtig legte sie das gute Stück auf die freie Fläche zwischen dem Buch, das sie gerade las, und ihrem Wasserglas. Anschließend ließ sie sich mit einem erschöpften Seufzer auf ihrer Bettkante nieder und starrte trübsinnig vor sich hin. Es erschien ihr unbegreiflich, dass Philipp nun weg sein sollte. Obwohl nur ein paar Wochen vergangen waren, da er ihr Lehrer gewesen war, erschien es ihr wie eine Ewigkeit. Sie hatte sich so an seine Anwesenheit gewöhnt, hatte sein stilles Lächeln und seine ruhige Stimme zu schätzen gelernt und es geliebt, sich in den Diskussionen und Gesprächen mit ihm zu verlieren. Nun war er fort und sie musste sehen, wie sie ohne all das zurechtkam.

Es klopfte und gleich darauf wurde ihre Tür geöffnet. Luises nach der überstandenen Krankheit schmales Gesicht schaute mit besorgtem Blick durch die Öffnung. »Ist bei dir alles in Ordnung?«, fragte sie und schob sich weiter in den

Raum, während sie die Tür schnell wieder hinter sich schloss. Sie blieb stehen und musterte Charlotte prüfend.

Charlotte zuckte mit den Schultern, zwang sich aber den Anflug eines Lächelns ab. Sie war nicht in der Stimmung, sich zu unterhalten. Aber ihre jüngere Schwester schaffte es mit ihrer sanften Art irgendwie stets, einen Nerv bei Charlotte zu treffen, der sie dazu brachte, alles, was sich in ihr aufgestaut hatte, hinauszulassen. »Er ist weg«, flüsterte sie und spürte, wie Tränen in ihre Augen schossen.

Luise nickte stumm. Sie durchquerte das Zimmer und setzte sich dicht neben Charlotte auf das Bett, zog deren Hand auf ihren Schoss und drückte sie zärtlich. »Ich weiß.«

»Ich hätte nie gedacht …«, begann Charlotte, stockte dann aber. Sie fand nicht die passenden Worte für das, was sie sagen wollte.

Luise legte sanft den Kopf an ihre Schulter und fragte: »Bist du sehr traurig?«

Charlotte schluckte. Wollte sie es wirklich eingestehen, wie sie sich nach seiner Abreise fühlte? Vor sich und einem anderen Menschen? Aber warum eigentlich nicht. Sie hatte nichts mehr zu befürchten. Philipp war ohnehin nicht mehr da. Sie konnte nun offen dazu stehen, wie es in ihrem Innersten aussah, ohne die Befürchtung haben zu müssen, dass sie sich vor ihm lächerlich machte.

»Es ist mein Fehler, dass er gegangen ist. Ich habe diese dummen Briefe über ihn gestellt. Er war da. Er hatte ein ehrliches Interesse an mir. Der andere, der Briefeschreiber, war nur jemand, der schöne Worte machte.«

»Aber seine Worte haben dich glücklich gemacht«, gab Luise zu bedenken.

»Für den Moment, ja. Allerdings ist das nicht so wichtig, wie mit jemandem übereinzustimmen. Die gleichen Interessen zu hegen, nach denselben Werten zu leben, ähnliche Abneigungen zu haben, all das ist wichtiger als schöne Worte, die einem schmeicheln, aber nicht bleiben.«

»Er ist auch nicht geblieben«, warf Luise ein.

Nun konnte Charlotte die Tränen nicht mehr zurückhalten. Sie schluchzte auf und sofort waren ihre Wangen tränenüberströmt.

»Aber das ist nur meine Schuld! Weil ich zu viel wollte, mich überschätzt habe, bis er das Interesse an mir verloren hat.«

Luise richtete sich mit verwirrtem Blick auf. »Jetzt kann ich dir zwar nicht mehr hundertprozentig folgen, aber ich kann dir versichern, dass du mein volles Mitleid hast.«

Von Schluchzern geschüttelt nickte Charlotte ihr dankbar zu. Warum nur war sie nicht früher zu dieser Erkenntnis gelangt? Dann wäre Philipp jetzt vielleicht noch hier!

KAPITEL NEUNZEHN

Philipp warf einen schnellen Blick auf den Kalender und hielt inne. War er nun schon seit über zweieinhalb Monaten auf Reisen? Ja, doch, so war es! Heute auf den Tag waren es drei Monate, seit er von Gut Cossin davongeritten war. Er hatte es nicht über sich gebracht, sich umzuschauen, aus Furcht, Charlotte zu sehen. Hätte er einen Blick auf sie erhascht, wäre er einfach auf dem Fuß umgedreht und hätte es nicht geschafft, sie zu verlassen.

Nun aber saß er hier in dieser Villa direkt über dem Meer und hatte eine Unmenge neuer Eindrücke gewonnen. Nur wenige Meter vom Haus entfernt lag die Ausgrabungsstelle. Er hatte einige verlässliche Arbeiter angeheuert, nachdem er sich eingerichtet hatte und sie angewiesen, Grabungen an bestimmten, verheißungsvollen Stellen durchzuführen. Sie waren auf einige interessante Fossilien und verschiedene Erdschichten gestoßen, die Philipp alle sorgsam protokolliert hatte. Er hatte detaillierte Zeichnungen angefertigt und sämtliche seiner Eingebungen und Ideen dazu aufgezeichnet. Das war eine sehr erfüllende Tätigkeit und er war ziemlich beschäftigt. Dennoch flogen seine Gedanken in jeder freien Minute zu Charlotte. Jedes Mal, wenn er sich zur Ruhe legte, hatte er ihr Gesicht vor Augen. Immer, wenn er sich für einen Moment hinsetzte, um auszuruhen oder seine Ausarbeitungen weiterzuführen, hatte er ihre Stimme und ihr Lachen im Ohr. Im Geiste diskutierte er mit ihr über seine Entdeckungen. Er beriet sich mit ihr, wog ab und vermisste ihre Nähe. Die Gedanken an sie, die schönen und die wenigen nicht so erfreulichen Erinnerungen an die gemeinsame Zeit waren seine ständigen Begleiter. Er hatte gehofft, dass diese übermäßige Sehnsucht nach ihr, sich mit den Tagen legen würde. Wie angenehm wäre es, wenn sie nur eine wundervolle Erinnerung wäre und es ihm dennoch problemlos gelingen würde, auf ihre Nähe zu verzichten. Aber es war so viel schwerer, als er sich ausgemalt hatte.

Dieses hier war seine zweite Station. Zunächst hatte er sich ein Haus in den Bergen gemietet und dort die Bodenbeschaffenheit und das Gestein untersucht. Zu seinem stillen Wohlgefallen hatte diese Arbeit großen Anklang in der Wissenschaftswelt gefunden. Er hatte endlich die uneingeschränkte Anerkennung für sein Werk, nach der er sich Zeit seines Lebens gesehnt hatte. Es wäre nun angebracht, diese zu genießen, sich daran zu erfreuen und ein neues Kapitel aufzuschlagen. Sollte er jetzt nicht erleichtert sein, weil er am Ziel seiner wissenschaftlichen Träume angelangt war? Selbst Vater und Else hatten ihm anerkennende Zeilen geschrieben. All das erschien ihm zwar sehr angenehm, doch es füllte trotz allem nicht diese unbeschreibliche Lücke aus, die sich seit seinem Weggang von Gut Cossin in seinem Innern aufgetan hatte. Er war allein. Und er war sich dessen schmerzlich bewusst. Er hatte sein Herz erfolgreich vor weiteren möglichen Enttäuschungen geschützt, aber er war trotz allem nicht glücklich. Er vermisste Charlotte furchtbar. Sie fehlte ihm so heftig, dass er sich täglich die Frage stellte, wie er sein Leben ohne sie weiterleben sollte. Wahrscheinlich war sie inzwischen glücklich verheiratet, während er hier saß und sich nach ihr verzehrte. Täglich spielte er in Gedanken jenen verhängnisvollen Tag durch, der alles zwischen ihnen verändert hatte. Im Geiste war er mit ihr wieder in Berlin und sie besuchten gemeinsam dieses unsägliche Symposium. Ein Besuch, der so ganz anders verlaufen war, als er es sich im Vorfeld in seiner Naivität ausgemalt hatte. Einen Moment später war er in seiner Erinnerung wieder auf dem Ball, spürte den dringlichen Wunsch, sich mit ihr auszusprechen, und sah sie vor seinem inneren Auge mit diesem anderen Mann davontanzen. Er hatte einen riesigen Fehler gemacht, dass er es nicht einmal versucht hatte, um sie zu kämpfen. Er hatte eine fürchterliche, grausame Dummheit begangen und er würde darunter für den Rest seines Lebens leiden!

Immerhin war Tante Tilly eines Tages ohne die übliche vorherige Ankündigung überraschend wieder aufgetaucht. Sie war die Einzige, die es schaffte, Charlotte von ihrem heimlichen Kummer abzulenken. Außer Luise hatte sich Charlotte niemandem anvertraut. Wozu auch? Sie konnte ihre Situation ohnehin nicht ändern. Philipp war mittlerweile mehrere Monate fort und sie hatte kein Sterbenswort von ihm gehört. Trotzdem ertappte sie sich jedes Mal, wenn die Post kam, bei der Hoffnung, dass eine Nachricht von ihm dabei wäre. Zu ihrem Bedauern wurde diese jedes Mal enttäuscht.

Tante Tilly verlor kein Sterbenswörtchen darüber, was genau passiert war. Sie erzählte nicht von ihren Erlebnissen in Frankreich, sondern ließ lediglich durchblicken, dass »dieser Kerl unmöglich ist« und sie sich augenscheinlich am Tag der Hochzeit kurzfristig gegen eine Ehe mit ihm entschieden hatte. Am nächsten Tag hatte sie sich auf den Weg zurück nach Grünwaldenow gemacht. Allerdings war ihre Laune nicht die beste. Auch sonst war sie nicht für ihre Ausgeglichenheit bekannt und gerühmt, aber derzeit war sie selten gut gelaunt. Charlotte freute sich dessen ungeachtet, die Tante nun wieder um sich zu haben. Ihren Geschwistern jedoch merkte man an, dass sie nicht sonderlich erfreut darüber waren, sich nunmehr nicht nur von Maman, sondern zeitgleich von Tante Tilly Ermahnungen anhören zu müssen. Sogar Friederike, die täglich von Schloss Ritteysen herüberritt, um nach den Pferden zu sehen, verzichtete neuerdings auf ihre Besuche im Salon oder die Teilnahme am Essen. Angesichts der Tatsache, dass man ihr mittlerweile deutlich ansah, dass sie in anderen Umständen war, ging es ihr damit wahrscheinlich deutlich besser. Die Schwangerschaft hatte Maman beglückt aufgenommen. Tante Tilly aber fand ständig Dinge, die Friederike ihrer Ansicht nach nicht richtig machte. Wenn es nach der Tante gegangen wäre, hätte sich Friederike ohnehin, jetzt, da sie verheiratet war, vom Stall und dessen Bewohnern fernhalten müssen. Und Reiten in ihrem Zustand war nach Meinung von Tante Tilly *impossible*. Das kam für Friederike aber gar nicht infrage und so mied sie eben die Zusammenkünfte mit Tante Tilly.

Inzwischen war auf Gut Cossin ein neuer Hauslehrer eingezogen. Es war ein langweiliger, blasser und hoch aufgeschossener Mann, der Philipp keinesfalls das Wasser reichen konnte. Sein Wissen war in Charlottes Augen allenfalls als rudimentär zu bezeichnen. Vielmehr hätte sie ihm etwas beibringen können. Das hatte zur Folge, dass Charlotte den Unterricht nur sporadisch besuchte und sich mehr und mehr in ihre Bücher vergrub. Sie verbrachte täglich eine knappe halbe Stunde damit, den Turmalin anzustarren und an Philipp zu denken. Zu Anfang waren ihre Gedanken noch hoffnungsvoll. Vielleicht kam er zurück? Was würde sie tun, wenn er eines Tages einfach vor der Tür stehen würde? Schließlich aber verging mehr und mehr Zeit und Charlotte musste einsehen, dass ihre Tagträume mit jeder vergangenen Nacht weniger wahrscheinlich wurden.

Maman nahm ihr übel, dass sie Theodor von Dürrnstadt, der die Unverschämtheit besessen hatte, auf Gut Cossin aufzukreuzen und ohne mit der Wimper zu zucken, frech um ihre Hand zu bitten, abgewiesen hatte. Charlotte hatte Maman in der Folge mehrfach beteuert, dass sie alle Hoffnungen bezüglich einer Eheschließung ihrerseits begraben konnte. Sie würde niemals heiraten. Dessen war sie sich nach Philipps Abreise sicherer denn je. Es hatte eine Weile gedauert, aber nun hatte sie endlich erkannt, dass sie Philipp von Lotz liebte. Trotz des Altersunterschieds und ungeachtet der Tatsache, dass er ihr Lehrer gewesen war. Sie liebte ihn mehr als ihr eigenes Leben. Er wäre der

Einzige, für den sie unter Umständen bereit gewesen wäre, von ihren Plänen abzuweichen. Wenn sie nicht ihn heiraten konnte, würde sie gar keinen nehmen. Unabhängig davon, wie viele Kandidaten Friederike und Maman anschleppen mochten.

Charlotte schwelgte in ihren Erinnerungen. Sie sah vor sich, wie sie mit Philipp gemeinsam im Garten gesessen hatte, wie sie gelacht und sich die Köpfe heiß diskutiert hatten und sie vermisste ihn fürchterlich. Sie würde alles dafür geben, ihn wieder zurückzuholen. Dafür war es jedoch zu spät. Vor gut einem Monat hatte sie in ihrer Verzweiflung sogar alle Etikette und Konventionen über Bord geworfen und ihm heimlich einen Brief nach Schloss Altranft geschrieben. Sie hatte ihn dringend darum gebeten, sich bei ihr zu melden. Aber sie hatte keine Antwort erhalten. Es schien fast, als wäre er vom Erdboden verschwunden. Zu Hause sprach niemand mehr über ihn. Es war, als hätte es ihn nie gegeben. Nur Charlotte schaffte es nicht, ihn zu vergessen. Das Sehnen nach ihm war ein Teil von ihr geworden und sie konnte sich nicht vorstellen, wie es jemals wieder verschwinden sollte.

Seine Abfahrt aus Italien konnte man zweifellos als überstürzt bezeichnen, das stellte Philipp selbst gar nicht infrage. Aber wenn er eines aus der ganzen Sache gelernt hatte, war es die Erkenntnis, dass es wichtiger war, seinem Herzen zu folgen, als irgendwelchen fadenscheinigen Bedenken nachzugeben. Sollte er den Wunsch verspüren, könnte er jederzeit hierher in die Villa zurückkommen und seine Grabungen fortsetzen. Vor seiner Abreise hatte er sie kurzerhand gekauft. Es war ein wunderschönes Stückchen Erde, reich an tektonischen Auffälligkeiten und aufgrund der Felsen, Vulkane und Lage mit besonderen geologischen Besonderheiten bestückt und insgeheim hegte er die Hoffnung, all das eines Tages Charlotte zeigen zu können. Schlussendlich hatte er erkannt, was ihm in den letzten Wochen gefehlt hatte, obwohl er von außen betrachtet alles erreicht hatte, wovon er geträumt hatte. Allerdings war das ersehnte heimelige Gefühl ausgeblieben.

Vor einigen Tagen jedoch wurde ihm auf einen Schlag der Schleier von den Augen gerissen, den er selbst dort fixiert hatte. Und wie es zu Charlottes und seiner gemeinsamen Geschichte passte, war es schon wieder ein Brief gewesen, der alles für ihn verändert hatte. Kaum hatte er das Schreiben in der Hand gehalten, hatte er Charlottes gestochene Schrift sofort erkannt. Umgehend begann sein verräterisches Herz heftig zu klopfen.

Charlotte hatte ihm geschrieben.

Sie hatte ihm tatsächlich geschrieben!

Einen kurzen Moment hegte er die Befürchtung, dass es nur ihre Hochzeitsanzeige war, die sie ihm hatte zukommen lassen, und er überlegte ernsthaft, den Brief ungeöffnet beiseitezulegen. Der Brief musste Wochen hierher gebraucht haben. Der getreue Gustav hatte ihn Philipp nach Italien nachgesandt. Natürlich wusste er von seinen Gefühlen für Charlotte, obwohl sie nie darüber geredet hatten. Der Kammerdiener war ein hervorragender Beobachter, was ihn zu einem guten Gesprächspartner und einem Meister seines Fachs machte.

Philipp starrte den Brief mit zitternden Fingern und stockendem Atem eine Weile angespannt an. Die Erkenntnis, dass er all den Kummer, den er in den letzten Monaten hatte erdulden müssen, durch sein Weglaufen selbst verursacht hatte, brannte in ihm. Hätte er sich seinen Gefühlen gestellt und um Charlotte gekämpft, sähe die Lage jetzt mit Sicherheit anders aus. Er würde nicht allein hier in dieser Villa an der italienischen Küste sitzen und sich nach der Frau sehnen, die sein Herz im Sturm erobert hatte. Er drehte den Brief zwischen seinen Fingern umher, bis er endlich kurz entschlossen den Umschlag aufriss. Wenn es eine Heiratsanzeige war, wüsste er wenigstens Bescheid. Vielleicht gelänge es ihm dadurch besser, Abschied zu nehmen. Zu seiner Erleichterung fielen zwei eng beschriebene Seiten heraus. Sie hatte sich die Mühe gemacht, ihm so viel zu schreiben. Was ihr Verlobter wohl davon halten mochte? Philipps Hände begannen zu schwitzen und seine Muskeln spannten sich an, als er sich über die Zeilen beugte und voller Ehrfurcht begann, den Brief zu lesen. Schon bei den ersten Worten schoss ihm das Blut in die Wangen.

»*Mein lieber und geschätzter Philipp*«, las er und wurde derartig von dem Ansturm seiner Gefühle überwältigt, dass er das Blatt für einen Moment sinken lassen musste, um sich zu fassen. Es war so wundervoll, von ihr zu hören. Dass sie den Mut aufgebracht hatte, sich über sämtliche Konventionen hinwegzusetzen und ihm einfach zu schreiben, erfüllte ihn mit einem warmen Glücksgefühl, das sich rasant in seinem Körper ausbreitete. Begierig beugte er sich erneut über ihre Zeilen und sog jedes Wort in sich auf.

»*Ich schreibe dir heute, weil ich die Situation, wie sie zwischen uns derzeit besteht, kaum ertragen kann. Stündlich sitze ich hier und sinne darüber nach, was ich alles hätte anders machen müssen, um dich nicht derartig vor den Kopf zu stoßen, dass du keinen anderen Ausweg sahst, als von Gut Cossin zu fliehen. Denn es war eine Flucht, oder nicht?*

Ich war eine dumme Gans, deren Streben nach Anerkennung alles zwischen uns zerstört hat, was jemals da gewesen sein mag. Wieder und wieder frage ich mich, ob ich mir all das nur eingebildet habe. War diese Nacht Wirklichkeit, als wir eng umschlungen im Unterrichtszimmer standen? Haben wir tatsächlich gemeinsam im Garten gesessen und uns stundenlang über Gestein und geologische Entdeckungen ausgetauscht? Oder ist es lediglich der Einbildung eines dummen Mädchens entsprungen, dass dort zwischen uns Gefühle entstanden sind? Womöglich war diese Zuneigung nur einseitig. Aber ich kann dir versichern, dass meine Emotionen dir gegenüber echt waren, obwohl es zwischendurch nicht so ausgesehen haben mochte. Ich verspreche dir, dass der geheimnisvolle Briefeschreiber mir nicht einmal einen Bruchteil dessen bedeutete, was du mir bedeutest. Ich vermisse dich unendlich, habe meine Fehler erkannt und wünsche mir nichts sehnlicher, als baldmöglichst eine Antwort von dir zu erhalten. Oder dich eines Tages womöglich sogar wiederzusehen.

Deine C.«

Tränen liefen über seine Wangen, als er den Brief sinken ließ. Es waren zugleich Tränen der Freude, von ihr zu hören, und des Schreckens. Der Brief hatte lange gebraucht, bis er ihn erreicht hatte. Charlotte ging inzwischen mit Sicherheit davon aus, dass er nichts von ihr wissen wollte. Denn sie hatte keine Antwort von ihm erhalten. Sie musste sehr enttäuscht sein.

Ein paar Minuten später hatte er Anweisung gegeben, das Nötigste einzupacken und die Kutsche abfahrbereit zu machen. Er hatte nicht lange gezögert, denn es war ihm bewusst, dass er die Fesseln, die er sich selbst auferlegt hatte, abstreifen und sich sofort auf den Weg zu ihr machen musste. Es gab keine einzige Sekunde mehr zu verlieren! So schnell es ging, wollte er zurück zu Charlotte, bevor sie es sich eventuell anders überlegte und sich in ihrer Verzweiflung, dass er ihren Brief ignoriert hatte, einem anderen an den Hals warf. Eine nervöse Anspannung hatte ihn ergriffen. Sie hatte ihm eine zweite Chance gegeben und er würde den Teufel tun und diese erneut in den Sand setzen, so wie er es beim ersten Mal mit Pauken und Trompeten getan hatte.

KAPITEL ZWANZIG

Lustlos ließ sich Charlotte von Martha für den bevorstehenden Ball fertig machen. Wenn es nach ihr gegangen wäre, wäre sie daheimgeblieben und hätte es sich mit einem guten Buch gemütlich gemacht. Was gab es Schöneres? Friederike, der Bälle früher ähnlich verhasst gewesen waren wie ihr, stand diesem Bedürfnis im Wege. Schon wieder fand ein Ball auf Schloss Ritteysen statt. Dieses Mal geschah es im Rahmen der um einige Monate nach hinten verschobenen Jagdfestivitäten. Zu Charlottes Irritation hatte sich Friederike förmlich in die Vorbereitung hineingesteigert. Mit roten Wangen hatte sie sich stundenlang mit Maman über die passenden Blumenarrangements und das Menü beraten und dafür sogar ihr Versteckspiel mit Tante Tilly aufgegeben.

»Ich verstehe nicht, warum du dich auf einmal über derartige Nichtigkeiten so sehr echauffierst«, hatte Charlotte ihr kopfschüttelnd gesagt, als sie mal wieder durch die lautstarken Debatten von Maman und Friederike in ihrer derzeitigen Lektüre gestört wurde.

Friederike fuhr auf, als hätte Charlotte sie mit einem Stein beworfen. Sie erhob sich wie ein Hahn beim Krähen und sagte mit schneidender Stimme: »Dieser Ball ist Leopold und mir nun einmal sehr wichtig. Er hat uns zusammengebracht.«

Charlotte neigte den Kopf, als dächte sie über etwas nach und grinste. »Da habe ich aber eine ganz andere Erinnerung. Soweit mein Gedächtnis mich nicht täuscht, bist du im letzten Jahr gekränkt und wütend vom Ball davongerannt.«

Ihre älteste Schwester kniff die Augen zusammen und fixierte Charlotte scharf. Sie schüttelte entschieden den Kopf. »Dennoch markiert es im Grunde den Beginn unserer Beziehung. Ein paar Tage früher oder später machen keinen Unterschied.«

»Es liegt also nicht daran, dass dein Mann noch immer kein Freund von Kutschenrennen ist und ihr mit einem pompösen Ball vergessen machen wollt, dass es dieses Jahr entfällt?«, fragte Charlotte mit hochgezogener Braue.

Jetzt lief Friederikes Kopf rot an. Sie sah aus, als würde sie gleich in die Luft gehen. Friederike schnaubte wütend und tätschelte sich den schon deutlich sichtbaren Bauch, als wollte sie das Kind dort drinnen beruhigen.

»Nur weil du kein Liebesleben hast, brauchst du nicht meines zu beschmutzen«, gab sie scharf zurück.

»Mädchen, nun hört schon auf, euch gegenseitig zu ärgern«, schaltete sich jetzt Maman entschieden ein. Ihre Stirn lag missmutig in Falten.

Charlotte hatte Friederike einen letzten wütenden Blick zugeworfen und erneut den Kopf über ihr Buch gesenkt.

Sie hatte ihr Buch ein bisschen höher gehoben, sodass ihr Gesicht vom Buchrücken verdeckt gewesen war, und hatte dahinter für einen Moment entmutigt die Augen geschlossen. Aber Friederikes Worte tönten weiter laut in ihrem Innern nach. Ärgerlicherweise hatte ihre große Schwester recht: Philipp hatte sie ganz offensichtlich abgeschrieben und sie litt darunter. Welchen Grund sollte er sonst haben, nicht auf ihren Brief zu reagieren? Nie hätte sie gedacht, dass er ihr so fehlen würde, doch so war es nun einmal. Natürlich wäre es deutlich klüger und sinnvoller gewesen, ihn zu vergessen und seine Ablehnung zu akzeptieren, aber sein Schweigen hatte eine andere Wirkung auf Charlotte: Es machte sie wütend. Auch wenn sein Interesse an ihr verloschen war, wäre es wohl mehr als recht und billig gewesen, ihr zumindest ein paar erklärende Zeilen zukommen zu lassen. In ihrem Inneren brodelte es, wenn sie an ihn dachte, eine Mischung aus Wut und Sehnsucht. Es war kurios und unangenehm zugleich und hinterließ ein schales Gefühl. Leider schaffte sie es dennoch nicht, ihre Gedanken nicht zu ihm wandern zu lassen. Doch augenscheinlich hatte er ihre Hingabe gar nicht verdient, wenn er es nicht mal für nötig hielt, auf ihre Zeilen, an denen sie so lange gefeilt hatte, bis sie ihr richtig erschienen waren, zu antworten. Es war an der Zeit, endlich mit dem Ganzen abzuschließen und nach vorne zu blicken.

»Aua.« Marthas Kamm fuhr ziepend durch ihre Haare.

»Verzeihung, gnädiges Fräulein. Ihre Haare sind so lang, dass es nicht leicht ist, sie zu bürsten.« Martha setzte ihr schmerzhaftes Kämmen fort. Charlotte seufzte leise. Wie gerne hätte sie auf diese Prozedur verzichtet. Aber das ging natürlich nicht. Es wurde nun einmal von ihr erwartet.

Bereits beim Betreten des ausladenden Saals von Schloss Ritteysen spürte Charlotte, dass etwas Besonderes in der Luft lag. Es fühlte sich anders als sonst an, hinter ihren Eltern durch die ausladende Flügeltür zu schreiten und nach allen Seiten höflich zu grüßen. Neugierig ließ sie den Blick schweifen. Bekannte Gesichter nickten ihr zu. In einer Ecke des Saals hatte die allgegenwärtige Gräfin Kürmperg den Kopf mit ihren Freundinnen zusammengesteckt, während sie die Anwesenden beobachteten. Der Kronprinz hatte sich entschuldigen lassen, aber seine Mutter samt Hofstaat wurde später am Abend an seiner Stelle erwartet. Es waren die ständig gleichen Gäste anwesend, vermischt mit einigen von Friederikes Züchterfreunden und den Jagdbesuchern. Obwohl der Kronprinz nicht kommen würde, waren dennoch nicht wenige seiner Hofschranzen anwesend. Natürlich hätte Charlotte diese Bezeichnung nie offiziell benutzt. Maman wäre empört gewesen und hätte sie gezwungen, sich den Mund zur Strafe mit Seife auszuwaschen. In ihrem Kopf betitelte sie die nicht selten einer eigenen Persönlichkeit entbehrenden Bücklinge des Königs und seiner Familie dennoch so.

Waldemar war mit seinen Eltern schon da und unterhielt sich gerade mit einem Mann, dessen Rücken ihr irgendwie vertraut erschien. Ihr Nachbar und Freund sagte irgendetwas und der Unbekannte drehte sich zu Charlotte um und lächelte sie an. Sie riss verblüfft die Augen auf. Gleich würde sie mit Sicherheit das Bewusstsein verlieren und zu Boden sinken oder etwas anderes Peinliches würde passieren. Ihr Gefühl, dass heute etwas Aufsehenerregendes geschehen würde, hatte sie also nicht getäuscht. Maman, die vor ihr stand, umarmte gerade Friederike überschwänglich.

Dort drüben stand Philipp.

Er stand mit Waldemar und einigen anderen Männern einfach da und hob lächelnd und mit spielerisch zur Seite geneigtem Kopf sein Glas und prostete ihr zu.

Charlotte starrte ihn an wie einen Geist. War er das wirklich oder nur eine Halluzination, die ihr sehnsüchtiges Herz ihr vorgaukelte? Angenommen, er war es tatsächlich: Wie konnte er die Dreistigkeit besitzen, hier einfach aufzukreuzen? Dabei hatte er sich all die Monate nicht ein einziges Mal bei ihr gemeldet und es unterlassen, auf ihren Brief, in dem sie ihm ihr Herz zu Füßen gelegt hatte, zu antworten! Sie blickte konsterniert zu ihm hinüber, während sich die Wut in ihrem Inneren von Sekunde zu Sekunde stärker steigerte. Nun war sie an der Reihe, Friederike und Leopold als Gastgeber die Ehre zu erweisen, aber sie schaffte es nicht, ihren Blick von Philipp zu lösen. Ja, inzwischen war sie sich sicher, dass er es sein musste. Die Grübchen in seinen Wangen waren unverkennbar.

»Willst du mir nicht wenigstens die Hand reichen?«, fragte Friederike irritiert. Henriette, die hinter Charlotte stand, gab ihr einen leichten Stoß. Aber Charlotte war gerade nicht in der Lage, das schwesterliche Vergehen in diesem Moment zu ahnden.

»Ja, natürlich«, murmelte sie abwesend und umarmte Friederike und Leopold rasch. Der Mann ihrer ältesten Schwester erschien ihr inzwischen wie ein großer Bruder, so sehr war er inzwischen Teil ihrer Familie geworden. Inzwischen war er vollkommen in die Rolle des Herzogs hineingewachsen und hatte viel von Friederikes direkter Art übernommen.

»Was bringt dich derartig aus dem Konzept, Liebes?

Etwa die Rückkehr des Grafen von Lotz?«, fragte Leopold grinsend und deutete zu Philipp hinüber. »Er ist erst gestern spät zurück...«, fuhr er fort, doch Charlotte, die nun die Begrüßung hinter sich gebracht hatte, hörte ihm gar nicht mehr zu, sondern steuerte zielstrebig quer durch den ganzen Saal auf den im hinteren Ende stehenden Philipp zu.

Sie war entschlossen, ihn zur Rede zu stellen. Wie hatte er es wagen können, ihr nicht zu antworten! Sie hatte ihren guten Ruf riskiert, indem sie ihm geschrieben hatte. Trotzdem hatte er es nicht einmal für nötig befunden, in irgendeiner Form darauf zu reagieren. Natürlich bemerkte sie die neugierigen Blicke, die sie trafen, als sie wie eine Furie durch den Saal zielsicher auf ihn zusegelte, ohne jemand anderen anzuschauen. Sie waren ihr egal. Mochten sich die anderen Gäste das Maul über ihre mangelnden Manieren zerreißen, sie war entschlossen, Philipp zur Rede zu stellen. Vor aller Augen, wenn es nicht anders ginge. Selbst wenn er sie nicht mehr wollte, hatte er kein Recht, sie derartig lieblos zu behandeln. Das gehörte sich einfach nicht. Noch weniger, als einen höhergestellten Herrn um dringende Antworten zu ersuchen, die einem auf der Seele brannten. Es würde andere davor bewahren, die gleichen Fehler wie Charlotte zu machen und ihr Herz an ihn zu verschenken, wenn sie erst erführen, was für ein ungehobelter Ignorant er eigentlich war. Und dieses breite Lächeln, das immer noch seine Züge beherrschte, würde ihm vergehen, wenn sie ihm alles gesagt hätte, was ihr im Kopf herumgeisterte. Allerdings würde sie zumindest versuchen, ihn erst so gesittet wie möglich um eine Unterredung unter vier Augen zu bitten, bevor sie ihre Vorwürfe darbrächte. Aber sie konnte ihm nicht ersparen, ihr eine Erklärung für sein schändlich nachlässiges Verhalten ihr gegenüber zu geben.

∼

Sie kam direkt auf ihn zu. Philipp spürte, wie ihm heiß wurde vor Vorfreude. Charlotte sah noch schöner aus als damals, als sie unter dem Apfelbaum gekniet und er ihr seinen Turmalin geschenkt hatte. Das war das letzte Mal, dass er sie gesehen hatte.

Ihr Gesicht war blass und sie wirkte ungewöhnlich entschlossen. Er wusste, dass die Blicke sämtlicher Anwesender auf sie gerichtet waren. Philipp aber sah nur Charlotte an. Die Gespräche um ihn herum verstummten. Mit schnellen Schritten kam sie näher. Ihre dunklen Augen blitzten unheilvoll. Das hatte er verdient. Zumindest aus ihrem Blickwinkel musste es ihr so erscheinen. Aber alles, was zählte, war, dass er sie endlich wiedersah. Er war fast zwei Wochen von Italien nach Preußen unterwegs gewesen, obwohl er den Kutscher unablässig zur Eile angetrieben hatte. Es war ein weiter Weg und die Pferde hatten zwischendurch Pausen gebraucht. Währenddessen hatte er kaum ein Auge zugetan. Unablässig hatte er an sie denken müssen, hatte sich ausgemalt, wie ihr erstes Wiedersehen aussehen würde, was er zu ihr sagen sollte, aber das war alles vergessen, jetzt, da er sie endlich wiedersah.

Er spürte, wie sein Magen unruhig hüpfte und wie sein Herz schneller schlug. O Gott, wie sehr liebte er diese Frau! Es war ihm ein Rätsel, wie er es all die Wochen geschafft hatte, ohne sie zu sein.

Das Gemurmel setzte wieder ein. Die Leute redeten aller Wahrscheinlichkeit nach über sie, aber all das spielte keine

Rolle. Sein bisher tadelloser Ruf wankte und das war gut so. Er hatte die Leidenschaft viel zu lange aus seinem Leben verdrängt und sich nur an Fakten gehalten. Aber er wusste, dass er ohne Charlotte nicht weiterexistieren konnte. Er würde nur ein Schatten seiner selbst sein, so wie das in den letzten Wochen der Fall gewesen war.

Philipp war froh, dass er vorsorglich all seine Gefühle in einem Brief festgehalten hatte. Jeden Tag seiner langen Rückfahrt hatte er dafür genutzt, hatte täglich einen neuen Entwurf gefertigt, damit alles, was er ihr sagen wollte, in den richtigen Worten dort nachzulesen war.

Nun hatte Charlotte ihn erreicht. Sie trug den vertrauten leichten Fliedergeruch, der sein Herz schneller schlagen ließ. Er hatte sich allerdings nicht getäuscht: In ihrem Blick und ihrer ganzen Haltung glomm Wut. Dennoch brachte er es nicht über sich, sie ernst anzusehen, wie es ihren Gefühlen sicher eher entsprochen hätte. Viel zu groß war die Freude, ihr endlich wieder gegenüberzustehen. Offensichtlich war sie weder verlobt und auch nicht verheiratet, denn sie war mit ihrer Familie gekommen und trug keinen Ring. Ein Stein fiel ihm von Herzen. Diese Sorge war während all der Monate die gewesen, die ihn am meisten belastet hatte. Er war sich sicher, dass ihm die Erleichterung zusammen mit dem Entzücken darüber, ihr gegenüberzustehen, in seinem Gesicht stand.

»Charlotte, ich freue mich so unglaublich, Sie wiederzusehen.« In diesem öffentlichen Rahmen verzichtete er bewusst auf das vertraute Du und er hoffte, dass sie verstand, warum er es tat. Es würde auf sie zurückfallen, wenn sie als so lose galt, dass sie sich mit ihrem Lehrer eingelassen hatte.

Ihre Züge verhärteten sich. Sie empfand die Anrede als

Zurückweisung und das tat ihm leid, doch vor all den neugierigen Ohren gab es keine Möglichkeit, sie auf den wahren Grund hinzuweisen.

»Warum haben Sie mir nicht geantwortet?« Ihre Stimme tönte laut und anklagend durch den Raum.

Hastig griff Philipp nach ihrem Arm und zog sie in Richtung der großen Fenstertüren, die zum im barocken Stil angelegten Garten hinausgingen und aus denen man im Sommer einfach hinaustreten konnte. Heute aber war es dafür zu frisch und sie waren geschlossen. Ungeduldig rüttelte er daran, die wütend schnaubende Charlotte hinter sich herziehend. Er befürchtete, dass sie in ihrem Ärger weitere Anschuldigungen gegen ihn hervorbringen könnte, die geeignet wären, sie vor den Anwesenden zu inkommodieren. Schon die Äußerung, dass sie eine Antwort von ihm erwartet hatte, war geeignet gewesen, ihren guten Ruf zu beschädigen. Es ging ihm nicht darum, was die Ballgäste von ihm denken mussten. Sein einziges Begehr war es in diesem Augenblick, Charlottes Ruf zu schützen.

So sehr er sich bemühte, er schaffte es nicht, die fest verschlossenen Türen zu öffnen. Man hatte sie offenbar abgeschlossen. Er wandte sich daher zu Charlotte um und raunte ihr zu: »Achten Sie auf Ihre Worte.« Im Eifer des Gefechts bemerkte er zu spät, dass er sie schon wieder gesiezt und sie schon beim ersten Mal gar nicht gut darauf reagiert hatte.

Sie stieß empört die Luft durch die Nase aus und richtete sich auf. Bevor sie dazu kam, etwas zu sagen, griff er schnell in die Innentasche seiner Weste und reichte ihr den mitgebrachten Brief. Seine Hoffnung war, sie damit beruhigen zu können, bevor es endgültig zum Eklat kam. Obgleich er sofort anbieten würde, sie zu ehelichen, um ihren Ruf wiederherzustellen, würde etwas zurückbleiben und die Leute würden über sie tuscheln, wo sie auch auftauchen mochte. Das wollte er ihr um jeden Preis ersparen. Er kannte das Gefühl, nicht dazuzugehören, allzu gut. Charlotte sollte nicht erneut eine Zurückweisung wie damals bei dem Berliner Symposium erleben. Das würde sie kränken.

Hoffnungsvoll hielt er ihr das Schreiben hin, an dem er so lange gefeilt hatte, aber sie schüttelte kategorisch den Kopf.

»Bitte, Charlotte«, flehte er. »Hier steht alles drinnen, was ich Ihnen zu sagen habe.«

»Ich will keinen Brief. Sagen Sie mir, warum Sie nichts mehr von mir wissen wollten.« Ihre Stimme klang leiser als eben. Die Verletzung, die in ihren Worten mitklang, entging ihm nicht.

»Ich dachte, Sie lieben einen anderen«, sagte er leise. Der altbekannte Schmerz, der in den letzten Monaten sein ständiger Begleiter gewesen war, zog sein Herz zusammen.

»Aber warum denn?« Sie wirkte verblüfft. »Wen sollte ich denn sonst lieben?«

»Herrn von Dürrnstadt. Sie haben mit ihm getanzt und so glücklich ausgesehen, als Sie sich mit ihm unterhielten.«

Sie runzelte die Stirn. »Ich habe nie ernsthaft daran gedacht, Theodor zu heiraten«, sagte sie verwundert. »Wenn Sie sich durch den unbekannten Briefeschreiber bedroht gefühlt hätten, könnte ich es verstehen, denn ich muss zugeben, dass mich seine Worte häufig berührt und ins Herz getroffen haben. Aber Theodor? Nein.« Sie schüttelte heftig den Kopf. Plötzlich wirkte sie entschieden weicher und weniger distanziert.

Erleichterung durchströmte Philipps Körper und ließ ihn befreit aufatmen. Durch ihren eigenen Mund zu hören, dass seine Befürchtungen unzutreffend waren, hatte eine überaus beruhigende Wirkung auf ihn. »Lies den Brief und du wirst alles verstehen«, sagte er liebevoll. Er konnte es kaum erwarten, dass sie endlich realisierte, wer ihr die ganze Zeit diese Briefe geschrieben hatte. Wenn sie nur einen Blick auf den Umschlag werfen würde, dann müsste sie erkennen …

»Nein!«, unterbrach sie seine Gedankengänge entschieden.

Was sollte er nur tun? Eine so sture Person wie sie, war ihm noch nicht begegnet. Langsam nahm er ihr den Brief wieder aus der Hand und sagte ruhig: »Ich war in Italien. Deine Zeilen haben mich erst vor zwei Wochen erreicht. Kaum hatte ich sie gelesen, habe ich mich umgehend auf den Weg zu dir gemacht.«

»Und du hieltest es für eine gute Idee, mich hier auf dem Ball meiner Schwester zu überrumpeln?« Noch immer schien ihr Ärger nicht besänftigt.

Er spürte die Blicke der Umstehenden auf ihnen ruhen und zog sie vorsichtig tiefer in die Ecke hinein. Wie viel besser wäre es gewesen, wenn sie in den Garten hätten gehen können, als diese Auseinandersetzung vor aller Augen führen zu müssen. Daran hatte er bei seiner romantisierten Vorstellung ihres Wiedersehens nicht gedacht. Trotz aller Rückschläge war Charlotte natürlich nach wie vor willensstark und unbeirrt, wenn sie von einer Sache überzeugt war. Das war ja einer der Wesenszüge an ihr, die ihn so faszinierten.

Ungeduldig stellte er sein Champagnerglas auf einer der kleinen Kommoden ab, die zwischen den Fenstertüren die Wände zierten. Wahrscheinlich waren das sehr wertvolle Preziosen, doch im Moment konnte er daran keinen

Gedanken verschwenden. Er musste es schaffen, Charlotte wieder für sich zu gewinnen, sie dazu zu bringen, ihm endlich richtig zuzuhören. Es wäre so viel einfacher, wenn sie wüsste, wer ihr die ganze Zeit anonym jene Briefe geschickt hatte, damit sie erfuhr, wie lange er schon romantische Gefühle für sie hegte, aber das hatte Zeit. Wichtiger war, dass sie begriff, dass er nie beabsichtigt hatte, sie zu verletzen, und dass er ein dummer Esel gewesen war, der vor der Liebe weggelaufen war. Allerdings hörte sie ihm in ihrem Irrglauben, dass er sich bewusst von ihr abgewandt hatte und sie ihm nichts bedeutete, kaum zu.

»Du hättest mir schreiben können«, erwiderte sie trotzig.

Philipp sah sie nachdenklich an. Er steckte den Brief wieder ins Revers und sagte: »Warte einen Augenblick.« Er wandte sich ab und schritt schnell davon. Das Vorhaben, das ihm gerade spontan in den Sinn gekommen war, war ein riskantes Manöver und er warf damit alles in eine Waagschale. Allerdings war es der einzig mögliche Weg, endlich zu ihr durchzudringen.

Charlotte drehte sich schnell wie eine Katze um und blickte ihm voller Empörung hinterher. Wie konnte er sie einfach so stehen lassen? Schon wieder verließ er sie mir nichts, dir nichts und sie fühlte sich dumm und einsam. Warum nur verstand er nicht, was sie von ihm wollte? Sie brauchte nur eine Erklärung dafür, warum er sie so lange Zeit über seinen Verbleib und seine erloschenen oder nie vorhandenen Gefühle im Ungewissen gelassen hatte.

Er wollte ihr ständig nur diesen Brief aufzwingen. Sie

wollte keine Ausflüchte lesen, sondern die Wahrheit direkt aus seinem Mund hören. Obwohl sie ihm sowohl auf dem gesellschaftlichen Parkett als auch in intellektueller Hinsicht unterlegen sein mochte, fand sie, dass er ihr das schuldig war. Es würde ihr zumindest die Chance geben, mit der ganzen Sache abzuschließen. Ihre Hoffnungen endgültig zu begraben. Nun aber eilte er von ihr fort, auf das Streichquartett zu, das an diesem Abend aufspielte. Was sollte das werden? Es fiel ihr schwer, unter einer solchen Behandlung die verlangte Contenance zu wahren.

Er beugte sich zu dem Violinisten und flüsterte ihm etwas zu. Der lauschte und nickte lächelnd. Er gab seinen Mitstreitern einen Befehl und eine Sekunde später ertönte ein langgezogener Tusch. Die Blicke sämtlicher Anwesender wandten sich nun den Musikern und damit ebenfalls Philipp zu, der zwischen ihnen stand und wartete.

Nun hob Philipp die Hand und räusperte sich. »Verzeihen Sie bitte meine Unverfrorenheit, Sie bei dem, was Sie gerade tun, zu unterbrechen«, begann er und Charlotte kam gespannt näher. Was auch immer er da vorhatte, sie war entschlossen, sich kein Wort davon entgehen zu lassen. Sie starrte zu ihm hinüber, fixierte ihn geradezu und wartete darauf, was er so öffentlich zu verkünden hatte.

»Es ist mir bewusst, dass mein Vorgehen als äußerst ungewöhnlich und unüblich angesehen werden kann, aber besondere Umstände erfordern manchmal außerordentliche Maßnahmen. Ich verspreche Ihnen, dass ich Ihre Aufmerksamkeit nicht allzu lange beanspruchen werde, denn in erster Linie richten sich meine Worte an eine bestimmte Person hier im Raum.« Er blickte zu ihr hinüber. Konzentriert, ernsthaft und nicht so seltsam heiter wie er es bis eben noch gewesen war. Charlotte errötete. Alle Blicke wandten sich ihr neugierig zu. Ihr Herz schlug schneller und ihre Muskeln spannten sich unwillkürlich an.

»Auch auf die Gefahr hin, dass Sie meinen Auftritt hier als lächerlich erachten, wobei ich Ihnen nur zustimmen kann, bin ich leider nicht in der Situation, Ihnen diesen zu ersparen.« Nun lächelte Philipp die Umstehenden entschuldigend an, doch schnell hing sein Blick an Charlottes Gesicht. Ihre Beine begannen zu zittern. Entschlossen richtete sie den Rücken gerade auf. Hatte sie sich nicht geschworen, nicht mehr weich zu werden?

»Charlotte«, wandte sich Philipp jetzt an sie persönlich. »Ich lasse dich nicht gehen. Das war nie meine Intention. Ich war ein Idiot, der vor seinen eigenen Gefühlen weggelaufen ist, anstatt sie sich einzugestehen und um dich zu kämpfen. Du hast völlig recht, dass ich mich bei dir hätte melden müssen. Ich hätte dir viel früher eingestehen sollen, was ich für dich empfinde und wie dumm ich mich verhalten habe. All die Monate verging kein Tag, keine Stunde, da ich nicht an dich gedacht habe. Ich habe dich so schmerzlich vermisst, habe mich so unsagbar nach dir gesehnt, dass ich dachte, ich würde daran zerbrechen. Dann kam dein Brief, der mir vor Augen geführt hat, was für ein Trottel ich war, dass ich überhaupt jemals von dir fortgegangen bin.« Er hielt inne und wischte sich mit zitternden Händen übers Gesicht, als wollte er die düsteren Erinnerungen einfach wegwischen, ließ sie aber nicht aus den Augen. »Ich liebe dich von ganzem Herzen, Charlotte von Cossin. Schon vom ersten Tag an. Und ich hoffe zutiefst, dass du mir verzeihst.« Seine Augen hingen mit flehendem Blick an ihrem Gesicht.

Schon bei seinem dritten Satz waren Charlotte die Tränen gekommen. Sie hielt sie nicht zurück, sondern ließ sie einfach ungehindert über die Wangen laufen, ungeachtet all der hochgezogenen Augenbrauen und gerunzelten Stirnen um sie herum. Während er sprach, konnte sie sich nicht bewegen. Sie hatte sämtliche Kontrolle über ihre Glieder verloren und konnte einfach nur dastehen, während ihr Blick an seinen Lippen hing. Sie hatte jedes Wort gehört, konnte jedoch nicht erfassen, dass er tatsächlich sie damit meinte.

Er liebte sie.

Er hatte sich nicht von ihr abgewandt, weil seine Gefühle für sie erloschen waren, sondern weil sie so stark geworden waren, dass sie ihn in die Irre geführt hatten. Er liebte sie, genauso wie sie ihn liebte. Charlotte schaffte es nicht, den Blick von ihm zu lösen, doch auf einmal machten sich ihre Beine selbständig. Sie lief auf ihn zu, rannte fast und fiel ihm einfach in die Arme. Ein Raunen ging durch die Menge. Sie konnte sich vorstellen, was man jetzt von ihr dachte. Das war allerdings völlig unerheblich. Philipp liebte sie! Mehr brauchte sie nicht. Sie wollte nur zu ihm gehören, war bereit, alle ihre wissenschaftlichen Ambitionen zu vergessen, wenn sie dafür nur an seiner Seite sein konnte. Der falsche Stolz, die Sorge der Eltern, dass er zu alt für sie sein könnte, der Impuls, jeden abzuweisen, der ihr nahekommen wollte, um zu zeigen, dass sie es allein schaffen konnte, gehörten der Vergangenheit an. Alles, was zählte, war, dass er sie liebte, so wie sie ihn liebte.

Philipp drückte sie fest an sich. Sie standen mitten im festlich geschmückten Saal und umklammerten sich wie zwei Schiffbrüchige, die nach langem Warten von der einsamen Insel, auf der sie gestrandet waren, gerettet worden waren.

»Endlich hast du mich angehört«, wisperte er ihr ins Ohr. Sie kicherte leise, fuhr aber fort, sich an ihn zu klammern. Er schloss die Augen. Ihre Nähe zu spüren, war unglaublich. So wie damals in der Nacht, als sie ihn so überraschend in den Unterrichtsraum geführt hatte. Er war am Ziel seiner Träume. Sie standen einfach nur da und umarmten sich.

»Ich war so ein dummes Huhn«, flüsterte sie an seiner Brust. »Ich hätte dich nie gehen lassen dürfen.«

Er verstärkte seine Umarmung. Sie konnte ihm gar nicht nahe genug sein. Endlich hatte er sie wieder!

Da hörte er hinter sich ein lautes Räuspern, das ihn wieder zurück in die Realität holte und ihn daran erinnerte, wo sie sich befanden. Langsam und nur ungern öffnete er die Augen wieder. Charlotte aber stand weiter da und hielt ihn unvermindert fest, den Kopf eng an seine Brust gepresst. Vorsichtig drehte er sich mit ihr gemeinsam um, um zu sehen, wer hinter ihm stand.

Der Kopf von Charlottes Vater leuchtete in einem ungesunden Rotton und seine Augen waren zu schmalen Schlitzen verengt, als er mit angespannter Stimme fragte: »Was zur Hölle tun Sie da, Lotz?«

Philipp überlegte einen Augenblick. Fieberhaft zischten die Gedanken in seinem Kopf herum, denn er hatte keine Ahnung, was er ihm antworten sollte. Eigentlich sah man recht eindeutig, worauf das Ganze hier hinauslief. Eigentümlich erschien ihm eher, dass Herr von Cossin nichts von der sich anbahnenden Romanze zwischen ihm und Charlotte bemerkt zu haben schien. Philipp war es so vorgekommen, als müsste es ihm jeder von der Stirn ablesen können, wie unglaublich verliebt er in dieses Mädchen war. Sie bedeutete ihm mehr als sein eigenes Leben! Charlotte schien weiterhin unbeeindruckt von der Intervention ihres Vaters, denn sie hielt ihn unbeirrt weiter umschlungen, als könne sie gar nicht genug von Philipps Nähe bekommen. Ein Umstand, der diesem überaus gefiel.

»Ich liebe Ihre Tochter und würde sie gerne heiraten, wenn Sie es gestatten«, sagte er leise.

Herr von Cossin riss die Augen auf. »Wirklich? Ich dachte ... Es ist also nicht nur, um Ihren Ruf zu retten?« Seine Stimme klang jetzt zwei Oktaven höher. Charlottes Griff um Philipps Taille wurde fester.

Philipp nickte. »Ich würde gerne mit ihr auf Reisen gehen. Ich wurde aufgrund meiner jüngsten Entdeckungen in Italien auf mehrere Symposien eingeladen. Sogar in Übersee. Und ich möchte Charlotte mit mir nehmen.«

Bevor Herr Cossin dazu kam, darauf eine Antwort zu geben, fuhr Charlottes Kopf hoch. »Ist das dein Ernst?« In ihrem Blick konnte Philipp gleichzeitig überschwängliche Freude und Furcht erkennen.

»Dieses Mal wird es ganz anders. Du bist dann meine Frau und ich werde allen erklären, dass ich erst sprechen werde, nachdem sie dich ebenfalls angehört haben.«

Auf Charlottes ebenso ängstliches Gesicht stahl sich ein Grinsen. »Somit setzt du ihnen die Pistole auf die Brust.« Sie kicherte plötzlich los. »Das gefällt mir.«

»Also kommst du mit?«

»Selbstverständlich. Heißt es nicht stets: Wer zuletzt lacht, lacht am besten? Wir werden es all diesen blasierten Heinis zeigen.« Sie prustete lauthals heraus. Philipp konnte nicht anders. Er stimmte ein. Ein Blick auf das Gesicht von Charlottes Vater zeigte ihm, dass er den Gedanken, dass

Philipp seine Zweitälteste heiratete, gar nicht mehr für so abwegig zu halten schien wie eben noch.

»Eine Sache solltest du aber wissen, bevor du zustimmst, mich zu heiraten«, sagte Philipp und zog erneut den Brief aus der Tasche. Das war gar nicht so einfach, weil Charlotte ihn wieder beglückt umfing. Er hielt den Umschlag so, dass sie die Schriftzüge darauf erkennen konnte. Sie linste unwillig darauf. Dann jedoch löste sie blitzartig ihre Umarmung und starrte auf den Umschlag. Ihre Lippen bildeten lautlose Worte. Sie sah ihn ungläubig an und blickte wieder auf den Brief.

»Heißt das etwa ... Sag bloß, du bist der anonyme Galan, der die Briefe geschrieben hat.«

Philipp nickte und zuckte entschuldigend mit den Schultern. Ein ungläubiges Lächeln breitete sich auf ihrem Gesicht aus, während sie ihm mit ihrem Fächer gegen die Brust klopfte.

»Du Schelm! Warum hast du das die ganze Zeit getan? Du hättest mir all das persönlich sagen können.«

»Das wäre sicher der einfachere Weg gewesen. Aber es fiel mir leichter, dir meine Empfindungen schriftlich mitzuteilen. Beim ersten Mal hatte ich nicht den Mut, den Brief zu unterschreiben. Und später warst du so gerührt und aufgeregt bei dem Gedanken, einen unbekannten Verehrer zu haben, dass ich dir nicht die Freude daran verderben wollte. Obwohl ich zugeben muss, dass ich zwischenzeitlich ganz schön eifersüchtig darauf geworden bin, wie du diesen vermeintlich Fremden derartig anhimmeln konntest, während ich da war und du mich ihm gegenüber verschmäht hast.«

Charlotte schlug sich verschämt die Hand vor den Mund. Dann sagte sie: »Nicht nur du warst ein Dummkopf.

Ich war ein mindestens ebenso großer Idiot, wenn nicht sogar mehr.« Sie lächelte zaghaft. Philipp überlegte nicht lange, sondern beugte sich vor und drückte ihr stürmisch einen Kuss auf die Lippen. Im selben Moment wusste er, dass er genau auf diesen Augenblick schon sein gesamtes Leben gewartet hatte.

KAPITEL EINUNDZWANZIG

Als Philipp dieses Mal in den Hof von Gut Cossin ritt, war es ein deutlich anderes Gefühl als beim ersten Mal vor einem guten halben Jahr. Hier fühlte er sich mehr zu Hause als irgendwo anders. Es war, als wäre er endlich angekommen, wo er eigentlich hingehörte. Dort im Haus wartete seine zukünftige Frau auf ihn. Charlotte hatte ihm ihre Hand versprochen und ihr Vater hatte zugestimmt. Das war mehr, als er sich je vom Leben erträumt hatte. Charlotte und er waren einander so ähnlich, dass es schon fast lächerlich war. Aber das Wichtigste war, dass sie einander liebten. Er konnte es kaum erwarten, bis sie endlich den Bund fürs Leben schlossen und er sie mit ins väterliche Schloss nehmen konnte. Allein Charlottes Anwesenheit würde es zu einem Heim machen. Ihrem Heim.

Vater hatte verkündet, dass der ganze linke Flügel ihnen gehören würde. Zu Philipps Überraschung hatte Vater alles darangesetzt, ihn zum Dableiben zu überreden und seine Pläne, mit Charlotte auf Reisen zu gehen, fürs Erste zu verschieben. Offenbar erfüllte ihn der Gedanke, allein mit Else und den Kindern zu sein, mit Sorge. Nach Absprache mit Charlotte hatte Philipp zugestimmt, dass sie sich einige Monate dort einrichten würden und erst danach zunächst nach Italien und später eventuell weiter nach Südamerika gehen würden. Die Böden dort waren vielversprechend, wenn man die Geschichte der Erde erforschen wollte, und bargen eine Menge interessanter Steine. Alles war besprochen und entschieden.

Nun war aber gestern dieser Brief eingetroffen, der geeignet war, all ihre Pläne über den Haufen zu werfen. Darüber musste er mit Charlotte sprechen. Es ging letztendlich um ihr gemeinsames Leben und Philipp wollte keine Entscheidung allein über ihren Kopf hinweg treffen.

Er ritt bis direkt vor den Stall und eine knappe Minute nachdem er abgesessen war, kam schon Benno herbei und nahm ihm sein Pferd ab. Philipp klopfte dem Jungen dankbar auf die Schulter und Benno bedachte ihn mit einem schiefen Grinsen, bevor er das Tier sorgsam in die Stallungen führte. Er würde sich gut darum kümmern. Philipp war inzwischen ein mehr als regelmäßiger Besucher auf Gut Cossin.

Wann immer es seine Studien zuließen, besuchte er Charlotte. Es war erstaunlich, wie anders es sich anfühlte, jetzt, da sie beide verlobt waren. Er selbst empfand sich als nahezu neuen Menschen. Die ganze Unsicherheit, die vorher sein ständiger Begleiter gewesen war, war auf einen Schlag verschwunden. Er war selbstbewusst und fast überschwänglich in seiner Liebe zu Charlotte und seine Dankbarkeit dafür kannte keine Grenzen.

Als er den Salon betrat, musste er an sich halten, nicht einfach auf sie zuzurennen, sie hochzuheben und um sich zu drehen in seiner Euphorie, sie zu sehen. Allerdings wäre das selbst für seine sonst recht großzügigen Fast-Schwiegereltern zu viel gewesen, vor allem, da Tante Tilly mit Argusaugen darüber wachte, dass sich alle untadelig verhielten. Zumindest bis zu ihrer Verheiratung mussten sie darauf Rücksicht nehmen, anschließend wäre es mit dem Einfluss der Tante, die Philipp ein wenig Angst einflößte, vorbei. Nach ihrer Hochzeit konnte niemand mehr etwas gegen körperliche Nähe zwischen ihnen sagen. Zu Philipps Erleichterung, denn er sehnte sich danach, ihren Körper an seinem zu spüren. So dicht wie es ging. Anstelle einer langen und innigen Umarmung, wie er sie sich beim Ritt von Schloss Altranft ausgemalt hatte, durfte er die bei seinem Eintritt aufstrahlende Charlotte nur mit einem kurzen Kuss auf die Wange begrüßen. Er nickte allen anderen Anwesenden zu. Zu seiner Frustration war es nun, da er nicht mehr mit im Haus der Familie wohnte, kaum möglich, Momente allein mit Charlotte zu verbringen. Aber bald war es endlich so weit und sie würden endlich heiraten. Nur die ganzen notwendigen Details galt es noch zu klären. Er schob seinen Stuhl ein kleines Stückchen näher an Charlotte heran, die mit Emmeline gemeinsam auf einem Sofa saß. Sie hatten einen Kniff gefunden, wie sie sich trotz der Argusaugen von Tante Tilly berühren konnten. Zu diesem Zweck hatte Charlotte die scheinbare Liebe für großformatige Stickarbeiten entwickelt, die sie locker auf ihrem Schoß drapierte, sobald er kam. Er schob in einem unbeobachteten Moment seine Hand darunter, sodass sie sich an den Händen halten konnten. Manchmal streichelte er sanft ihre Finger und einmal sogar ihren Oberschenkel. Sie hatte ihn erst entsetzt angestarrt, aber nach einigen Sekunden war ihr Blick weich geworden.

Sein Herz schlug schneller, als sich ihre Fingerspitzen sanft unter dem Tuch berührten, auf das Charlotte nicht sonderlich gut erkennbare blumenartige Figuren gestickt hatte. Sie schien nicht die begabteste Stickerin, doch das war ihm absolut egal. Dafür hatte sie so viele andere Talente und war darüber hinaus blitzgescheit.

»Geht es Ihrem Vater wieder besser?«, erkundigte sich Philipps künftige Schwiegermutter, als er gerade mit dem Daumen über Charlottes Handrücken streichelte. Charlotte entfuhr ein Seufzer und er spürte das altbekannte Kribbeln, das ihn erschauern ließ, wenn er in ihrer Nähe war.

»Deutlich besser. Vielen Dank der Nachfrage. Er ist schon wieder aufgestanden. Nur die Kinder sind ihm zu laut.« Er grinste.

Madame von Cossin lachte auf. »Das kann ich verstehen. In dem Alter sind die Kleinen besonders lebhaft, nicht wahr?« Sie wandte sich mit glücklichem Lächeln an ihren Mann. Offenbar hatte Philipps Bemerkung Erinnerungen geweckt.

»Bald wird wieder ein Kleines da sein«, sagte der Gutsherr und lächelte seine Frau an.

»Wann wird das Kind des Herzogpaars denn erwartet?«, fragte Philipp.

»In rund vier Monaten«, erklärte Charlotte. »Dann werden wir leider nicht mehr hier sein. Aber ich hoffe, dass wir ein paarmal vor unserer Abreise nach Italien zu Besuch nach Schloss Ritteysen reisen können, um Bekanntschaft mit dem Neuankömmling zu machen.«

»Mit Sicherheit«, bestätigte Philipp und drückte liebevoll ihre Hand unter der Decke. »Darüber wollte ich ohnehin mit dir sprechen: Es wäre möglich, dass sich unsere Abfahrt verzögern könnte.«

Für einen Moment legte sich ihre Stirn in Falten, während sie ihn nachdenklich musterte. »Aber warum? Ich dachte, du kannst es kaum erwarten, deine Grabungen in Italien fortzusetzen und mir dort alles zu zeigen?«

»Das ist nach wie vor der Fall. Ich habe nur eine sehr überraschende Anfrage erhalten, die ich mit dir besprechen wollte.«

Sie straffte sie Schultern und sah ihn aufmerksam an. Bevor Philipp dazu kam, ihr von der unerwarteten Wendung der Gegebenheiten zu erzählen, stürmte Fabian mit vor Aufregung roten Wangen herein.

»Es ist so weit!«, rief er mit blitzenden Augen. Auf seiner Wange klebte ein Strohhalm und ein dunkler, undefinierbarer Fleck prangte daneben. Er sah aus, als hätte er mit dem Gesicht auf dem Stallboden gelegen. »Hera bekommt endlich ihr Fohlen.«

Sofort sprang Herr von Cossin auf. »Ist das wahr?« Seine Augen blitzten in dem runden Gesicht. »Lasst uns schnell eine Wette abschließen: Wer tippt auf einen Hengst und wer auf eine Stute?«, fragte er, während er schon dem Ausgang entgegenstrebte. Die Geburt eines Fohlens war auf Gut Cossin immer eine große Sache. Abends wurde auf den neuen Erdenbürger angestoßen und die ganze Familie überlegte sich gemeinsam einen Namen. Diese Praxis hatte sich eingebürgert, nachdem Friederike seinerzeit ein Fohlen Leopold genannt hatte und nun niemand genau wusste, ob sie von ihrem Ehemann oder dem Fohlen sprach.

»Keine Wetten mehr, Max«, ermahnte ihn seine Frau.

»Ach, Adelaide, du gönnst mir auch überhaupt kein Späßchen«, beklagte sich Charlottes Vater, während er seiner Frau zuzwinkerte. Im nächsten Moment war er zur Tür hinaus. Ihm folgten Rochus, die Zwillinge und sogar

Tante Tilly winkte ihr Mädchen heran, damit sie ihr die Schoßhunde abnahm, um das Spektakel nicht zu verpassen. Seit Friederike die Zucht begonnen hatte, wurden deutlich mehr Fohlen auf Gut Cossin geboren, aber es war jedes Mal aufs Neue ein Ereignis.

Luise, die in dem Sessel verharrte, in dem sie schon bei Philipps Ankunft gesessen hatte, sagte ungeduldig: »Bevor ich gehe, muss ich unbedingt wissen, was die überraschende Nachricht ist.« Sie zog auffordernd die Augenbrauen hoch, als sie Philipp eindringlich ansah.

Nun erhob sich Madame von Cossin, die etwas entfernt gesessen hatte, und kam neugierig näher.

»Eine Neuigkeit? Da bin ich aber gespannt.«

Philipp lächelte und zog mit der freien Hand den Brief hervor, den er ins Revers gesteckt hatte, um ihn Charlotte zu zeigen. Zu seinem Bedauern musste er, um ihn zu entfalten und vorzulesen, seine Hand unter der Stickarbeit hervorziehen, jedoch konnte er anders des großen Schriftstücks nicht Herr werden.

»Es ist doch nicht vom König?«, fragte Charlotte mit rosa Wangen, nachdem sie einen Blick auf das Siegel erhascht hatte.

»Allerdings!«, bestätigte Philipp. »Er bittet mich darum, den Boden rund um Grünwaldenow zu untersuchen. Er hat von meiner Arbeit über die Grabungen in Italien gehört und möchte nun ebenfalls Erkundigungen über hiesige Fossilien und mögliche Bodenschätze angestellt haben.«

»Warum gerade hier?«, fragte Charlotte mit aufgeregt leuchtenden Augen, während ihre gerunzelte Stirn Unglauben ausdrückte.

Philipp zuckte mit den Schultern. »Wahrscheinlich hat er gedacht, dass ich in diesem Fall gleich hier wohnen könnte und er nicht dafür aufkommen müsste. Der Mann ist sparsam bis zum Geiz.«

»Davon habe ich auch gehört«, bestätigte Madame von Cossin nickend.

»Und? Was hast du dem König geantwortet?«, fragte nun Luise. Sie hatte eine Weile gebraucht, bis sie sich dazu hatte durchringen können, ihren ehemaligen Hauslehrer zu duzen, aber als Charlotte und er offiziell verlobt waren, schaffte es auch Luise endlich. Immerhin war er nun nicht mehr ihr Lehrer, sondern bald schon ihr Schwager.

Philipp sah Charlotte an. »Ich habe ihm mitgeteilt, dass ich mich von seiner Anfrage sehr geehrt fühle, aber dass ich das Ganze erst mit meiner Verlobten besprechen möchte.« Er hielt inne, um die Wirkung dessen, was er gleich sagen würde, zu verstärken. Die Blicke der drei Frauen hingen gespannt an seinen Lippen. »Und ich habe geschrieben, dass ich das Ganze nicht allein tun könnte, sondern einen kundigen Assistenten bräuchte, der ebenfalls eine eigene Vergütung dafür erhalten müsste.«

»Oh!« Seine baldige Schwiegermutter sah ihn respektvoll staunend an. »Ein kluger Schachzug.«

Er nickte. »Das denke ich ebenfalls, denn ich habe ihn sogleich wissen lassen, dass ich dafür jemanden im Auge hätte. Und ich nur unter der Bedingung zustimmen würde, wenn ich die Arbeit gemeinsam mit meiner Frau machen kann.«

Charlottes Mund klappte auf. Ihre Augen waren staunend aufgerissen. Sie schien sofort zu ahnen, was das für ihren Ruf als Wissenschaftlerin bedeuten würde, wenn sie an seiner Seite bei diesem bedeutenden Projekt reüssieren würde. Luise und ihre Mutter sahen sie gespannt an. Charlotte sagte nichts. Kein Ton kam über ihre Lippen.

»Und? Willst du?«, fragte er Charlotte mit zärtlichem Lächeln. Es fühlte sich fast an, als würde er sie erneut bitten, ihn zu heiraten.

Sie schloss den Mund. In ihren Augen standen Tränen. Sie nickte erst langsam und dann immer heftiger. »Natürlich!«, rief sie schluchzend. »Das ist das beste Hochzeitsgeschenk, das du mir machen konntest.« Sie sprang auf und fiel ihm stürmisch um den Hals, während sie die tränenfeuchten Wangen an seine Haut drückte.

Er umarmte sie glücklich. »Das wäre also beschlossen. Natürlich nur, wenn Sie uns so lange gestatten würden, bei Ihnen zu wohnen.« Philipp sah Charlottes Mutter fragend an. In ihren Augen standen nun Tränen.

»Es wäre uns eine große Freude«, sagte sie und drückte zur Bekräftigung ihrer Worte Philipps Hand, die Charlotte noch immer umfing. Auch Luise war augenscheinlich gerührt, denn sie schüttelte erst staunend den Kopf und umarmte dann ihre ältere Schwester von der anderen Seite.

Ja, man konnte durchaus sagen: Die mitgebrachte Überraschung fand definitiv Anklang!

Charlotte fühlte sich, als würde sie auf wattigen Silberwölkchen dahinschweben. Die Nachricht, die Philipp mitgebracht hatte, machte sie sprachlos. Sie wäre überall mit ihm hingezogen. Es war ihr im Grunde völlig egal, wo sie wohnten, die Hauptsache war, dass sie mit ihm zusammen sein konnte. Erstaunlicherweise war ihr ihre wissenschaftliche Karriere, für die sie vor Kurzem sogar bereit gewesen war, auf die Liebe zu verzichten, bei Weitem nicht mehr so wichtig. Dass Philipp dafür kämpfte, dass sie als Geologin anerkannt wurde, rührte sie nicht nur, sondern erfüllte sie mit dem sicheren Bewusstsein, dass sie keinen Besseren hätte wählen können. Sie war überglücklich mit ihm. Da war die Möglichkeit, ganz offiziell an seiner Seite für die Krone arbeiten zu dürfen, nur das Sahnehäubchen. Aber natürlich ein überaus schmackhaftes. Nie hätte sie geglaubt, dass beides möglich sein könnte: den Mann zu heiraten, den sie von ganzem Herzen liebte und dennoch als Wissenschaftlerin arbeiten zu dürfen. Manchmal musste sie sich selbst in den Arm zwicken, um zu glauben, dass das alles hier gerade real war. Sie fühlte sich nicht mehr anders und nicht dazugehörig, sondern geborgen und beschützt, wenn Philipp bei ihr war. Das Bedürfnis, sich gegen alle Widerstände durchzusetzen und als Wissenschaftlerin anerkannt zu werden, war verschwunden. Natürlich übte die Geologie fortwährend ihren Zauber auf sie aus, aber wichtig war ihr nun vor allem, an seiner Seite zu sein. Alles andere war Nebensache.

»Es ist langsam an der Zeit, die Hochzeit zu planen. Ich nehme an, es soll eine Hochzeit nur im engsten Familienkreis sein, da ihr beide gesellschaftliche Anlässe so verabscheut? Aber ihr Vater und ihre Stiefmutter werden kommen, nicht wahr?«

Zu Charlottes und wahrscheinlich aller Überraschung schüttelte Philipp entschlossen den Kopf, während er Charlotte fest ansah. »Nein! Wenn Charlotte damit einverstanden ist, soll es ein riesiges Fest werden. Jeder soll wissen, dass der zukünftige Graf von Lotz die wunderbarste aller Frauen ehelicht.«

»Graf?« Charlotte drehte sich so heftig zu ihm um, dass sie ihm versehentlich den Ellenbogen in die Seite rammte.

Er stöhnte leise auf, nickte aber tapfer. »Selbstverständlich. Sag bloß, du wusstest das nicht?«

Sie sah ihn verblüfft an und schüttelte langsam den Kopf. »Heißt das etwa, dass ich demnächst eine Gräfin sein werde?«

Er nickte schulterzuckend. »Ja, natürlich! So ist das für gewöhnlich, wenn man den Sohn eines Grafen ehelicht.«

Charlotte wusste nicht, wie ihr diese Tatsache hatte entgehen können. Wahrscheinlich lag das einfach daran, dass derartige Dinge nicht wichtig für sie waren. Allerdings wollte sie nicht, dass man sie für eine Titeljägerin hielt, denn sie hatte nicht einmal gewusst, dass er ein Graf war. Sie hatte ihn für einen niederen Adeligen gehalten, wie sie es selbst war. Warum sonst hätte er Hauslehrer werden sollen?

»Willst du mich nun nicht mehr heiraten, da du davon weißt?«, fragte er sie mit unsicherem Lächeln.

Sie sah ihn einen Augenblick an und fiel ihm anstelle einer Antwort einfach um den Hals. Unter ihren Armen spürte sie, wie sich sein Körper vor Erleichterung entspannte. Sie flüsterte so leise, dass nur er es hören konnte: »Und wenn du der Kaiser von China wärst, ich würde dich immer heiraten.«

EPILOG

Die italienische Sonne schien noch immer heiß auf sie herunter, obwohl es bereits September war. Aber die Schirme, die Philipp vorsorglich über die Ausgrabungsstelle hatte spannen lassen, hielten das Schlimmste ab. Dennoch war es außergewöhnlich warm für diese Jahreszeit, vor allem für eine Brandenburgerin, die derartige Temperaturen nicht gewöhnt war, obwohl sie nun bereits über ein Jahr hier weilten. Charlotte schlug gerade mit dem Hammer gegen einige große Steine, an denen die Arbeiter am Vormittag gearbeitet hatten. Jetzt, während der Mittagshitze ruhten die Grabungsarbeiten. Wie jeden Tag hatte Charlotte es sich nicht nehmen lassen, mit dem Kleinen auf der Hüfte herüberzukommen und sich über die Fortschritte des Vormittags zu informieren. Sie hatte verschiedene Theorien über die Abfolge der Gesteinsschichten hier draußen entwickelt und brannte darauf, diese zu überprüfen. Natürlich hätten die Männer die Brocken später, wenn sie sich wieder an die Arbeit machten, weiterbearbeiten können. Um darauf zu warten, war Charlotte viel zu ungeduldig. Als sie die Steine sah, hatte sie Philipp kurzentschlossen das Kind in die Arme gedrückt, ihren Rock gerafft und war die in den Boden gegrabenen Stufen hinuntergestiegen. Interessiert hatte sie alles betrachtet und gleich darauf nach Hammer und Meißel gegriffen und sich an die Arbeit gemacht.

Philipp sah ihr mit amüsiertem Lächeln dabei zu, während er mit dem Kind schäkerte. Noch nie in seinem Leben war er so erfüllt und dankbar gewesen wie jetzt. Das Ausmaß seines Glückes machte ihn jeden Morgen sprachlos, wenn er neben Charlotte erwachte. Entgegen der sonst üblichen Gepflogenheiten hatte sie sich geweigert, das Kind einer Amme anzuvertrauen oder gar in ein anderes Zimmer zu verbannen.

»Wozu haben wir ihn bekommen, wenn wir ihn gleich wieder abgeben?«, hatte sie Philipp mit gefährlich entschlossen klingender Stimme gefragt, während sie den Säugling zum Stillen angelegt hatte. Philipp hatte nie etwas Derartiges mit eigenen Augen gesehen und war fasziniert von der Selbstverständlichkeit mit der Charlotte mit dem kleinen Friedrich umging. Letztendlich hatte Philipp ihr zustimmen müssen. Es gab im Grunde nichts, was dagegensprach. Sie waren hier in Italien weitab von den wachsamen Augen der preußischen Gesellschaft und wenn sich Charlotte damit besser fühlte, den Kleinen bei sich zu haben, würde er sich nicht dagegen sperren. Nur manchmal, wenn er nachts vom Schreien des hungrigen Jungen geweckt wurde, hätte er nichts dagegen gehabt, ihn zumindest für diese Zeit an eine Kinderfrau abzugeben, aber Charlotte blieb kategorisch bei ihrer Meinung. Sie war eine geborene Ehefrau und Mutter und ging trotz ihrer wissenschaftlichen Arbeit voll in diesen Aufgaben auf.

Natürlich hatten sie Hilfe im Haushalt und ab und an nahm die gute Maria das Kind an sich, damit Philipp und Charlotte gemeinsame Zeit allein hatten. Das Leben war perfekt, genauso wie es war.

Charlotte blickte auf und strich sich zufrieden lächelnd eine vorwitzige Strähne aus dem Gesicht. Ihre Hände und die bloßen Arme waren staubig und nun prangte ein breiter dunkler Fleck auf ihrer Wange. Diese kleine Imperfektion machte sie in seinen Augen sogar noch begehrenswerter. Sie beugte sich wieder über den Boden und untersuchte neugierig die von ihr freigelegte Stelle.

»Pass auf, dass du nichts durcheinanderbringst. Ich habe noch nicht alles aufgezeichnet«, ermahnte er sie. Am liebsten wäre er jetzt ebenfalls hinuntergestiegen und hätte selbst nachgesehen, aber daran war mit dem kleinen Friedrich auf dem Arm nicht zu denken. Sie beachtete ihn nicht, sondern senkte den Kopf noch tiefer, sodass er nicht mal ein Fitzelchen der freigelegten Stelle mehr erkennen konnte. Unruhig lief er auf und ab. Er konnte es kaum erwarten, sich das Ganze ebenfalls anzusehen. Philipp warf einen Blick auf das Kind, das zufrieden in seinem Arm lag und zu Philipps leiser Enttäuschung keinerlei Anstalten machte, wieder nach Charlotte zu verlangen. Immerhin brachte ihn das auf eine Idee …

»Ich denke, für Friedrich ist es Zeit für ein Schläfchen«, rief er Charlotte zu.

Charlotte schnaubte unwillig und blickte endlich auf. »Solche Steine habe ich noch nie gesehen.« Ihre Stimme klang erregt, als sie endlich aufstand und die Treppe wieder hinaufstieg.

Sie war inzwischen über und über von Staub bedeckt und Philipp überlegte einen Moment, ob er Friedrich guten Gewissens in ihre schmutzigen Arme legen konnte. Er entschied, dass dem Kleinen dort nicht mehr Gefahr drohte, als in seinen nicht viel saubereren Armen und drückte Charlotte bei der Gelegenheit einen Kuss auf die staubige, verschwitzte Stirn.

»Nun tu bloß nicht so, als wäre es dir um den Kleinen gegangen, Philipp von Lotz! Ich weiß genau, dass du es nicht abwarten konntest, selbst herunterzusteigen.«

Er kniff zerknirscht die Lippen zusammen. Dann aber grinste Charlotte über das ganze schmutzige Gesicht und reckte sich empor, um ihm einen Kuss auf die Nasenspitze zu drücken.

Sie lächelten sich für einen Moment innig an, bevor Charlotte sich umdrehte und mit Friedrich über der Schulter langsam in Richtung Haus ging. In einem guten Monat würden sie die lange Fahrt zurück nach Preußen antreten, damit der Kleine endlich seine knapp ein Jahr ältere Cousine, die kleine Ava von Ritteysen, und all seine Tanten und Onkel kennenlernen konnte. Charlottes Eltern waren als Einzige zu Friedrichs Geburt angereist, aber ihre Geschwister und Philipps Familie waren zu Hause geblieben.

Einen Augenblick vergaß er alles um sich herum und konnte den Blick nicht von Charlotte und seinem Jungen wenden, bis er sich wieder auf die freigelegten Geheimnisse einige Schritte unter seinen Füßen besann. Leichtfüßig machte er sich an den Abstieg. Ja, das Leben war wundervoll!

NACHWORT

Hat dir „Ein fast tadelloser Graf" gefallen? Dann wäre es super, wenn du deine Meinung kundtun und ein paar Worte darüber schreiben würdest, damit auch andere davon erfahren.

Das Buch ist zu Ende, aber die Reihe um die Cossins geht weiter. Wenn du den ersten Band „Ein fast perfekter Herzog" noch nicht kennst, dann empfehle ich dir unbedingt, ihn zu lesen.

Du möchtest auf dem Laufenden gehalten werden und immer mitbekommen, was es Neues gibt und wann das nächste Buch erscheint? Dann melde dich für meinen Newsletter an: www.kristinaherzog.de/newsletter/

Dort bekommst du monatlich exklusive Inhalte wie gestrichene Szenen, Buchempfehlungen, Blicke hinter die Kulissen und andere schöne Dinge und erfährst natürlich auch von neuen Projekten.

Möchtest du noch anderes aus meiner Feder kennenlernen? Dann kann ich dir meine Sternberg-Saga ans Herz legen:
* Was der Morgen verspricht
* Was die Hoffnung bringt
* Was das Herz erträumt

Die Geschichten um die Familie Sternberg sind übrigens auch als Hörbücher überall erhältlich.

Hast du Lust, dich mit mir zu vernetzen? Ich freue mich darauf, von dir zu hören.
www.kristinaherzog.de
www.instagram.com/kristinaherzogautorin
www.facebook.com/kristina.herzog.73

Interessiert an Spannung, Mord und Totschlag? Dann sind mit Sicherheit meine Krimis etwas für dich: Erhältlich sind derzeit *Haremsblut* und *In tödlicher Gesellschaft*.

Ich hoffe, wir lesen uns wieder! Bis ganz bald!

ÜBER DIE AUTORIN

*H*allo, ich bin Kristina!
Geschichten zu erzählen ist meine Leidenschaft. Ich liebe es, lebensechte Charaktere zu erschaffen, sie vor Probleme zu stellen und in Abenteuer zu schicken,

damit du mit ihnen mitfiebern kannst und das Buch bis spät in die Nacht nicht aus der Hand legen willst. Genau deshalb habe ich die Cossins erfunden.

Die preußische Geschichte hat es mir angetan, seit ich ein Kind war und für einige Wochen auf der Burg Hohenzollern, dem Stammhaus des preußischen Herrschergeschlechts, die Ferien verbringen durfte. Seitdem habe ich mich in die nicht ausschließlich ruhmvolle Geschichte Preußens eingelesen, mit den ärmeren Bevölkerungsschichten mitgelitten, bin mit den preußischen Königen, ihren Gattinnen und Mätressen im Geiste bei Hofe gewesen und habe mich am noch immer sichtbaren Glanz der Schlösser Charlottenburg und Sanssouci erfreut. Schon lange habe ich mit dem Gedanken gespielt, einen Roman zu schreiben, der in einer ähnlichen Zeit spielt wie die Bücher von Jane Austen oder die Bridgerton-Reihe. Aber natürlich sollte er sich in Preußen zutragen. Nun wird es eine ganze Reihe. Tja, manchmal ist das so …

Viel Spaß beim Lesen und bis bald!